A Águia de
SHARPE

OBRAS DO AUTOR PUBLICADAS PELA EDITORA RECORD

1356
Azincourt
O condenado
Stonehenge
O forte

Trilogia *As Crônicas de Artur*

O rei do inverno
O inimigo de Deus
Excalibur

Trilogia *A Busca do Graal*

O arqueiro
O andarilho
O herege

Série *As Aventuras de um Soldado nas Guerras Napoleônicas*

O tigre de Sharpe (Índia, 1799)
O triunfo de Sharpe (Índia, setembro de 1803)
A fortaleza de Sharpe (Índia, dezembro de 1803)
Sharpe em Trafalgar (Espanha, 1805)
A presa de Sharpe (Dinamarca, 1807)
Os fuzileiros de Sharpe (Espanha, janeiro de 1809)
A devastação de Sharpe (Portugal, maio de 1809)
A águia de Sharpe (Espanha, julho de 1809)
O ouro de Sharpe (Portugal, agosto de 1810)
A fuga de Sharpe (Portugal, setembro de 1810)
A fúria de Sharpe (Espanha, março de 1811)
A batalha de Sharpe (Espanha, maio de 1811)

Série **Crônicas Saxônicas**

O último reino
O cavaleiro da morte
Os senhores do norte
A canção da espada
Terra em chamas
Morte dos reis
O guerreiro pagão
O trono vazio

Série *As Crônicas de Starbuck*

Rebelde
Traidor

BERNARD CORNWELL

A Águia de SHARPE

Tradução de
ALVES CALADO

3ª edição

EDITORA RECORD
RIO DE JANEIRO • SÃO PAULO
2016

CIP-BRASIL. CATALOGAÇÃO NA FONTE
SINDICATO NACIONAL DOS EDITORES DE LIVROS, RJ

C835a
3ª ed.
    Cornwell, Bernard, 1944-
    A águia de Sharpe / Bernard Cornwell; tradução de Alves Calado. – 3ª ed. –
    Rio de Janeiro: Record, 2016.
    (As aventuras de um soldado nas Guerras Napoleônicas; 8)

    Tradução de: Sharpe's eagle
    ISBN 978-85-01-08768-3

    1. Sharp, Richard (Personagem fictício) – Ficção. 2. Guerras napoleônicas,
1800-1815 – Ficção. 3. Grã-Bretanha – História militar – Século XIX –
Ficção. 4. Ficção inglesa. I. Alves-Calado, Ivanir, 1953-. II. Título. III. Série.

09-5615

CDD: 823
CDU: 821.111-3

Título original inglês:
SHARPE'S EAGLE

Copyright © Bernard Cornwell, 1981

Capa: Laboratório Secreto
Sobre ilustração de: Renato Alarcão

Texto revisado segundo o novo Acordo Ortográfico da Língua Portuguesa

Todos os direitos reservados. Proibida a reprodução, no todo ou em parte, através de quaisquer meios.

Direitos exclusivos de publicação em língua portuguesa somente para o Brasil adquiridos pela
EDITORA RECORD LTDA.
Rua Argentina 171 – Rio de Janeiro, RJ – 20921-380 – Tel.: (21) 2585-2000
que se reserva a propriedade literária desta tradução

Impresso no Brasil

ISBN 978-85-01-08768-3

Seja um leitor preferencial Record
Cadastre-se e receba informações sobre nossos
lançamentos e nossas promoções.

EDITORA AFILIADA

Atendimento e venda direta ao leitor
mdireto@record.com.br ou (21) 2585-2002

Para Judy

"Todo homem tem maus pensamentos a seu próprio respeito por não ter sido soldado."

SAMUEL JOHNSON

PREFÁCIO

Em 1809 o exército britânico era dividido em regimentos, como hoje, mas a maioria dos regimentos era descrito por números, e não por nomes; assim, por exemplo, o Regimento de Bedfordshire era chamado de 14º, o Connaught Rangers era chamado de 88º, e assim por diante. Os próprios soldados preferiam os nomes, mas tiveram de esperar até 1881 para sua adoção oficial. Deliberadamente não dei nenhum número ao regimento fictício de South Essex.

Um regimento era uma unidade administrativa; a unidade básica de combate era o batalhão. A maioria dos regimentos consistia de pelo menos dois batalhões, mas alguns, como o imaginário de South Essex, eram pequenos regimentos de um único batalhão. Por isso, em *A águia de Sharpe*, as duas palavras são usadas de modo intercambiável para o South Essex. No papel, um batalhão deveria ter cerca de mil homens, mas a doença e as baixas, além da escassez de recrutas, implicava que os batalhões costumassem ir para o combate com apenas quinhentos ou seiscentos soldados.

Todos os batalhões eram divididos em dez companhias. Duas dessas, a Companhia Ligeira e a Companhia de Granadeiros, eram a elite do batalhão, e as companhias ligeiras, em particular, eram tão úteis que regimentos inteiros compostos de tropas ligeiras, como o 95º de Fuzileiros, estavam sendo criados ou expandidos.

Geralmente o batalhão era comandado por um tenente-coronel, com dois majores, dez capitães e, abaixo deles, os tenentes e os alferes. Nenhum desses oficiais teria recebido qualquer treinamento formal; isso era reservado para os oficiais da engenharia e da artilharia. Aproximadamente um oficial em cada vinte era promovido a partir dos postos mais baixos. A promoção normal era por antiguidade e não por mérito, mas um homem rico, desde que tivesse servido por um período mínimo em seu posto, poderia comprar a promoção seguinte e assim furar a fila. O sistema de compra podia resultar em promoções muito injustas, mas vale lembrar que, sem ela, o soldado inglês mais bem-sucedido, sir Arthur Wellesley, mais tarde duque de Wellington, jamais teria chegado a um posto elevado no início da carreira, para formar o exército mais brilhante que a Grã-Bretanha jamais possuiu; o exército em que Richard Sharpe lutou contra os franceses através de Portugal e Espanha, entrando na França entre 1808 e 1814.

CAPÍTULO I

Os canhões podiam ser ouvidos muito antes de surgirem. Crianças agarravam as saias das mães e se perguntavam que coisa pavorosa fazia aquele barulho. O som de cascos dos grandes cavalos misturado ao tilintar de tirantes e correntes, o trovejar oco das rodas indistintas, e acima de tudo isso os estrondos à medida que toneladas de latão, ferro e madeira chacoalhavam no pavimento quebrado da cidade. Então surgiram: canhões, armões, cavalos e batedores, e os artilheiros pareciam tão rijos quanto os barris atarracados e enegrecidos que falavam da luta no norte, para onde a artilharia havia arrastado suas armas enormes através de rios cheios e subindo encostas encharcadas de chuva para golpear o inimigo até o esquecimento e a derrota. Agora fariam isso de novo. Mães seguravam os filhos menores e apontavam para as armas, alardeavam que aqueles ingleses fariam Napoleão sentir vontade de ter ficado na Córsega, mamando nas porcas, que era o que ele sabia fazer.

E a cavalaria! Os civis portugueses aplaudiam as fileiras de uniformes maravilhosos que passavam trotando, os sabres curvos, polidos, desembainhados para ficarem à vista nas ruas e praças de Abrantes, e a poeira fina dos cascos dos cavalos era um preço pequeno a pagar pela visão dos regimentos esplêndidos que, pelo que dizia o povo da cidade, expulsariam os franceses por cima dos Pirineus até os esgotos da própria Paris. Quem poderia resistir àquele exército? Do norte e do sul, dos portos na costa oeste, os homens estavam se reunindo e marchando para o leste pela estrada que levava à fronteira com a Espanha e ao inimigo. Portugal seria livre, o orgulho da Espanha seria restaurado, a França seria humilhada e esses soldados ingleses poderiam voltar às suas tavernas e às estalagens, deixando Abrantes e Lisboa, Coimbra e o Porto em paz. Os próprios soldados não estavam tão confiantes. Certo, haviam derrotado o exército de Soult no norte, mas, marchando para dentro das próprias sombras que iam se alongando, imaginavam o que haveria para além de Castelo Branco, a próxima cidade, a última antes da fronteira. Logo enfrentariam de novo os veteranos de casacas azuis, de Jena e Austerlitz, os mestres dos campos de batalha da Europa, os regimentos franceses que haviam transformado os melhores exércitos do mundo praticamente em picadinho. O povo da cidade estava impressionado, pelo menos pela cavalaria e a artilharia, mas para olhos experientes os soldados que se reuniam em volta de Abrantes eram lamentavelmente poucos, e os exércitos franceses no leste eram ameaçadoramente grandes. O exército britânico que maravilhava as crianças de Abrantes não amedrontaria os marechais franceses.

O tenente Richard Sharpe, esperando ordens em seu alojamento nos arredores da cidade, observou a cavalaria embainhar os sabres enquanto os últimos espectadores eram deixados para trás, depois retornou ao trabalho de desenrolar a bandagem suja de sua coxa.

À medida que os últimos centímetros se descolavam pegajosos, algumas larvas caíram no chão e o sargento Harper se ajoelhou para pegá-las antes de olhar o ferimento.

— Está curado, senhor. Lindo.

Sharpe resmungou. O corte de sabre havia se transformado em 23 centímetros de cicatriz franzida, limpa e rosada contra a pele mais escura. Pegou uma última larva gorda e entregou a Harper, para ser guardada.

— Pronto, minha beldade, você está bem alimentada. — O sargento Harper fechou a lata e olhou para Sharpe. — O senhor teve sorte.

Era verdade, pensou Sharpe. O hussardo francês quase havia acabado com ele, a lâmina do sujeito vinha na metade de um violento golpe de cima para baixo quando a bala do fuzil de Harper o arrancara da sela, e a careta do francês, emoldurada pelos estranhos rabichos dos cabelos, tinha se transformado em agonia súbita. Sharpe havia se retorcido desesperadamente para longe; e o sabre, apontado para seu pescoço, cortou a perna para deixar outra cicatriz como lembrança de 16 anos no exército britânico. Não era um ferimento fundo, mas Sharpe já vira muitos homens morrerem de cortes menores, com o sangue envenenado, a carne desbotada e fedendo, e os médicos impotentes para fazer qualquer coisa além de deixar o sujeito suar e apodrecer até a morte nos necrotérios que eles chamavam de hospitais. Um punhado de larvas fazia mais do que qualquer médico do exército, comendo o tecido doente para deixar a carne saudável se fechar naturalmente. Ele se levantou e testou a perna.

— Obrigado, sargento. Está como nova.

— O prazer é todo meu, senhor.

Sharpe vestiu o macacão de cavalaria, que usava em vez da calça verde regulamentar do 95º de Fuzileiros. Tinha orgulho do macacão verde com seus reforços de couro preto, arrancado do cadáver de um coronel *chasseur*, da Guarda Imperial de Napoleão no inverno anterior. A parte externa de cada perna fora decorada com mais de vinte botões de prata, e o metal havia pagado comida e bebida enquanto seu pequeno grupo de fuzileiros refugiados escapava para o sul através das neves da Galícia. A morte do coronel fora uma sorte; nos dois exércitos não havia muitos homens altos como Sharpe, mas o macacão lhe servia perfeitamente e as botas de couro preto do francês, macias, ricas, pareciam feitas para o tenente inglês. Patrick Harper não tivera tanta sorte. O sargento era dez centímetros mais alto do que Sharpe, e o irlandês enorme ainda não havia encontrado nenhuma calça para substituir a sua desbotada, remendada e rasgada, que mal serviria para espantar corvos num campo de nabos. Toda a companhia estava assim, refletiu Sharpe, com os uniformes puídos, as botas literalmente amarradas com tiras de pele de animais, e enquanto seu batalhão continuasse em casa, na Inglaterra, a pequena companhia de Sharpe não podia encontrar qualquer oficial comissário disposto a complicar seus livros de contabilidade dando-lhes novas calças ou sapatos.

— Quer um banho húngaro, senhor?

Sharpe balançou a cabeça.

— Dá para aguentar.

Não havia muitos piolhos no paletó, não o suficiente para justificar colocá-lo na fumaça de capim e ficar cheirando como um fogareiro de carvão nos dois dias seguintes. O paletó estava tão gasto quanto os do resto da companhia, mas nada, nem mesmo o cadáver mais bem-vestido de Portugal ou da Espanha, convenceria Sharpe a jogá-lo fora. Era verde, o paletó verde-escuro do 95º de Fuzileiros, e era o distintivo de um regimento de elite. A infantaria britânica usava vermelho, mas a melhor infantaria britânica usava verde, e mesmo depois de três anos no 95º Sharpe ainda sentia prazer na distinção do uniforme verde. Era tudo que ele possuía, seu uniforme e o que podia carregar às costas. Richard Sharpe não conhecia um lar além do regimento, nem família além de sua companhia, nem pertences além do que cabia em sua mochila e nas bolsas. Não conhecia outro modo de viver e esperava morrer assim. Na cintura amarrava a faixa vermelha de oficial e a cobria com o cinto de couro preto com sua fivela de prata em forma de cobra. Depois de um ano na Península, apenas a faixa e a espada denotavam o posto de oficial, e até mesmo a espada, como o macacão, violava os regulamentos. Os oficiais dos fuzileiros, como todos os oficiais da infantaria ligeira, deveriam carregar um sabre curvo de cavalaria, mas Sharpe odiava aquela arma. Em seu lugar usava a espada longa e reta da cavalaria pesada; uma arma bruta, mal equilibrada e grosseira, mas Sharpe gostava da sensação de uma lâmina selvagem que podia derrubar as espadas mais finas dos oficiais franceses e empurrar de lado um mosquete com baioneta.

A espada não era sua única arma. Durante dez anos Richard Sharpe havia marchado com as fileiras de casacas-vermelhas, primeiro como soldado raso, depois, sargento, carregando um mosquete de cano liso pelas planícies da Índia. Precisara ficar na linha de combate com a pesada arma de pederneira, penetrara aterrorizado nas fileiras rompidas, carregando uma baioneta, e continuava levando uma arma longa para a batalha. O fuzil Barker era sua marca registrada, distinguia-o dos outros oficiais, e os alferes de 16 anos, frescos em seus uniformes novos e lustrosos, olhavam com cautela para o tenente alto, de cabelos pretos, com o fuzil pendurado e a cicatriz que, a não ser quando sorria, dava ao rosto uma expressão de diversão sinistra. Alguns imaginavam se as histórias eram verdadeiras, histórias de Seringapatam e Assaye, de Vimeiro e Lugo, mas um vislumbre dos olhos aparentemente zombeteiros, ou a visão dos cabos gastos de suas armas faziam a imaginação parar. Poucos novatos paravam para pensar no que o fuzil representava de verdade, a luta mais feroz que Sharpe jamais havia travado: a subida pelos postos até o refeitório dos oficiais. O sargento Harper olhou pela janela, para a praça inundada pelo sol da tarde.

— Aí vem o Feliz, senhor.
— O capitão Hogan.

Harper ignorou a censura. Ele e Sharpe estavam juntos havia muito tempo, tinham compartilhado perigos demais, e o sargento sabia exatamente que tipo de liberdade podia tomar com seu oficial taciturno.

— Ele está parecendo mais alegre do que nunca, senhor. Deve ter outro serviço para nós.

— Eu gostaria que ele nos mandasse para casa.

Harper, com as mãos enormes desmontando gentilmente o fecho de seu fuzil, fingiu não ter ouvido. Sabia o que a observação significava, mas o assunto era perigoso. Sharpe comandava os restos de uma companhia de fuzileiros que fora separada da retaguarda do exército de sir John Moore durante a retirada para Corunna, no inverno anterior. Fora uma campanha terrível num tempo que mais parecia com as histórias dos viajantes sobre a Rússia do que com o norte da Espanha. Homens haviam morrido durante o sono, com o cabelo congelado no chão, enquanto outros caíam exaustos pela marcha e deixavam a morte dominá-los. A disciplina do exército havia desmoronado e os desgarrados bêbados eram presa fácil para a cavalaria francesa que instigava as montarias exaustas nos calcanhares do exército britânico. A escória foi salva do desastre somente pelos poucos regimentos, como o 95º, que mantiveram a disciplina e continuaram lutando. 1808 virou 1809 e o pesadelo da batalha continuou, uma batalha travada com pólvora úmida, por homens que congelavam, espiando através da névoa em busca de um vislumbre das capas dos dragões franceses.

Então, num dia em que a nevasca inchava no vento como um monstro malévolo, a companhia fora separada do resto pelos cavaleiros. O capitão foi morto, os outros tenentes também, os fuzis não disparavam e os sabres inimigos subiam e desciam, e a neve úmida abafava todos os sons, exceto os grunhidos dos dragões e os golpes terríveis das lâminas abrindo ferimentos que soltavam vapor no ar gelado. O tenente Sharpe e uns poucos sobreviventes abriram caminho lutando, e subiram para pedras altas onde os cavaleiros não poderiam segui-los, mas quando a tempestade amainou e os últimos homens desesperadamente feridos morreram, não havia esperança de se juntar de novo ao exército. O segundo batalhão do 95º de Fuzileiros havia navegado para casa enquanto Sharpe e seus trinta homens, perdidos e esquecidos, dirigiam-se para o sul, para longe dos franceses, para se juntar à pequena guarnição britânica em Lisboa.

Desde então Sharpe havia pedido uma dúzia de vezes para ser mandado para casa, mas os fuzileiros eram muito raros, valiosos demais, e o novo comandante do exército, sir Arthur Wellesley, não estava disposto a perder nem mesmo 31 deles. Assim, haviam permanecido e lutado para qualquer batalhão que precisasse de reforço em sua companhia ligeira e tinham marchado de novo para o norte, voltando pelo mesmo caminho, e estavam com Wellesley quando ele vingou sir John Moore expulsando o marechal Soult e seus veteranos do norte de Portugal. Harper sabia que seu tenente guardava uma raiva ressentida da situação. Richard Sharpe era pobre, pobre como um cão, e jamais teria dinheiro para comprar sua promoção seguinte. Tornar-se capitão, mesmo num batalhão comum, custaria a Sharpe 1.100 libras, e era mais fácil esperar ser aclamado rei da França do que conseguir esse dinheiro. Tinha apenas uma esperança de promoção: o tempo de serviço em seu próprio regimento; ocupar o lugar de homens que morriam ou eram promovidos e cujos postos não tivessem sido comprados. Mas enquanto Sharpe estivesse em Portugal e o regimento em casa, na Inglaterra, ele estava sendo repetidamente esquecido e renegado, e a injustiça azedava seu ressentimento. Via homens mais novos comprar seus postos de capitão, de major, enquanto ele, um soldado melhor, era deixado no monturo porque era pobre e porque estava lutando em vez de permanecer em segurança na Inglaterra.

A porta do chalé se abriu com um estrondo e o capitão Hogan entrou na sala. Com sua casaca azul e as calças brancas parecia um oficial da marinha, e dizia que seu uniforme fora confundido com o de um francês com tanta frequência que fora alvo de mais tiros de seu próprio lado do que do inimigo. Era engenheiro, um dentre o número insignificante de engenheiros militares em Portugal, e riu enquanto tirava seu chapéu de bicos e assentia na direção da perna de Sharpe.

— O guerreiro está curado? Como vai a perna?

— Perfeita, senhor.

— As larvas do sargento Harper, hein? Bom, nós, irlandeses, somos demônios espertos. Deus sabe onde vocês, ingleses, estariam sem nós — Hogan tirou sua caixa de rapé e inalou uma pitada enorme. Enquanto esperava o espirro inevitável, Sharpe olhou com apreço o capitão pequeno, de meia-idade. Durante um mês seus fuzileiros haviam sido a escolta de Hogan enquanto o engenheiro mapeava as estradas nos altos desfiladeiros que levavam à Espanha. Não era segredo que qualquer dia Wellesley levaria o exército para a Espanha, para seguir o rio Tejo que apontava como uma lança na direção da capital, Madri. E Hogan, além de desenhar mapas intermináveis, havia reforçado os aquedutos e as pontes que teriam de suportar as toneladas de latão e madeira enquanto a artilharia de campo viajava na direção do inimigo. Havia sido um serviço benfeito, em companhia agradável, até começar a chover, os fuzis não dispararem e o enlouquecido hussardo francês quase ganhar fama com sua desvairada carga solitária contra os fuzileiros. De algum modo o sargento Harper conseguira manter a umidade longe de sua caçoleta da escorva, e Sharpe ainda tremia ao pensar no que poderia ter acontecido se o fuzil não disparasse.

O sargento recolheu as peças do fecho de seu fuzil como se fosse sair, mas Hogan levantou a mão.

— Fique, Patrick. Tenho um presente para você; um presente que até mesmo um pagão de Donegal gostaria. — Ele pegou uma garrafa escura em sua mochila e levantou uma sobrancelha para Sharpe. — Você não se importa?

Sharpe balançou a cabeça. Harper era um homem bom, bom em tudo que fazia, e nos três anos em que se conheciam Sharpe e Harper haviam se tornado amigos, ou pelo menos os mais amigáveis que um oficial e um sargento poderiam ser. Sharpe não conseguia se imaginar lutando sem o enorme irlandês ao lado, o irlandês morria de medo de lutar sem Sharpe, e juntos eram a dupla mais formidável que Hogan já vira num campo de batalha. O capitão pôs a garrafa na mesa e tirou a rolha.

— Conhaque. Conhaque francês da adega do marechal Soult, capturada no Porto. Com os cumprimentos do general.

— De Wellesley? — perguntou Sharpe.

— Do próprio. Ele perguntou por você, Sharpe, e eu disse que você estava sendo tratado de um ferimento, caso contrário estaria comigo.

Sharpe não disse nada. Hogan parou de derramar cuidadosamente o líquido.

— Não seja injusto, Sharpe! Ele gosta de você. Acha que ele se esqueceu de Assaye?

Assaye. Sharpe se lembrava muito bem. O campo de mortos perto da aldeia na Índia, onde ele fora comissionado no campo de batalha. Hogan empurrou para ele um copo de estanho cheio de conhaque.

— Você sabe que ele não pode torná-lo capitão do 95°. Ele não tem poder para isso!

— Sei — Sharpe sorriu e levou o copo aos lábios. Mas Wellesley tinha poder para mandá-lo para casa, onde a promoção poderia acontecer. Empurrou o pensamento para longe, sabendo que o insulto irritante de seu posto logo retornaria, e sentia inveja de Hogan que, sendo engenheiro, só podia obter a promoção pela antiguidade. Isso significava que Hogan ainda era apenas capitão, mesmo tendo mais de cinquenta anos, mas pelo menos não havia ciúme e injustiça porque ninguém poderia comprar o atalho de subida na escada da promoção. Inclinou-se adiante. — E então? Alguma novidade? Ainda estamos com você?

— Estão. E temos um serviço. — Os olhos de Hogan piscaram. — Um serviço maravilhoso.

Patrick Harper riu.

— Isso significa um grande estrondo.

Hogan assentiu.

— Está certo, sargento. Uma grande ponte a ser mandada para o outro mundo com uma explosão. — Ele tirou um mapa do bolso e desdobrou-o na mesa. Sharpe olhou um dedo cheio de calos acompanhar o rio Tejo, desde o mar até Lisboa, passando por Abrantes, onde estavam agora, e entrando na Espanha onde o rio fazia uma enorme curva para o sul.

— Valdelacasa — disse Hogan. — Há uma velha ponte lá, uma ponte romana. O general não gosta dela.

Sharpe podia ver o motivo. O exército marcharia à margem norte do Tejo em direção a Madri, e o rio guardaria seu flanco direito. Havia poucas pontes onde os franceses poderiam atravessar e atacar suas linhas de suprimentos, e essas pontes ficavam em cidades, como Alcântara, onde os espanhóis mantinham guarnições para proteger as travessias. Valdelacasa nem mesmo estava indicado. Se não havia cidade não haveria guarnição, e uma força francesa poderia atravessar e causar tumulto na retaguarda britânica. Harper se inclinou e olhou o mapa.

— Por que não está indicado, senhor?

Hogan fez um ruído de desprezo.

— Fico surpreso por que esse mapa indicar Madri, que dirá Valdelacasa. — Ele estava certo. O mapa de Tomas Lopez, o único disponível nos exércitos que estavam na Espanha, era uma maravilhosa obra de imaginação espanhola. Hogan bateu com o dedo no mapa. — A ponte quase não é usada, está em más condições. Disseram-nos que mal era possível atravessar com uma carroça, quanto mais um canhão, mas poderia ser consertada e nós poderíamos ter "calças velhas" na nossa traseira num instante. — Sharpe sorriu. — "Calças velhas" era o estranho apelido dado pelos fuzileiros aos franceses, e Hogan havia adotado com gosto a expressão. O engenheiro baixou a voz de modo conspirador. — É um lugar estranho, pelo que me disseram, apenas um convento arruinado e a ponte. Chamam de El Puente de los Malditos. — Ele assentiu como se tivesse provado um argumento.

Sharpe esperou alguns segundos e suspirou.

— Certo. O que significa?

Hogan deu um sorriso de triunfo.

— Fico surpreso por você ter de perguntar! Significa "Ponte dos Malditos". Parece que, há anos, todas as freiras foram tiradas do convento e massacradas pelos mouros. O lugar é mal-assombrado, Sharpe, tomado pelos espíritos dos mortos!

Sharpe se inclinou para a frente para olhar com mais atenção o mapa. Avaliando pelo tamanho do dedo de Hogan, a ponte devia estar a uns 95 quilômetros depois da fronteira, e eles se encontravam a uma distância equivalente com relação à Espanha.

— Quando partimos?

— Bom, há um problema. — Hogan dobrou o mapa cuidadosamente. — Podemos partir para a fronteira amanhã, mas não podemos atravessar até sermos formalmente convidados pelos espanhóis. — Ele se recostou de novo, com o copo de conhaque. — E temos de esperar nossa escolta.

— Escolta! — Sharpe se eriçou. — Nós somos a sua escolta.

Hogan balançou a cabeça.

— Ah, não. Isto é política. Os espanhóis vão nos deixar explodir sua ponte, mas apenas se um regimento espanhol for junto. Parece que é uma questão de orgulho.

— Orgulho! — A raiva de Sharpe era óbvia. — Se você tem um regimento espanhol inteiro, por que, diabos, precisa de nós?

Hogan sorriu acalmando-o.

— Ah, eu preciso de você. E tem mais, veja bem. — Ele foi interrompido por Harper. O sargento estava parado junto à janela, sem ouvir a conversa dos dois, e olhando para a pequena praça.

— Isso é uma beleza. Ah, senhor, isso pode limpar meu fuzil a qualquer dia da semana.

Sharpe olhou pela pequena janela. Do lado de fora, numa égua preta, estava uma jovem vestida de preto; calções pretos, paletó preto e um chapéu de aba larga que sombreava o rosto mas de modo algum obscurecia uma beleza espantosa. Sharpe viu uma boca larga, olhos escuros, cabelos encaracolados cor de pólvora fina, e então ela percebeu o exame deles.

Sorriu ligeiramente e se virou para o outro lado, deu uma ordem ríspida a um serviçal que segurava o cabresto de uma mula, e olhou para a estrada que ia da praça em direção ao centro de Abranches. Hogan fez um pequeno ruído de contentamento.

— Isso é especial. Não costuma aparecer com frequência. Quem será?

— Mulher de algum oficial? — sugeriu Sharpe.

Harper balançou a cabeça.

— Não usa aliança, senhor. Mas está esperando alguém, sortudo desgraçado.

E um desgraçado rico, pensou Sharpe. O exército estava coletando sua cauda costumeira de mulheres e crianças que acompanhavam os regimentos à guerra. Cada batalhão tinha permissão de levar sessenta esposas de soldados para uma guerra no exterior, mas ninguém podia impedir que outras mulheres se juntassem às esposas "oficiais"; jovens do local, prostitutas, costureiras e lavadeiras, todas ganhando a vida com o exército. Esta jovem parecia diferente. Havia nela o cheiro de dinheiro e privilégio, como se tivesse fugido de um rico lar de Lisboa. Sharpe presumiu que ela fosse amante de um oficial rico, fazendo parte de seu equipamento como os cavalos puros-sangues, as pistolas Manton, os talheres de prata para refeições em campo e os cães que ele faria trotar obedientes atrás do cavalo. Havia muitas garotas como ela, Sharpe sabia, garotas que custavam muito dinheiro, e sentiu a velha inveja subir por dentro.

— Meu Deus. — Ainda olhando pela janela, Harper havia falado de novo.

— O que é? — Sharpe se inclinou para a frente e, como seu sargento, mal pode acreditar nos próprios olhos. Um batalhão de infantaria britânica estava marchando para a praça, mas era um batalhão do tipo que Sharpe não encontrava havia mais de 12 meses. Um ano em Portugal tinha transformado o exército no pesadelo de um sargento instrutor, os uniformes dos soldados haviam desbotado e recebido remendos do pano marrom que era visto em toda parte com os camponeses de Portugal, os cabelos tinham crescido, o brilho desaparecera havia muito dos botões e dos distintivos. Sir Arthur Wellesley não se importava; só queria que o soldado tivesse sessenta balas e cabeça limpa, e se as calças eram marrons em vez de brancas, isso não fazia diferença para o resultado de uma luta. Mas esse batalhão havia acabado de chegar da Inglaterra. Suas casacas eram de um escarlate luminoso, as cartucheiras cruzadas pintadas de branco com alvaiade, as botas de um preto espelhado. Cada homem usava polainas bem abotoadas e, mais surpreendente ainda, continuavam com os infames *stocks*; dez centímetros de couro preto rígido e envernizado que apertava o pescoço e deveria manter o queixo alto e as costas retas. Sharpe não conseguia se lembrar da última vez que vira um *stock*; assim que entravam em campanha os homens os "perdiam", e junto iam embora as feridas purulentas onde o couro rígido penetrava na pele macia por trás do maxilar.

— Eles fizeram a curva errada indo para o castelo de Windsor — disse Harper.

Sharpe balançou a cabeça.

— São inacreditáveis! — Quem comandava aquele batalhão devia ter transformado a vida dos homens num inferno para fazer com que parecessem tão imaculados a despeito da viagem da Inglaterra em navios apinhados e imundos e da longa marcha desde Lisboa, sob o calor do verão. As armas brilhavam, o equipamento era impecável e regular, enquanto os rostos inchavam vermelhos por causa dos *stocks* apertando e do sol ao qual não estavam acostumados. Na frente de cada companhia cavalgavam os oficiais; todos, observou Sharpe, com montarias soberbas. As bandeiras estavam acondicionadas em bainhas de couro polido e eram guardadas por sargentos cujas albardas haviam sido esfregadas até produzir um brilho luminoso. Os homens marchavam em passo perfeito, sem olhar à direita ou à esquerda, parecendo, como dissera Harper, que estavam indo para o serviço real em Windsor.

— Quem são? — Sharpe estava tentando pensar nos regimentos que tinham acabamentos amarelos no uniforme, mas este não se parecia com nenhum dos que ele conhecia.

— O South Essex — disse Hogan.

— O quê?

— O South Essex. É novo, muito novo. Acabou de ser organizado pelo tenente-coronel sir Henry Simmerson, primo do general sir Banestre Tarleton.

Sharpe assobiou baixinho. Tarleton havia lutado na guerra americana e agora fazia parte do Parlamento, como o maior opositor militar de Wellesley. Sharpe ouvira dizer que Tarleton queria o comando do exército em Portugal, e se ressentia amargamente da preferência pelo homem mais novo. Tarleton era um homem de influência, perigoso inimigo de Wellesley, e Sharpe sabia o suficiente sobre política do alto-comando para perceber que a presença do primo de Tarleton no exército não seria bem-vinda por Wellesley.

— É aquele? — Sharpe apontou para um homem corpulento montando um cavalo cinza no centro do batalhão.

Hogan assentiu.

— Aquele é sir Henry Simmerson, que Deus o proteja ou, de preferência, não.

O tenente-coronel sir Henry Simmerson tinha um rosto vermelho marcado por veias roxas e papadas balouçantes. Os olhos, à distância em que Sharpe via, pareciam pequenos e vermelhos, e dos dois lados do rosto suspeitoso, que parecia procurar alguma coisa, brotavam orelhas proeminentes que pareciam os munhões que se projetavam de cada lado de um cano de canhão. Ele parecia, pensou Sharpe, um porco montado a cavalo.

— Nunca ouvi falar desse sujeito.

— Não é surpreendente. Ele não fez nada — disse Hogan com escárnio. — Tem dinheiro de terras, representa Paglesham no Parlamento, é juiz de paz e, que Deus nos ajude, coronel da milícia. — Hogan pareceu surpreso com sua própria falta de caridade. — É bem-intencionado. Não ficará satisfeito até que esses garotos sejam o melhor batalhão do exército, mas acho que terá um choque terrível ao descobrir a diferença entre nós e a milícia.

Como outros oficiais regulares, Hogan tinha pouco tempo para a milícia, o segundo exército britânico. Era usada exclusivamente dentro da própria Grã-Bretanha, jamais tivera de lutar, jamais passara fome, jamais dormira num campo aberto sob um aguaceiro, no entanto desfilava com pompa e empáfia gloriosas. Hogan riu.

— Não podemos reclamar. Temos sorte de ter sir Henry.

— Sorte? — Sharpe olhou para o engenheiro grisalho.

— Ah, sim. Sir Henry só chegou em Abrantes ontem, mas nos disse que é um grande especialista em guerra. O sujeito ainda não viu um francês, mas fez um sermão para o general, sobre como derrotá-los! — Hogan riu e balançou a cabeça. — Talvez ele aprenda. Uma batalha pode tirar toda a goma do sujeito.

Sharpe olhou as companhias que marchavam firmes pela praça, como autômatos. Os distintivos de latão em suas barretinas refletiam o sol, mas os rostos por baixo do brilho eram inexpressivos. Sharpe adorava o exército, era seu lar, o refúgio que um órfão necessitara 16 anos antes, mas gostava acima de tudo porque lhe dava, de um modo desajeitado, a oportunidade de provar repetidamente que era valorizado. Podia se irritar com os ricos e privilegiados, mas reconhecia que o exército o havia tirado da sarjeta e colocado uma faixa de oficial em sua cintura, e não conseguia pensar em outro trabalho que oferecesse a um bastardo malnascido, fugitivo da lei, a chance de obter posto e responsabilidade. Mas Sharpe também tivera sorte. Em 16 anos raramente havia parado de lutar, e tivera a sorte de as batalhas em Flandres, na Índia e em Portugal exigirem homens como ele, que reagiam ao perigo como um jogador reagia diante de um baralho. Sharpe suspeitava que odiaria o exército em tempo de paz, com seus desfiles e exercícios sem sentido, seus ciúmes mesquinhos e o polimento interminável, e no regimento de South Essex via o exército de tempo de paz, que ele não desejava.

— Imagino que ele goste de açoitar, não é?

Hogan fez uma careta.

— Açoites, formaturas de castigo, exercícios extras. É só citar, que sir Henry usa. Diz que só terá os melhores. E eles são. O que você acha?

Sharpe deu um riso sério.

— Que Deus me livre do South Essex. Não estou pedindo muito, estou?

Hogan sorriu.

— Acho que está.

Sharpe olhou-o, com um sentimento de aperto no estômago. Hogan deu de ombros.

— Eu lhe disse que havia mais. Se um regimento espanhol vai marchar até Valdelacasa, sir Arthur acha, em nome da diplomacia, que um regimento britânico também deve ir. Para mostrar a bandeira; esse tipo de coisa. — Ele olhou para as fileiras polidas e de volta para Sharpe. — Sir Henry Simmerson e seus belos homens vão conosco.

Sharpe gemeu.

— Quer dizer que vamos receber ordens dele?

Hogan franziu os lábios.

— Não exatamente. Falando estritamente, você receberá ordens de mim. — Ele havia falado com elegância, como um advogado, e Sharpe o olhou curioso. Só poderia haver um motivo para Wellesley ter subordinado Sharpe e seus fuzileiros a Hogan, em vez de a Simmerson, e era porque o general não confiava em sir Henry. Sharpe ainda se perguntava por que ele era necessário; afinal de contas Hogan poderia esperar a proteção de dois batalhões inteiros, pelo menos 1.500 homens. — O general espera luta?

Hogan deu de ombros.

— Ele não sabe. Os espanhóis dizem que os franceses têm todo um regimento de cavalaria na margem sul, com artilharia montada, que estiveram perseguindo guerrilheiros rio acima e rio abaixo desde a primavera. Quem sabe? Ele acha que eles podem tentar nos impedir de explodir a ponte.

— Ainda não entendo por que o senhor precisa de nós.

Hogan sorriu.

— Talvez não precise. Mas não haverá nenhuma ação durante um mês; os franceses nos deixarão penetrar fundo na Espanha antes de lutarem, de modo que Valdelacasa pelo menos será a chance de uma escaramuça. E quero ter alguém em quem confio. Talvez eu só queira você junto como um favor, não é?

Sharpe sorriu. Tremendo favor, ser babá de um coronel da milícia que achava saber tudo, mas se calou.

— Pelo senhor, será um prazer.

Hogan sorriu de volta.

— Quem sabe? Pode ser. Ela também vai. — Sharpe acompanhou o olhar de Hogan pela janela e viu a jovem vestida de preto levantar a mão para um oficial do regimento de South Essex. Sharpe viu um homem louro, imaculadamente uniformizado, num cavalo que provavelmente havia custado mais do que o posto de quem o montava. A jovem esporeou sua égua e, seguida pelo serviçal com a mula, juntou-se à retaguarda do batalhão que marchava pela estrada em direção a Castelo Branco. A praça ficou vazia de novo, a poeira se assentando no calor feroz. Sharpe se recostou de volta e começou a rir.

— O que há de tão engraçado? — perguntou Hogan.

Sharpe apontou com o copo de conhaque para o casaco em frangalhos e a calça rasgada de Harper.

— Sir Henry não vai exatamente gostar de seus novos aliados.

O rosto do sargento permaneceu sério.

— Deus salve a Irlanda.

Hogan levantou seu copo.

— Amém.

CAPÍTULO II

O som dos tambores era distante e abafado, às vezes se misturando com os outros sons da cidade, mas insistente e sinistro, e Sharpe ficou feliz quando o barulho parou. Também ficou feliz porque haviam chegado a Castelo Branco, 24 horas depois do regimento de South Essex, após uma jornada cansativa que consistira em forçar as mulas de Hogan numa estrada rasgada por sulcos fundos e irregulares mostrando onde a artilharia de campo havia passado antes. Agora as mulas, carregadas com barriletes de pólvora, pacotes de oleado com pavios, picaretas, pés de cabra, pás, todo o equipamento que Hogan necessitava para Valdelacasa, seguiam pacientemente atrás dos fuzileiros e dos artífices de Hogan abrindo caminho pelas ruas apinhadas em direção à praça principal. Enquanto se derramavam sob o sol luminoso, as suspeitas de Sharpe com relação ao som dos tambores foram confirmadas.

Alguém fora açoitado. Agora tudo terminara. A vítima havia ido embora e Sharpe, olhando a formação aberta do South Essex na praça, lembrou-se de quando fora açoitado, anos antes, e da luta para manter a agonia escondida, para não mostrar aos oficiais que o chicote doía. Sharpe levaria as cicatrizes do açoitamento até a sepultura, mas tinha lá suas dúvidas se Simmerson sabia como fora selvagem o castigo que acabara de infligir ao seu batalhão.

Hogan puxou as rédeas de seu cavalo à sombra do palácio do bispo.

— Este não parece o melhor momento para falar com o bom coronel. — Soldados estavam tirando quatro triângulos de madeira encostados na parede mais distante, do outro lado da praça. Quatro homens açoitados. Santo Deus, pensou Sharpe, quatro homens. Hogan virou o cavalo até ficar de costas para o batalhão. — Preciso guardar a pólvora, Richard. Caso contrário cada grão será roubado. Encontro você aqui.

Sharpe assentiu.

— Preciso de água, de qualquer modo. Dez minutos?

Os homens de Sharpe desmoronaram ao pé da parede, largando mochilas e fuzis, com o humor azedado pela lembrança, diante deles, de uma disciplina que os regimentos de fuzileiros haviam praticamente descartado. Sir Henry foi com seu cavalo, delicadamente, ao centro da praça e sua voz chegou com clareza até Sharpe e seus homens.

— Açoitei quatro homens porque quatro homens desertaram. — Sharpe levantou a cabeça, espantado. Já havia desertores? Olhou para o batalhão, cujos rostos estavam inexpressivos, e se perguntou quantos outros sentiam-se tentados a escapar das fileiras de Simmerson. O coronel estava meio de pé na sela. — Alguns de vocês sabem como esses homens planejaram o crime. Alguns de vocês os ajudaram. Preferiram o silêncio, portanto açoitei quatro homens para lembrar-lhes de seu dever. — A voz dele era curiosamente aguda; seria engraçado se a presença do sujeito não fosse tão grande. Estivera falando de modo controlado, quase casual, mas de repente sir Henry se virou à esquerda e à direita e balançou um braço como se quisesse apontar para cada homem sob seu comando. — Vocês serão os melhores! — O volume foi tão súbito que pombos voaram, espantados, das lajes do convento. Sharpe esperou por mais, porém não houve. O coronel virou seu cavalo e se afastou deixando o grito de batalha ressoar como uma ameaça.

Sharpe atraiu o olhar de Harper e o sargento deu de ombros. Não havia nada a dizer, os rostos do regimento de South Essex proclamavam o fracasso de Simmerson; eles simplesmente não sabiam como ser os melhores. Sharpe ficou olhando as companhias marcharem para fora da praça e só viu mau humor e ressentimento nas expressões. Sharpe acreditava na disciplina. A deserção ao inimigo merecia a morte, algumas ofensas mereciam açoite, e se um homem fosse enforcado por saque descarado, era culpa dele, porque as regras eram simples. E para Sharpe essa era a chave: manter as regras simples. Ele pedia três coisas a seus homens. Que lutassem, como ele lutava, com um profissionalismo implacável. Que só roubassem do inimigo e dos mortos, a não ser que estivessem passando fome. E que jamais se embebedassem sem sua permissão. Era um código simples, compreensível por homens que na maioria haviam entrado para o exército porque tinham fracassado em outros lugares, e funcionava. Era sustentado pelo castigo e Sharpe sabia, apesar de seus homens gostarem dele e o seguirem de boa vontade, que eles temiam sua raiva quando violavam a confiança. Sharpe era um soldado.

Atravessou a praça na direção de um beco, procurando uma fonte de água, e notou um tenente da Companhia Ligeira do South Essex cavalgando na direção do mesmo beco sombreado entre as construções.

Era o homem que havia acenado para a jovem de preto, e Sharpe sentiu uma pontada de irritação enquanto entrava primeiro no beco. Era um ciúme irracional. O uniforme do tenente era cortado com elegância, o sabre curvo da infantaria ligeira era caro, e o cavalo preto que ele montava valia provavelmente um posto de tenente. Sharpe se ressentiu da riqueza do sujeito, da superioridade fácil de um homem nascido com terras e nobreza, e isso o irritava porque ele sabia que o ressentimento se baseava na inveja. Espremeu-se na lateral do beco para deixar o cavaleiro passar, olhou para cima e assentiu afável, e teve a visão de um rosto fino, bonito, cercado por cabelos louros. Esperava que o tenente o ignorasse; Sharpe não tinha talento para falar amenidades e não queria manter uma conversa incômoda num beco fedorento quando, sem dúvida, mais tarde seria apresentado aos oficiais do batalhão.

Ficou desapontado. O tenente parou e olhou para o fuzileiro.

— Não ensinam os fuzileiros a prestar continência? — A voz do tenente era macia e tão rica quanto seu uniforme. Sharpe não disse nada. Sua dragona estava faltando, arrancada na luta de inverno, e ele percebeu que o tenente louro o havia confundido com um soldado raso. Não era de surpreender. O beco tinha sombras profundas, o perfil de Sharpe, com o fuzil pendurado, ajudava a explicar o erro do tenente. Sharpe olhou para o rosto fino, de olhos azuis, e já ia explicar o mal-entendido quando o tenente vibrou o chicote acertando o rosto de Sharpe.

— Responda, seu desgraçado!

Sharpe sentiu a raiva subir por dentro, mas ficou imóvel e esperou sua hora. O tenente puxou o chicote de volta.

— Que batalhão? Que companhia?

— Segundo batalhão, quarta companhia. — Sharpe falou com insolência deliberada e se lembrou de quando não tinha proteção contra oficiais assim. O tenente sorriu de novo, não mais de modo agradável.

— Você vai me chamar de "senhor". Vou obrigá-lo. Quem é o seu oficial?

— O tenente Sharpe.

— Ah! — O tenente manteve o chicote levantado. — O tenente Sharpe, de quem todos ouvimos falar. Ele fez carreira começando de baixo, não foi?

Sharpe assentiu e o tenente levantou o chicote mais ainda.

— É por isso que você não diz "senhor"? O senhor Sharpe tem ideias estranhas sobre disciplina? Bom, terei de ver o tenente Sharpe, não terei? E farei com que você seja punido por insolência. — Ele baixou o chicote na direção da cabeça de Sharpe. Não existia espaço para o fuzileiro recuar, mas não havia necessidade. Em vez disso pôs as duas mãos embaixo do estribo do sujeito e empurrou para cima com toda a força. O chicote parou em algum lugar no meio do golpe, o homem começou a gritar, e no instante seguinte estava caído de costas do lado oposto do cavalo, onde outro animal havia defecado antes.

— Você terá de lavar seu uniforme, tenente — disse Sharpe.

O cavalo do sujeito havia relinchado e avançado alguns passos, e o furioso tenente lutou para se levantar e pôs a mão no punho do sabre.

— Olá! — Hogan estava espiando para dentro do beco. — Achei que havia perdido você! — O engenheiro veio montado em seu cavalo até os dois homens, e olhou divertido para o fuzileiro. — Todas as mulas estão no estábulo; a pólvora, guardada. — Em seguida se virou para o desconhecido tenente e levantou o chapéu. — Boa tarde. Acho que não nos conhecemos. Meu nome é Hogan.

O tenente soltou a espada.

— Gibbons, senhor. Tenente Christian Gibbons.

Hogan riu.

— Vejo que já conheceu o Sharpe. Tenente Richard Sharpe, do 95º de Fuzileiros.

Gibbons olhou para Sharpe e seus olhos se arregalaram enquanto notava, pela primeira vez, que a arma na cintura de Sharpe não era a baioneta usual carregada pelos fuzileiros, e sim uma espada completa. Levantou os olhos para encarar Sharpe nervosamente. Hogan continuou animado:

— Você ouviu falar em Sharpe, claro; todo mundo ouviu. É o garoto que matou o sultão Tipu. Depois, vejamos, houve aquela situação medonha em Assaye. Ninguém sabe quantos Sharpe matou por lá. Você sabe, Sharpe? — Hogan ignorou qualquer resposta possível e continuou sem remorsos: — Um sujeito terrível, o nosso tenente Sharpe, igualmente fatal com espada ou arma de fogo.

Gibbons não podia se enganar com a mensagem de Hogan. O capitão vira a briga e estava alertando Gibbons sobre a consequência provável de um duelo formal. O tenente aceitou a saída proposta. Abaixou-se e pegou sua barretina da Companhia Ligeira e assentiu para Sharpe.

— O erro foi meu, Sharpe.

— O prazer foi meu, tenente.

Hogan ficou olhando Gibbons pegar seu cavalo e desaparecer do beco.

— Você não é muito gentil quando recebe um pedido de desculpas.

— O pedido não foi feito com muita gentileza. — Sharpe coçou a bochecha. — De qualquer modo, o desgraçado bateu em mim.

Hogan deu um riso incrédulo.

— Ele o quê?

— Me bateu, com o chicote. Por que acha que eu o joguei no esterco?

Hogan balançou a cabeça.

— Não há nada tão satisfatório quanto um relacionamento amigável e profissional com os colegas oficiais, meu caro Sharpe. Estou vendo que esse serviço será um prazer. O que ele queria?

— Que eu prestasse continência. Achou que eu era soldado raso.

Hogan riu de novo.

— Deus sabe o que Simmerson vai pensar de você. Vamos descobrir.

Foram levados até a sala de Simmerson e encontraram o coronel do regimento de South Essex sentado em sua cama, usando apenas uma calça. Um médico estava ajoelhado junto dele e levantou os olhos nervoso quando os dois oficiais entraram no quarto; esse movimento provocou um golpe impaciente da mão de Simmerton.

— Ande, homem. Não tenho o dia todo!

O doutor estava segurando o que parecia uma caixa de metal com um gatilho montado no topo. Passou-o por cima do braço de sir Henry e Sharpe viu que ele estava tentando achar um trecho de pele que ainda não estivesse arranhado com cicatrizes estranhamente regulares.

— Escarificação! — rosnou sir Henry para Hogan. — Você costuma fazer sangria, capitão?

— Não, senhor.

— Deveria. Mantém o homem saudável. Todos os soldados deveriam sangrar. — Ele se virou de volta para o médico que ainda estava hesitando sobre o antebraço arranhado. — Ande, seu idiota!

Por nervosismo, o médico apertou o gatilho por engano e houve um estalo forte. Da parte de baixo da caixa Sharpe viu um grupo de pequenas lâminas malignas saltar como línguas de aço. O doutor as encolheu de volta.

— Desculpe, sir Henry. Um momento.

O médico forçou as lâminas de volta na caixa e Sharpe percebeu de repente que era uma máquina de sangria. Em vez do antiquado bisturi na veia, sir Henry preferia o moderno escarificador, supostamente mais rápido e mais eficaz. O doutor pôs a caixa no braço do coronel, olhou nervoso para o paciente e depois apertou o gatilho.

— Ah! Assim está melhor! — Sir Henry fechou os olhos e deu um sorriso momentâneo. Um fio de sangue escorreu por seu braço e escapou da toalha que o médico estava usando para estancar o fluxo.

— De novo, Parton, de novo!

O médico balançou a cabeça.

— Mas, sir Henry...

Simmerson deu um cascudo no médico com a mão livre.

— Não discuta comigo! Que desgraça, homem, me sangre! — Em seguida olhou para Hogan. — Sempre fico irritado demais depois de um açoitamento, capitão.

— É bem compreensível, senhor — disse Hogan com seu sotaque irlandês, e Simmerson olhou-o com suspeitas. A caixa estalou de novo, as lâminas se cravaram no braço gorducho e mais sangue escorreu sobre os panos. Hogan captou o olhar de Sharpe e houve um brilho de sorriso que poderia facilmente se transformar em gargalhada. Sharpe olhou de volta para sir Henry Simmerson, que estava vestindo a camisa.

— Você deve ser o capitão Hogan, não é?

— Sim, senhor — assentiu Hogan afavelmente.

Simmeson se virou para Sharpe.

— E quem, diabos, é você?

— Tenente Sharpe, senhor, do 95º de Fuzileiros.

— Não é, não. Você é uma desgraça, isso é que é!

Sharpe ficou quieto. Olhou por cima do ombro do coronel, pela janela, para os montes azuis e longínquos onde os franceses juntavam as forças.

— Forrest! — Simmerson havia se levantado. — Forrest!

A porta se abriu e o major, que devia estar esperando o chamado, entrou. Deu um sorriso temeroso para Sharpe e Hogan e em seguida se virou para Simmerson.

— Coronel?

— Este oficial precisará de um novo uniforme. Forneça-o, por favor, e arranje para que o dinheiro seja deduzido do pagamento dele.

— Não — disse Sharpe em tom chapado. Simmerson e Forrest se viraram para encará-lo. Por um momento sir Henry não disse nada, não estava acostumado a ser contrariado, e Sharpe continuou: — Sou oficial do 95º Regimento de Fuzileiros e usarei o uniforme do meu regimento enquanto tiver essa honra.

Simmerson começou a ficar vermelho e seus dedos se remexeram ao lado do corpo.

— Sharpe, seu maldito! Você é uma desgraça! Não é um soldado, é um varredor! Você está sob minhas ordens agora e estou ordenando que volte aqui em 15 minutos...

— Não, senhor. — Desta vez foi Hogan quem falou. Suas palavras fizeram Simmerson parar no meio do fluxo, mas o capitão não deu tempo para o coronel se recuperar. Soltou todo o seu charme irlandês, começando com um sorriso tão doce e razoável que seria capaz de atrair um peixe para fora d'água. — Veja bem, sir Henry, Sharpe está sob minhas ordens. O general foi bastante específico. Pelo que entendo, sir Henry, nós acompanhamos um ao outro até Valdelacasa, mas Sharpe está comigo.

— Mas... — Hogan levantou uma das mãos diante do protesto de Simmerson.

— O senhor está certo, certo demais. Mas, claro, deve entender que as condições no campo não são tudo que desejaríamos, e é muito melhor, senhor, não preciso observar, que eu tenha a disposição dos fuzileiros.

Simmerson encarou Hogan. O coronel não havia entendido uma palavra do absurdo dito por Hogan, mas tudo aquilo fora declarado de um modo tão casual, e tão de soldado para soldado, que Simmerson estava tentando desesperadamente encontrar uma resposta que não o fizesse parecer idiota. Olhou para Hogan por um momento.

— Mas esta decisão seria minha!

— Como o senhor está certo, como é verdadeiro! — Hogan falava enfática e calorosamente. — Isto é: em situação normal. Mas creio que o general tinha em mente, senhor, que o senhor estaria muito assoberbado pelos problemas de nossos aliados espanhóis e afinal de contas, senhor, existem as exigências de engenharia das quais o tenente Sharpe entende. — Ele se inclinou para a frente, de modo conspiratório. — Preciso de homens para pegar e carregar, senhor. O senhor entende.

Simmerson sorriu, depois deu uma gargalhada ruidosa. Hogan o havia tirado da situação difícil. Apontou para Sharpe.

— Ele se veste como um trabalhador comum, hein, Forrest? Um trabalhador! — Simmerson ficou deliciado com sua piada e repetiu-a para si mesmo enquanto vestia o enorme paletó escarlate e amarelo. — Um trabalhador! Hein, Forrest? — O major sorriu obedientemente. Parecia um vigário sofredor, continuamente assolado pelos pecados de um rebanho que não se arrependia, e quando Simmerson deu as costas, ele deu um olhar de desculpas para Sharpe. — Tem feito muito serviço de soldado, Sharpe? Afora pegar e carregar?

— Um pouco, senhor.

Simmerson deu um risinho.

— Quantos anos você tem?

— Trinta e dois, senhor. — Sharpe olhava rigidamente adiante.

— Trinta e dois, hein? E ainda é apenas tenente? Qual é o problema, Sharpe? Incompetência?

Sharpe viu Forrest sinalizando para o coronel, mas ignorou os movimentos.

— Eu comecei de baixo, como soldado raso, senhor.

A mão de Forrest baixou. O queixo do coronel caiu. Não havia muitos homens que davam o salto de sargento a alferes, e esses raramente podiam ser acusados de incompetência. Só havia três qualificações de que um soldado comum necessitava, para receber uma patente. Primeiro devia ser capaz de ler e escrever, e Sharpe havia aprendido isso na prisão do sultão Tipu, ao som dos gritos dos outros prisioneiros britânicos que eram torturados. Em segundo lugar, o homem tinha de realizar algum ato de coragem suicida, e Sharpe sabia que Simmerson estava se perguntando o que ele teria feito. A terceira qualificação era uma sorte extraordinária, e às vezes Sharpe se perguntava se isso não era uma espada de dois gumes. Simmerson fungou.

— Então você não é cavalheiro, Sharpe?

— Não, senhor.

— Bom, pelo menos poderia tentar se vestir como um, não? Só porque cresceu numa pocilga não significa que tenha de se vestir como um porco, não é?

— Não, senhor. — Não havia mais nada a dizer.

Simmerson pendurou a espada na barriga vasta.

— Quem lhe deu o posto, Sharpe?

— Sir Arthur Wellesley, senhor.

Sir Henry deu uma gargalhada de triunfo.

— Eu sabia! Não tem padrões, não tem absolutamente nenhum padrão! Eu vi este exército, a aparência dele é uma desgraça! Não se pode dizer isso dos meus homens, não é? Não se pode lutar sem disciplina! — Ele olhou para Sharpe. — O que faz um bom soldado, Sharpe?

— A capacidade de disparar três tiros por minuto em tempo chuvoso, senhor. — Sharpe investiu sua resposta com um leve tom de insolência. Sabia que a resposta irritaria Simmerson. O South Essex era um batalhão novo e ele duvidava que a habilidade no uso dos mosquetes estivesse à altura de outros batalhões mais antigos. De todos os exércitos na Europa, apenas o britânico treinava com munição de verdade, mas demorava semanas, às vezes meses, para um soldado aprender a tarefa complicada de carregar e disparar um mosquete com rapidez, ignorando o pânico, apenas se concentrando em atirar melhor do que o inimigo.

Sir Henry não havia esperado essa resposta, e ficou olhando pensativo para o fuzileiro cheio de cicatrizes. Para ser honesto, e sir Henry não gostava de ser honesto consigo mesmo, ele sentia medo do exército que havia encontrado em Portugal. Até agora sir Henry pensara que ser soldado era uma questão gloriosa de homens obedientes formados em linhas absolutamente retas, com as casacas escarlates reluzindo ao sol, e em vez disso fora recebido por oficiais informais, malvestidos, que zombavam do treinamento de sua milícia. Sir Henry havia sonhado em liderar seu regimento numa batalha, montado em seu cavalo, com a espada erguida, ganhando uma glória imorredoura. Mas olhando para Sharpe, que se parecia com tantos oficiais que ele encontrara no seu breve tempo em Portugal, pegou-se imaginando se haveria algum oficial francês parecido com Sharpe. Tinha imaginado o exército de Napoleão como um rebanho de soldados ignorantes pastoreados por oficiais almofadinhas, e estremeceu por dentro ao pensar que eles poderiam ser homens magros e endurecidos como Sharpe, que poderiam arrancá-lo da sela antes que ele tivesse a chance de ser pintado a óleo como um herói conquistador. Sir Henry já estava com medo e ainda não vira nenhum inimigo, mas primeiro precisava conseguir uma vingança súbita contra esse fuzileiro que o deixara sem palavras.

— Três tiros por minuto?
— Sim, senhor.
— E como se pode ensinar os homens a disparar três tiros por minuto? Sharpe deu de ombros.
— Com paciência, senhor. Treino. Uma batalha faz muito bem. Simmerson fez um muxoxo para ele.
— Paciência! Treino! Eles não são crianças, Sharpe. São bêbados e ladrões! Saídos da sarjeta! — Sua voz estava subindo de volume outra vez. — É preciso enfiar isso a açoite neles, Sharpe, a açoite! É o único modo! Dar uma lição que eles jamais esqueçam. Correto?
Houve silêncio. Simmerson se virou para Forrest.
— Correto, major?
— Sim, senhor. — A resposta de Forrest carecia de convicção. Simmerson virou-se para Sharpe.
— Sharpe?
— É o último recurso, senhor.
— O último recurso, senhor. — Simmerson imitou Sharpe mas ficou secretamente satisfeito. Era a resposta que desejava. — Você é mole, Sharpe! É capaz de ensinar homens a disparar três tiros por minuto?
Sharpe pôde sentir o desafio no ar, mas não havia como recuar.
— Sim, senhor.
— Certo! — Simmerson esfregou as mãos. — Esta tarde. Forrest?
— Senhor?
— Dê uma companhia ao senhor Sharpe. A ligeira servirá. O senhor Sharpe vai melhorar a capacidade de tiro deles! — Simmerson se virou e fez uma reverência para Hogan, com ironia pesada. — Isto é, se o capitão Hogan concordar em nos emprestar os serviços do tenente Sharpe.
Hogan deu de ombros e olhou para Sharpe.
— Claro, senhor.
Simmerson sorriu.
— Excelente! Então, senhor Sharpe, vai ensinar minha companhia ligeira a disparar três tiros por minuto?
Sharpe olhou pela janela. Era um dia quente e seco, e não havia motivo para um homem bom não disparar cinco tiros por minuto num tempo

assim. Dependia, claro, da condição atual da companhia ligeira. Se eles só conseguissem dar dois tiros por minuto era quase impossível torná-los especialistas numa tarde, mas não faria mal tentar. Olhou de volta para Simmerson.

— Tentarei, senhor.

— Ah, tentará, senhor Sharpe, tentará. E pode dizer a eles que eu avisei que, se fracassarem, vou açoitar um em cada dez homens. Entendeu, senhor Sharpe? Um em cada dez.

Sharpe entendeu muito bem. Caíra na armadilha de Simmerson, para fazer um serviço provavelmente impossível, e o resultado seria que o coronel teria sua orgia de açoites e ele, Sharpe, ficaria com a culpa. E se tivesse sucesso? Então Simmerson poderia dizer que fora a ameaça dos açoites que provocara o resultado. Viu o triunfo nos pequenos olhos vermelhos de Simmerson e sorriu para o coronel.

— Não falarei a eles sobre os açoites, coronel. O senhor não quereria que eles se distraíssem, não é?

Simmerson sorriu de volta.

— Use os seus métodos, senhor Sharpe. Mas deixarei o triângulo onde está; acho que irei precisar dele.

Sharpe colocou sua barretina puída na cabeça e fez uma saudação, com uma precisão de estalar os ossos.

— Não se incomode, senhor. Não precisará do triângulo. Bom dia, senhor.

Agora faça isso acontecer, pensou.

CAPÍTULO III

— Não acredito, senhor. Diga que não é verdade. — O sargento Patrick Harper balançou a cabeça enquanto observava ao lado de Sharpe a companhia ligeira do South Essex disparar duas saraivadas sob as ordens de um tenente. — Mande este batalhão à Irlanda, senhor. Seríamos um país livre em duas semanas! Eles não conseguem lutar nem contra um coro de igreja!

Sharpe concordou mal-humorado. Não que os homens não soubessem carregar e disparar os mosquetes; simplesmente faziam isso com uma lentidão dolorosa e uma dedicação ao manual de exercícios que era rigorosamente imposto pelos sargentos. Havia oficialmente vinte movimentos para carregar e disparar um mosquete, cinco deles aplicados apenas ao modo como a vareta de aço deveria ser usada para empurrar a bala e a carga pelo cano, e a insistência do batalhão em fazer isso segundo o manual significava que Sharpe havia marcado o tempo de seus dois disparos de demonstração em mais de trinta segundos cada. Ele tinha três horas, no máximo, para fazer com que acelerassem vinte segundos em cada disparo, e podia entender a reação de Harper a essa tarefa. O sargento estava com expressão de escárnio explícito.

— Que Deus nos ajude se tivermos de entrar numa escaramuça ao lado desse pessoal! Os franceses vão comê-los no desjejum! — Ele estava certo. A companhia nem mesmo era treinada para ficar de pé na linha de batalha, quanto mais entrar em escaramuça com as tropas ligeiras diante do inimigo. Sharpe silenciou Harper enquanto um capitão a cavalo trotava até eles. Era Lennox, capitão da companhia ligeira, e ele riu para Sharpe.

— Terrível, não é?

Sharpe não sabia como responder. Concordar pareceria crítica ao escocês grisalho que parecia bastante amigável. Sharpe deu uma resposta descomprometida e Lennox apeou da sela e parou ao seu lado.

— Não se preocupe, Sharpe. Sei como eles são ruins, mas Sua Eminência insiste em fazer desse modo. Se ele deixasse por minha conta, eu obrigaria os desgraçados a fazer direito, mas se violarmos ao menos um pequeno regulamento são três horas de exercício com mochilas cheias. — Ele olhou interrogativamente para Sharpe. — Você esteve em Assaye? — Sharpe assentiu e Lennox riu de novo. — É, eu me lembro de você. Naquele dia você fez fama. Eu era do 78º.

— Eles também fizeram fama.

Lennox ficou feliz com o elogio. Sharpe se lembrou do campo indiano e da visão do regimento das Terras Altas marchando em ordem perfeita para atacar as linhas dos Mahratta. Grandes brechas foram explodidas nas fileiras que vestiam *kilts*, enquanto os homens marchavam calmamente para a tempestade de artilharia, mas os escoceses tinham feito seu serviço, trucidaram os artilheiros e recarregaram na cara da massa gigantesca da infantaria inimiga que não teve coragem para contra-atacar o regimento aparentemente invencível. Lennox balançou a cabeça.

— Sei o que está pensando, Sharpe. Que diabo estou fazendo aqui com esse pessoal? — Ele não esperou resposta. — Sou um velho, estava aposentado, mas minha mulher morreu, o meio salário não se esticava e eles precisavam de oficiais para a porcaria do sir Henry Simmerson. Portanto aqui estou. Conhece o Leroy?

— Leroy?

— Thomas Leroy. É capitão aqui também. Ele é bom. Forrest é um sujeito decente. Mas o resto! Só porque vestem um uniforme chique acham que são guerreiros. Olhe aquele ali!

Apontou para Christian Gibbons, que montava seu cavalo preto em direção ao campo.

— O tenente Gibbons? — perguntou Sharpe.

— Vocês já se conheceram, então? — Lennox riu. — Então não vou dizer nada sobre o senhor Gibbons, a não ser que é sobrinho de Simmerson, não se interessa por nada além de mulheres e é um desgraçadozinho arrogante. Ingleses malditos! Com o seu perdão, Sharpe.

Sharpe riu.

— Nem todos somos tão ruins. — Ficou olhando Gibbons trazer seu cavalo delicadamente até a distância de 12 passos e parar. O tenente olhou com ar de superioridade para os dois oficiais. Então este é o sobrinho de Simmerson?, pensou Sharpe.

— Somos necessários aqui, senhor?

Lennox balançou a cabeça.

— Não, senhor Gibbons, não somos. Vou deixar Knowles e Denny com o tenente Sharpe enquanto ele opera seus milagres. — Gibbons levou a mão ao chapéu e esporeou o cavalo afastando-se. Lennox olhou-o ir. — Não pode fazer nada errado. Aquele ali é a menina dos olhos injetados do coronel. — Em seguida se virou e acenou para a companhia. — Vou deixar o tenente Knowles e o alferes Denny com você, os dois são bons rapazes, mas aprenderam errado com o Simmerson. Há alguns soldados velhos, isso vai ajudar. E boa sorte, Sharpe, vai precisar! — Ele resmungou enquanto subia à sela. — Bem-vindo ao hospício, Sharpe!

Sharpe foi deixado com a companhia, os oficiais inferiores e as fileiras de rostos obtusos que o olhavam como se temessem algum novo tormento imaginado por seu coronel. Ele caminhou diante da companhia, observando os rostos vermelhos que inchavam acima dos *stocks* apertados e brilhavam de suor no calor implacável. Encarou-os. Seu paletó estava desabotoado, a camisa aberta, e ele não usava chapéu. Para os homens do South Essex parecia um visitante de outro continente.

— Agora vocês estão em guerra. Quando encontrarem os franceses, muitos de vocês morrerão. A maioria. — Eles ficaram pasmos com as palavras. — Vou lhes dizer por quê.

Apontou para o horizonte a leste.

— Os franceses estão lá, esperando vocês. — Alguns homens olharam naquela direção, como se esperassem ver o próprio Bonaparte vindo através das oliveiras nos arredores de Castelo Branco. — Eles têm mosquetes e todos são capazes de disparar três ou quatro tiros por minuto. Apontando para vocês. E vão matá-los porque vocês são desgraçadamente lentos. Se vocês não os matarem antes, eles vão matá-los, é simples. Você. — Ele apontou para um homem na primeira fila. — Traga seu mosquete!

Pelo menos tinha a atenção deles, e alguns entenderiam o fato simples de que o lado que mandava mais balas tinha mais chance de vencer. Pegou o mosquete do sujeito, um punhado de munição e largou seu fuzil. Segurou o mosquete acima da cabeça e foi direto aos princípios.

— Olhem para isso! Um mosquete India Pattern. Cinquenta e cinco polegadas e um quarto de comprimento, com cano de 39 polegadas. Dispara uma bala com grossura de três quartos de polegada, quase da grossura do polegar de vocês, e mata franceses! — Houve um riso nervoso, mas eles estavam escutando. — Mas vocês não matarão nenhum francês com ele. São lentos demais! No tempo que vocês demoram para dar dois tiros o inimigo provavelmente conseguirá três. E, acreditem, os franceses são lentos. Assim, esta tarde, vocês vão aprender a disparar três tiros em um minuto. Com o tempo vão conseguir quatro tiros em cada minuto e, se forem realmente bons, deverão conseguir cinco.

A companhia ficou olhando-o carregar o mosquete. Fazia anos que não disparava um mosquete de cano liso, mas comparado com o fuzil Baker isso era ridiculamente fácil. Não havia ranhuras no cano para prender a bala e não era preciso forçar a vareta de aço com força bruta ou mesmo martelá-la. Um mosquete era rápido de se carregar, motivo pelo qual a maioria do exército o usava, em vez do fuzil que era mais lento porém muito mais preciso. Verificou a pederneira, era nova e bem assentada nas mandíbulas, por isso escorvou e engatilhou a arma.

— Tenente Knowles?

Um jovem tenente ficou em posição de sentido.

— Senhor!

— Você tem um relógio?

— Sim, senhor.

— Ele consegue marcar um minuto?

Knowles pegou um enorme relógio de ouro e abriu a tampa.

— Sim, senhor.

— Assim que eu disparar, fique de olho nesse relógio e diga quando um minuto houver se passado. Entendeu?

— Sim, senhor.

Sharpe deu as costas para a companhia e apontou o mosquete pelo campo, na direção de um muro de pedras. Ah, meu Deus, rezou, que ele não negue fogo, e puxou o gatilho. O pescoço de cisne com a pederneira presa saltou adiante, a pólvora na caçoleta se acendeu, e, numa fração de segundo, a carga principal explodiu e ele sentiu o coice forte enquanto a bala de chumbo era expelida do cano num jorro de fumaça grossa e branca.

Agora era tudo instinto; os movimentos jamais esquecidos. Mão direita longe do gatilho, deixar a arma cair na mão esquerda e, enquanto a coronha bate no chão, a mão direita já está com o cartucho seguinte. Morder para tirar a bala. Derramar a pólvora no cano mas lembrar-se de guardar uma pitada para a escorva. Cuspir na bala. Pegar a vareta, levantar e mandar para dentro do cano. Um empurrão rápido e depois está fora de novo, e a arma está em cima, o cão para trás, a escorva na caçoleta, e disparar na fumaça que resta do primeiro tiro.

E de novo e de novo e de novo e lembranças de estar de pé na fileira com colegas suarentos, de olhos loucos, e fazendo os movimentos como num pesadelo. Ignorando as nuvens de fumaça, os gritos, desviando-se à esquerda e à direita para preencher as brechas deixadas pelos mortos, apenas carregando e disparando, carregando e disparando, deixando as chamas cuspirem na névoa de fumaça de pólvora, as balas de chumbo se chocando contra inimigos não vistos e esperar que eles estejam caindo para trás. Depois a ordem de cessar fogo e você para. Seu rosto está preto e ardendo das explosões da pólvora na caçoleta a centímetros da bochecha direita, os olhos ardendo da fumaça e dos grãos de pólvora, e a nuvem se esvai deixando os mortos e os feridos na frente, e você se apoia no mosquete e reza para que da próxima vez a arma não negue fogo, a pederneira não se parta, ou simplesmente o mosquete não se recuse totalmente a disparar.

Puxou o gatilho pela quinta vez, a bala partiu por cima do campo, e o mosquete estava abaixado e a pólvora no cano antes que Knowles gritasse:

— Acabou o tempo!

Os homens gritaram, riram e aplaudiram porque um oficial havia violado as regras e mostrado que podia fazer isso. Harper estava dando um riso largo. Ele, pelo menos, sabia como era difícil dar cinco disparos num minuto, e Sharpe sabia que o sargento havia notado como ele, espertamente, carregara o primeiro disparo antes que começasse o minuto cronometrado. Sharpe fez o barulho parar.

— É assim que vocês usarão o mosquete. Depressa! Agora vão fazer isso.

Houve silêncio. Sharpe sentiu-se endiabrado; Simmerson não lhe havia dito para usar seu próprio método?

— Tirem os *stocks*! — Por um momento ninguém se mexeu. Os homens o encararam. — Andem! Depressa! Tirem os *stocks*!

Knowles, Denny e os sargentos ficaram olhando, perplexos, os homens prendendo os mosquetes entre os joelhos e usando as duas mãos para arrancar os rígidos colarinhos de couro.

— Sargentos! Recolham os *stocks*. Tragam-nos aqui.

O batalhão fora brutalizado demais. Não poderia ensinar a disparar rápido a não ser que lhes oferecesse uma oportunidade de se vingar do sistema que os condenara ao batalhão de um açoitador. Os sargentos vieram até ele, receosos, os braços com pilhas dos odiados *stocks*.

— Ponham-nos aqui. — Sharpe os fez largar os cerca de setenta *stocks* a uns quarenta passos à frente da companhia. Apontou para o monte brilhante. — Isto é o alvo de vocês! Cada um de vocês receberá apenas três cargas. Apenas três. E terão um minuto para dispará-las! Os que tiverem sucesso duas vezes seguidas vão ficar de fora e ter a tarde de folga. O resto continuará tentando até conseguir.

Deixou os dois oficiais organizarem o exercício. Os homens estavam dando risos largos e havia um zumbido de conversas nas fileiras que ele não tentou conter. Os sargentos olhavam-no como se ele estivesse cometendo traição, mas nenhum ousou confrontar o alto e moreno fuzileiro que usava a espada longa. Quando tudo estava pronto Sharpe deu a ordem e as balas começaram a despedaçar a pilha de couro. Os homens esqueciam os antigos exercícios e se concentravam em disparar o ódio contra os colarinhos de couro que haviam lhes dado pescoços feridos e representavam Simmerson e toda a sua tirania. No fim das duas primeiras sessões apenas vinte homens haviam tido sucesso, quase todos soldados velhos que tinham se realistado no novo batalhão, mas uma hora e 45 minutos depois, enquanto o sol se avermelhava atrás dele, o último homem disparou o último tiro contra os fragmentos de couro rígido que cobriam o capim.

Sharpe formou toda a companhia em duas fileiras e olhou, satisfeito, enquanto eles disparavam três saraivadas sob o comando de Harper. Olhou através da fumaça branca que se demorava no ar imóvel na direção do horizonte leste. Lá, na Estremadura, os franceses esperavam, suas Águias se juntando para a batalha que viria, enquanto atrás dele, na rua que saía da cidade, sir Henry Simmerson surgiu, vindo reivindicar sua vitória e suas vítimas para o triângulo.

— Vejam o que vamos receber — disse Harper baixinho.

— Quieto! Faça com que eles carreguem. Vamos dar uma demonstração ao sujeito. — Sharpe observou os olhos de Simmerson enquanto a lenta percepção dos colarinhos desabotoados de seus homens associada aos pedaços de couro no capim chegava ao seu cérebro. Sharpe viu o coronel respirar fundo. — Agora!

— Fogo! — A ordem de Harper provocou uma saraivada que ecoou como trovão no vale. Se Simmerson gritou, suas palavras se perderam no barulho e o coronel só pôde ficar olhando seus homens trabalhando nos mosquetes como veteranos sob as ordens de um sargento dos fuzileiros, maior ainda do que Sharpe, cujo rosto largo e confiante era do tipo que sempre enfurecera sir Henry, provocando suas frases mais selvagens a partir do banco duro dos magistrados em Chelmsford.

A última saraivada ecoou no muro de pedras e Forrest enfiou o relógio de volta no bolso.

— Faltam dois segundos para um minuto, sir Henry, e quatro tiros.

— Eu sei contar, Forrest. — Quatro tiros? Simmerson estava impressionado porque secretamente havia perdido a esperança de ensinar seus homens a atirar rápido em vez de se remexerem nervosos. Mas todos os *stocks* de uma companhia? A dois e três pence cada? E num dia em que seu sobrinho viera cheirando como um empregado de estábulo? — Que o diabo coma seus olhos, Sharpe!

— Sim, senhor.

A fumaça acre de pólvora fez o cavalo de sir Henry sacudir a cabeça e o coronel se esticou à frente para acalmá-lo. Sharpe viu o gesto e soube que fizera o coronel de idiota na frente de seus próprios homens, e soube, também, que isso fora um erro. Sharpe obtivera uma pequena vitória, mas ao fazer isso havia criado um inimigo com poder e influência. O coronel levou o cavalo mais para perto de Sharpe e sua voz saiu surpreendentemente baixa.

— Este é o meu batalhão, senhor Sharpe. O meu batalhão. Lembre-se disso. — Por um momento parecia que sua raiva explodiria, mas ele controlou-a e em vez disso gritou para Forrest acompanhá-lo. Sharpe se virou para o outro lado. Harper estava rindo para ele, os homens pareciam satisfeitos, e apenas Sharpe pressentia a ameaça como um inimigo que não era visto, mas o cercava. Afastou-o. Havia mosquetes a limpar, rações para distribuir, e, para além dos morros da fronteira, inimigos em número suficiente para todo mundo.

CAPÍTULO IV

Patrick Harper marchava com passo longo e fácil, feliz em sentir a estrada sob os pés, feliz por finalmente terem atravessado a fronteira que não tinha marcos e estarem indo para algum lugar, qualquer lugar. Haviam partido no escuro da madrugada, de modo que a maior parte da marcha seria feita antes que o sol estivesse mais quente, e estava ansioso para uma tarde de inatividade, esperava que o local de acampamento, que o major Forrest fora procurar adiante, ficasse perto de um riacho onde ele pudesse jogar uma linha na água com uma de suas larvas enfiadas no anzol. O regimento de South Essex estava em algum lugar atrás deles; Sharpe havia começado a marcha do dia com o passo rápido do regimento de fuzileiros, três passos andando, três correndo, e Harper estava satisfeito porque ficaram livres da atmosfera pesada do batalhão. Riu enquanto se lembrava dos *stocks*. Corria um boato sinistro de que o coronel ordenara que Sharpe pagasse por todos os 79 colarinhos arruinados, o que, na mente de Harper, era um preço terrível. Não havia perguntado a Sharpe sobre a verdade do boato; se perguntasse, a resposta seria que isso não era da sua conta, mas, para Patrick Harper, Sharpe era da sua conta. O tenente podia ser mal-humorado, irritadiço e capaz de gritar com o sargento para liberar a frustração, mas, se fosse pressionado, Harper teria descrito Sharpe como amigo. Não era uma palavra que um sargento poderia usar referindo-se a um oficial, mas Harper não conseguiria pensar em outra. Sharpe era o melhor soldado que o irlandês vira num campo de batalha, com olhar de um homem do campo para entender o terreno e instinto de caçador para usá-lo, mas Sharpe buscava conselho somente de um homem em batalha: do sargento Harper. Era um relacionamento fácil, de confiança e respeito, e Patrick Harper considerava de sua conta manter Richard Sharpe vivo e divertindo-se.

Gostava de ser soldado, mesmo no exército da nação que tomara as terras de sua família e pisoteara sua religião. Fora criado com as narrativas dos grandes heróis irlandeses, podia recitar de cor a história de Cuchilain derrotando com apenas uma das mãos as forças de Connaught, e quem os ingleses tinham para pôr ao lado do grande herói? Mas a Irlanda era a Irlanda, e a fome levava os homens a lugares estranhos. Se Harper tivesse seguido seu coração estaria lutando contra os ingleses, e não a favor deles, mas, como tantos conterrâneos, encontrara um refúgio da pobreza e da perseguição nas fileiras do inimigo. Nunca esquecera o seu lar. Levava na cabeça uma imagem de Donegal, um condado com rochas retorcidas e solo fino, de montanhas, lagos, atoleiros grandes e pequenos povoados onde as famílias conseguiam o pouco para viver. E que famílias! Harper era o quarto dos 11 filhos de sua mãe que haviam sobrevivido à infância, e ela sempre dizia que não sabia como conseguira dar à luz um "tão grandão". Alimentar Patrick era como alimentar três outros, dizia ela, e com frequência o menino ficava com fome. Depois veio o dia em que ele partiu em busca da fortuna. Havia caminhado das montanhas Blue Stack até as ruas muradas de Derry, e lá se embebedou e, quando deu por si, estava alistado. Agora, oito anos depois e com 24 de idade, era sargento. Jamais acreditariam nisso em Tangaveane!

Agora era difícil pensar nos ingleses como inimigos. A familiaridade havia gerado amizades demais. O exército era um lugar onde homens fortes podiam se sair bem; Patrick Harper gostava da responsabilidade que merecera e desfrutava do respeito de outros homens fortes, como Sharpe. Lembrava-se das histórias de seus conterrâneos que haviam lutado contra os casacas-vermelhas nos morros e campos da Irlanda, e às vezes se perguntava como seria seu futuro se voltasse a viver em Donegal. Esse problema de lealdade era difícil demais e ele o mantinha no fundo da mente, escondido com os resquícios de sua religião. Talvez a guerra continuasse para sempre, ou talvez São Patrício retornasse e convertesse os ingleses para a fé. Quem poderia dizer? Mas por enquanto estava contente em ser soldado e pegava seu prazer onde pudesse encontrar. Na véspera tinha visto um falcão-peregrino, muito acima da estrada, e a alma de Patrick Harper voou para encontrá-lo. Conhecia cada pássaro de Ulster, amava-os, e enquanto andava ia examinando a terra e o céu em busca de novos pássaros, porque o sargento jamais se cansava de observá-los. Nos morros ao norte da cidade do Porto tivera um rápido vislumbre de uma estranha pega com cauda azul e comprida, diferente de tudo que ele já vira, e queria ver outra. A expectativa e a espera faziam parte de seu contentamento e prazer.

Uma lebre saltou num campo ao lado da estrada. Uma voz gritou: "É minha!", e todos pararam enquanto o homem se ajoelhava, mirava rapidamente e disparava. Errou e os fuzileiros zombaram enquanto a lebre se retorcia e desaparecia nas pedras. Daniel Hagman não errava com frequência, havia aprendido a atirar com seu pai caçador, e todos os fuzileiros sentiam um orgulho secreto da capacidade do homem de Cheshire com o fuzil. Enquanto recarregava, ele balançou a cabeça, triste.

— Desculpe, senhor. Estou ficando velho demais.

Sharpe riu. Hagman tinha quarenta anos mas ainda conseguia atirar melhor do que o resto da companhia. A lebre estivera correndo a duzentos metros e seria um milagre terminar nas panelas da tarde.

— Vamos tirar um descanso — disse Sharpe. — Dez minutos. — Pôs dois homens como sentinelas. Os franceses estavam a quilômetros dali, havia cavalaria inglesa à frente, na estrada, mas os soldados permaneciam atentos tomando precauções. Este era um local estranho, portanto Sharpe mantinha a vigilância e os homens marchavam com armas carregadas. Ele tirou sua mochila e as bolsas, feliz em se livrar dos quase quarenta quilos de peso, e sentou-se ao lado de Harper, que estava se recostando e olhando o céu límpido. — Dia quente para uma marcha, sargento.

— Vai ser, senhor, vai ser mesmo. Mas é melhor do que o maldito inverno passado.

Sharpe riu.

— Você conseguiu ficar aquecido.

— Fizemos o que foi possível, senhor, fizemos o possível. Lembra-se do santo padre no convento? — Sharpe assentiu, mas não havia como impedir Harper quando ele se lançava numa boa história. — Disse a gente que não havia bebida naquele lugar! Não havia bebida, e nós estávamos congelados como o mar no inverno! Foi uma coisa terrível ouvir um homem de Deus mentir daquele jeito.

— Você lhe deu uma lição, sargento! — Pendleton, o bebê da companhia, com apenas 17 anos e ladrão vindo das ruas de Bristol, riu por cima da estrada para o irlandês. Harper assentiu. — Nós demos, garoto. Lembra? Nenhum padre fica sem bebida, e nós a encontramos. Meu Deus, um barril com tamanho para afogar a sede de um exército, e afogou a nossa naquela noite. E primeiro nós enfiamos a cabeça do santo padre no vinho para ensinar a ele que a mentira é um pecado mortal. — Ele riu da lembrança. — Seria bom ter um gole agora. — E olhou inocentemente para os homens que descansavam à beira da estrada. — Por acaso alguém tem um gole?

Silêncio. Sharpe se recostou e escondeu o sorriso. Sabia o que Harper estava fazendo e podia adivinhar o que viria em seguida. O regimento dos fuzileiros era um dos únicos que podiam escolher seus recrutas, rejeitando todos que não fossem os melhores, mas mesmo assim sofria do pecado que assolava todo o exército: a embriaguez. Sharpe achou que haveria pelo menos meia dúzia de garrafas de vinho a poucos passos de distância, e Harper iria encontrá-las. Ouviu o sargento se levantar.

— Certo! Inspeção!

— Sargento! — Quem falou foi Gataker, esperto demais para seu próprio bem. — O senhor inspecionou os cantis de água hoje de manhã! Sabe que não temos nenhuma bebida.

— Sei que não têm nenhuma nos cantis de água, mas isso não é a mesma coisa, é? — Ainda não houve resposta. — Ponham a munição para fora! Agora!

Houve gemidos. Tanto os portugueses quanto os espanhóis venderiam vinho de boa vontade em troca de um punhado de cartuchos feitos com pólvora inglesa, a melhor do mundo, e Harper poderia apostar que, se algum homem tivesse menos de oitenta cartuchos, ele encontraria uma garrafa no fundo de sua mochila. Sharpe ouviu o som de mãos remexendo e pés se arrastando. Abriu os olhos e viu que sete garrafas haviam aparecido magicamente. Harper parou junto delas em triunfo.

— Vamos dividir estas à noite. Muito bem, rapazes. Eu sabia que não iriam me deixar na mão. — Em seguida se virou para Sharpe. — Não quer uma contagem de cartuchos, senhor?

— Não, vamos em frente. — Ele sabia que podia confiar que os homens não venderiam mais do que um punhado de cartuchos. Olhou para o irlandês enorme. — Quantos cartuchos você teria, sargento?

O rosto de Harper estava de uma honestidade sublime.

— Oitenta, senhor.

— Mostre seu chifre de pólvora.

Harper sorriu.

— Achei que o senhor gostaria de um gole de alguma coisa esta noite, não é?

— Então vamos. — Sharpe riu do desplante de Harper. Além dos oitenta cartuchos, vinte a mais do que o resto do exército levava, os fuzileiros também carregavam um chifre de pólvora fina que rendia tiros melhores quando havia tempo para usá-la. — Certo, sargento. Dez minutos de descanso, depois voltamos à marcha tranquila.

Ao meio-dia encontraram o major Forrest com seu pequeno grupo avançado, a cavalo, acenando para eles a partir de um agrupamento de árvores que crescia entre a estrada e o riacho que Harper estivera esperando. O major levou os fuzileiros ao local que havia escolhido para eles.

— Pensei, Sharpe, que poderia ser melhor se vocês ficassem a uma certa distância do coronel, não é?

— Não se preocupe, senhor. — Sharpe riu para o major nervoso. — Acho uma ideia excelente.

Forrest ainda estava preocupado. Olhou os homens de Sharpe, que já estavam cortando os galhos.

— Sir Henry insiste em que as fogueiras sejam montadas em linhas retas, Sharpe.

Sharpe levantou as mãos.

— Nenhuma chama estará fora do lugar, senhor, prometo.

Uma hora depois o batalhão chegou e os homens se jogaram no chão e descansaram a cabeça nas mochilas. Alguns foram até o riacho, e sentaram-se com os pés inchados e cheios de bolhas dentro da água fresca. Sentinelas foram postadas, armas empilhadas, o cheiro de tabaco pairou entre as árvores, e um jogo desconexo de futebol começou longe da pilha de bagagem que marcava o refeitório temporário dos oficiais. Os últimos a chegar foram as mulheres e as crianças misturados aos almocreves portugueses e seus animais, Hogan e suas mulas e o rebanho de gado, levado por serviçais contratados, que forneceriam os jantares até que o último animal fosse morto.

Na tarde sonolenta Sharpe sentiu-se inquieto. Não tinha familiares a quem escrever, e não sentia desejo de se juntar a Harper tentando em vão atrair peixes inexistentes com suas larvas. Hogan estava dormindo, roncando lentamente num trecho de sombra. Assim, Sharpe se levantou do capim, pegou seu fuzil, caminhou na direção da linha de estacas e passou mais adiante. Era um dia lindo. Nenhuma nuvem perturbava o céu, a água no riacho corria límpida, um sussurro de brisa agitava o capim e balançava as folhas pálidas das oliveiras. Caminhou entre o riacho e um campo de trigo em desenvolvimento, pulou por cima de uma represa rústica feita de vime, que interrompia um canal de irrigação, e chegou a um campo pedregoso com oliveiras mirradas. Nada se movia. Insetos zumbiam e estalavam, um cavalo relinchou no acampamento, o som da água foi diminuindo atrás dele. Alguém havia lhe dito que era julho. Talvez fosse seu aniversário. Não sabia em que dia nascera, mas antes de sua mãe morrer ele se lembrava de ela chamá-lo de bebê de julho, ou seria junho? Lembrava-se de pouco mais a respeito dela. Cabelo escuro e uma voz na escuridão. Ela havia morrido quando ele era bem pequeno, e não havia mais nenhum parente.

A paisagem se rendia ao calor, imóvel e silenciosa, o batalhão engolido no campo como se não existisse. Olhou de volta para a estrada pela qual o batalhão havia marchado, e longe, longe demais para enxergar direito, havia uma nuvem de poeira onde o exército principal continuava na estrada. Sentou-se ao lado de um tronco nodoso, com o fuzil atravessado sobre os joelhos, e olhou para o ar turvo de calor. Um lagarto disparou pelo chão, parou, olhou para ele e depois correu até um tronco e se imobilizou como se Sharpe fosse deixar de vê-lo devido à imobilidade. Um pequeno movimento no céu o fez olhar para cima, e lá no alto um falcão deslizava em silêncio, as asas imóveis, a cabeça em busca de alguma presa no chão. Patrick saberia de imediato o que ele era, mas para Sharpe o pássaro era apenas outro caçador, e hoje, pensou, não há nada para nós, caçadores. E, como se concordasse, o pássaro agitou as asas e no segundo seguinte havia desaparecido. Sharpe sentiu-se confortável e preguiçoso, em paz com o mundo, satisfeito por ser um fuzileiro na Espanha. Olhou para as oliveiras mirradas com sua promessa de uma colheita fraca e se perguntou que família sacudiria os galhos no outono, de quem eram as vidas limitadas pelo riacho, pelos campos rasos e pela estrada alta, ascendente, que ele provavelmente nunca mais veria.

Então houve um barulho. Hesitante demais e distante para provocar um alarme em sua cabeça, mas estranho e persistente o bastante para deixá-lo alerta e mandar a mão direita se enrolar inconscientemente na parte estreita da coronha do fuzil. Havia cavalos na estrada. Apenas dois, pelo som dos cascos, mas estavam se movendo lentamente e inseguros, e o som sugeria algo errado. Duvidava que os franceses tivessem patrulhas a cavalo nesta parte da Espanha, mas mesmo assim ficou de pé e se moveu em silêncio pelo olival, escolheu instintivamente um caminho que mantivesse seu uniforme verde escondido e sombreado, até que parou ao sol forte e surpreendeu o viajante.

Era a jovem. Ainda se vestia como homem, com calças e botas pretas, o mesmo chapéu de aba larga que escondia sua beleza. Estava andando, ou melhor, mancando como sua montaria, e ao ver Sharpe parou e olhou-o com raiva como se estivesse irritada por ser vista inesperadamente. O serviçal, um homem magro, moreno, puxando a mula muito carregada, parou dez passos atrás e olhou em silêncio para o fuzileiro alto e cheio de cicatrizes. A égua também olhou para Sharpe, balançou o rabo por causa das moscas e ficou parada, pacientemente, com uma das patas traseiras levantada do chão. A ferradura estava solta, pendurada, segura por um único cravo, e o animal devia ter sofrido no calor da estrada pedregosa. Sharpe assentiu para a pata traseira.

— Por que não tirou esta ferradura?

A voz dela era surpreendentemente macia.

— O senhor pode fazer isso? — Ela sorriu, com a raiva sumindo do rosto, e por um segundo Sharpe não disse nada. Achou que ela teria vinte e poucos anos, mas se portava com a segurança de alguém que sabia que a beleza podia ser uma herança melhor do que dinheiro ou terras. Ela pareceu achar divertida sua hesitação, como se estivesse acostumada a desconcertar os homens, e levantou uma sobrancelha com ar de zombaria. — Pode?

Sharpe assentiu e foi até a traseira do animal. Puxou o casco, segurando a quartela com firmeza, e a égua tremeu mas ficou parada. A ferradura teria caído com mais alguns passos, e ele tirou-a com um leve puxão e soltou a pata. Estendeu a ferradura para a jovem.

— A senhora tem sorte.

Os olhos dela eram enormes e escuros.

— Por quê?

— Provavelmente pode ser colocada de volta, não sei. — Ele sentiu-se desajeitado e canhestro na presença dela, cônscio de sua beleza, subitamente com a língua presa porque a desejava muito. Ela não fez qualquer gesto para pegar a ferradura, por isso ele a enfiou por baixo da aba de uma bolsa de sela estufada. — Alguém deve saber ferrar um cavalo, lá em cima. — Ele assentiu para a estrada. — Há um batalhão acampado ali.

— O South Essex? — Seu inglês era bom, tingido com sotaque português.

— É.

Ela assentiu.

— Bom. Eu estava seguindo-o quando a ferradura se soltou. — Ela olhou para o empregado e sorriu. — Pobre Agostino. Ele tem medo de cavalos.

— E a senhora? — Sharpe queria manter a conversa. Não era incomum mulheres seguirem o exército; as tropas de sir Arthur Wellesley já haviam recolhido esposas, amantes e prostitutas inglesas, irlandesas, espanholas e portuguesas, mas era incomum ver uma jovem linda, bem montada, acompanhada por um serviçal, e a curiosidade de Sharpe foi provocada. Mais do que a curiosidade. Ele queria essa jovem. Era uma reação tanto à beleza quanto ao fato de que uma jovem com aquela aparência não precisava de um tenente maltrapilho sem fortuna própria. Ela podia escolher entre os oficiais ricos, mas isso não impedia Sharpe de olhá-la e desejá-la. Ela pareceu ler seus pensamentos.

— Acha que eu deveria ter medo?

Sharpe deu de ombros, olhando a estrada onde a fumaça do batalhão subia na tarde.

— Os soldados não são delicados, senhora.

— Obrigada pelo aviso. — Ela estava zombando dele. Olhou para sua faixa vermelha desbotada. — Tenente?

— Tenente Sharpe, senhora.

— Tenente Sharpe. — Ela sorriu de novo, incomodando-o com sua beleza. — O senhor deve conhecer Christian Gibbons.

Ele assentiu, sabendo da injustiça da vida. O dinheiro podia comprar qualquer coisa: uma patente, uma promoção, uma espada adequada ao tamanho e à força do homem, até uma mulher assim.

— Conheço.

— E não gosta dele! — A jovem riu, sabendo que seu instinto estava certo. — Mas eu gosto. — Ela estalou a língua para a égua e pegou as rédeas. — Acho que vamos nos encontrar de novo. Vou com vocês a Madri.

Sharpe não queria que ela fosse embora.

— A senhora está longe de casa.

Ela se virou, zombando dele com um sorriso.

— O senhor também, tenente, o senhor também.

Ela guiou a égua manca, seguida pelo empregado silencioso, na direção do bosque e dos primeiros fiapos de fumaça azul onde as fogueiras estavam sendo sopradas. Sharpe olhou-a se afastar, deixou os olhos ver sua figura esguia por baixo das roupas de homem e sentiu a inveja e o peso do desejo. Voltou para o olival, como se ao deixar a estrada pudesse apagá-la da memória e recuperar a paz da tarde. Dane-se Gibbons e seu dinheiro, danem-se todos os oficiais que podiam pagar pelas beldades montadas em éguas puro-sangue que seguiam atrás do exército. Encorajou seus pensamentos azedos, fez com que redemoinhassem na cabeça para tentar se convencer de que não a desejava, mas, enquanto caminhava entre as árvores, sentiu o cravo da ferradura ainda na palma da mão. Olhou-o, um cravo curto, amassado, e enfiou-o cuidadosamente na bolsa de munição. Disse a si mesmo que ele seria útil; precisava de um prego para travar a mola principal do fuzil quando desmontava o fecho para limpeza, mas havia pregos melhores em profusão e ele sabia que estava guardando-o porque tinha sido dela. Com raiva, remexeu entre os cartuchos gordos e jogou o cravo longe.

Do batalhão veio o som de tiros de mosquete e ele soube que dois bezerros haviam sido mortos para a refeição da tarde. Haveria vinho junto com o cozido, e o conhaque de Hogan depois, e histórias sobre velhos amigos e campanhas esquecidas. Estivera ansioso pela comida, pela noite, mas de repente tudo havia mudado. A jovem estava no acampamento, seu riso invadiria a paz; e, enquanto voltava acompanhando o riacho, ele pensou que nem mesmo sabia o nome dela.

CAPÍTULO V

O *regimiento* de la Santa Maria teria conquistado o mundo se as palavras e a apresentação bastassem. Mas a pontualidade não estava entre suas virtudes militares mais óbvias.

O South Essex havia marchado intensamente durante quatro dias para chegar ao ponto de encontro em Plasencia, mas a cidade estava vazia de tropas espanholas. Cegonhas batiam asas preguiçosas saltando de seus ninhos entre os tetos íngremes que subiam até a antiga catedral dominando a cidade e a planície ao redor. Mas do Santa Maria não existia sinal. O batalhão esperou. Simmerson havia acampado do lado de fora das muralhas e os homens olhavam com ciúme enquanto outras unidades chegavam e marchavam para as ruas hipnotizantes com suas tavernas e mulheres. Três homens desobedeceram à ordem de ficar longe da cidade. Foram apanhados, totalmente bêbados, pelo chefe de polícia militar e açoitados enquanto o batalhão se mantinha perfilado junto ao rio Jerte.

Finalmente, com dois dias de atraso, o regimento espanhol chegou e o South Essex se reuniu às cinco da manhã para começar a marcha para o sul até Valdelacasa. Havia um frio no ar, que o sol nascente dispersaria, mas a hora determinada para a partida, cinco e meia, veio e se foi sem que houvesse sinal do Santa Maria. Os homens batiam os pés e esfregavam as mãos para afastar o frio. As seis horas ressoaram nos sinos da cidade. As crianças, que esperavam com as mães para ver o batalhão partir, ficaram entediadas e corriam por entre as fileiras apesar de todos os gritos que começaram com Simmerson e foram descendo pelo caminho até os sargentos e cabos. O batalhão estava perfilado junto à ponte romana que atravessava o rio, e Sharpe acompanhou o capitão Hogan, que foi resmungando até os arcos e olhou a água borbulhando ao redor dos vastos blocos de granito deixados no leito do rio em algum antigo levante da terra. Hogan estava impaciente.

— Desgraçados! Por que não podemos simplesmente marchar e deixar os mendigos nos alcançarem? — Ele sabia muito bem que era impossível. A resposta se chamava diplomacia e parte do preço da cooperação com as sensíveis forças espanholas era deixar o regimento nativo marchar primeiro. Sharpe ficou quieto. Olhou para a água, para os longos juncos que oscilavam sinuosos na corrente. Estremeceu com a brisa do amanhecer. Compartilhava a impaciência de Hogan, misturada com frustrações que se remexiam por dentro como os juncos se movendo lentos no rio. Olhou a catedral, tocada pelo sol nascente, e tentou identificar as apreensões quanto à operação em Valdelacasa. Ela parecia simples. Um dia de marcha até a ponte, um dia para Hogan destruir os arcos já meio desmoronados, e um dia de marcha de volta até Plasencia onde Wellesley estava juntando as forças para o próximo estágio do avanço para dentro da Espanha. Mas havia alguma coisa, um instinto tão difícil de identificar quanto as sombras cinzas que recuavam no amanhecer, dizendo-lhe que não seria tão fácil. Não eram os espanhóis que o preocupavam. Como Hogan, sabia que a presença deles era um imperativo político e uma farsa militar. Se eles se mostrassem tão inúteis quanto sugeria sua reputação, isso não deveria importar. O South Essex era suficientemente forte para enfrentar o que fosse necessário. E esse era o problema. Simmerson jamais encontrara o inimigo e Sharpe tinha pouca fé na capacidade do coronel para fazer a coisa certa. Se realmente houvesse franceses na margem sul do Tejo, e se o South Essex tivesse de repelir um ataque à ponte enquanto Hogan punha suas cargas, Sharpe preferiria um velho soldado tomando as decisões a esse coronel da milícia, cuja cabeça estava atulhada de teorias sobre batalhas e táticas aprendidas nos seguros campos de Essex.

Mas não era apenas Simmerson. Olhou a estrada que levava à cidade onde um grupo indistinto de mulheres estava parado, as esposas do batalhão, e se perguntou se a jovem, Josefina Lacosta, estaria lá. Finalmente havia descoberto seu nome e a vira, uma dúzia de vezes, montada na delicada égua preta com uma multidão dos tenentes de Simmerson rindo e fazendo brincadeiras com ela. Tinha ouvido os boatos a seu respeito; que era viúva de um rico oficial português, que havia fugido do oficial português, ninguém tinha certeza, mas o certo é que tinha conhecido Gibbons num baile no Hotel Americano de Lisboa e, em poucas horas, decidiu ir à guerra com ele. Diziam que eles planejavam se casar assim que o exército chegasse a Madri e que Gibbons lhe prometera uma casa e uma vida de danças e alegrias. Qualquer que fosse a verdade de Josefina, não havia como negar sua presença, pondo em transe todo o batalhão, flertando até mesmo com sir Henry, que respondia com uma galanteria pesada e dizia aos oficiais que os rapazes eram sempre rapazes.

— Christian precisa de exercício, não é? — repetia Simmerson, e a cada vez ria da própria piada. A indulgência do coronel chegava a ponto de deixar o sobrinho violar sua ordem e pegar uma suíte de aposentos na cidade, onde vivia com a jovem e recebia amigos nas noites longas e quentes. Gibbons era a inveja de todos os oficiais, Josefina a joia de sua coroa, e Sharpe tremeu na ponte e se perguntou se algum dia ela retornaria às terras planas de Essex e a uma casa construída sobre os lucros do peixe salgado.

Os sinos das sete horas tocaram e houve uma agitação quando um grupo de cavaleiros surgiu das casas e esporeou na direção do batalhão que esperava. Por acaso os cavaleiros eram ingleses, e as fileiras relaxaram de novo. Hogan e Sharpe voltaram aos seus homens perfilados junto à companhia ligeira de Lennox, à esquerda do batalhão, e viu os recém-chegados cavalgarem até se juntar a Simmerson. Todos os cavaleiros, menos um, estavam uniformizados, e a exceção eram calças azuis sob uma capa cinza e na cabeça um chapéu bicorne simples. O alferes Denny, com 17 anos e cheio de empolgação mal contida, estava parado junto aos fuzileiros e Sharpe perguntou se ele sabia quem era o recém-chegado, aparentemente civil.

— Não, senhor.

— Sargento Harper! Diga ao senhor Denny quem é o cavalheiro de capa cinza.

— É o general, senhor Denny. O próprio sir Arthur Wellesley. Nascido na Irlanda como todos os melhores soldados!

Uma ondulação de risos atravessou as fileiras, mas todos se empertigaram e olharam o homem que iria guiá-los até Madri. Viram-no pegar um relógio e olhar em direção à cidade, de onde os espanhóis chegariam, mas ainda não havia sinal do *regimiento*, ainda que o sol estivesse bem acima do horizonte e o orvalho sumisse depressa do capim. Um dos oficiais do Estado-Maior que estava com Wellesley se afastou do grupo e trotou com o cavalo na direção de Hogan. Sharpe supôs que ele quereria falar com o engenheiro e se afastou, voltando para a ponte, para dar alguma privacidade a Hogan.

— Sharpe! Richard!

A voz era familiar, do passado. Ele se virou e viu o oficial, um tenente-coronel, acenando para ele, mas o rosto estava escondido sob o chapéu de bicos, cheio de ornamentos.

— Richard! Esqueceu-se de mim?

Lawford! O rosto de Sharpe se abriu num sorriso.

— Senhor! Eu nem sabia que o senhor estava aqui!

Lawford apeou com facilidade, tirou o chapéu e balançou a cabeça.

— Você está com uma aparência pavorosa! Realmente deveria comprar um uniforme um dia desses. — Ele sorriu e apertou a mão de Sharpe. — É bom vê-lo, Richard.

— E é bom ver o senhor. Já é tenente-coronel? Está se saindo bem!

— A patente custou 3.500 libras, Richard, e você sabe muito bem. Graças a Deus pelo dinheiro.

Lawford. Sharpe se lembrou de quando o honorável William Lawford era um tenente apavorado e um sargento chamado Sharpe guiou-o através do calor da Índia. Depois Lawford pagou a dívida. Numa cela de prisão em Seringapatam o aristocrata ensinou o sargento a ler e a escrever, e o exercício impediu que ambos enlouquecessem no inferno úmido das masmorras do sultão Tipu. Sharpe balançou a cabeça.

— Não vejo o senhor há...

— Faz meses. Tempo demais. Como você está?

Sharpe riu.

— Como o senhor vê.

— Desarrumado?

Lawford sorriu. Tinha a mesma idade de Sharpe, mas a semelhança parava aí. Lawford era um dândi, sempre vestido com os tecidos e cadarços mais finos, e Sharpe o vira pagar sete guinéus a um alfaiate de regimento para conseguir um ajuste mais apertado num paletó já cortado imaculadamente. Ele abriu as mãos, expansivo.

— Pode parar de se preocupar, Richard, Lawford está aqui. Os franceses provavelmente vão se render quando souberem disso. Meu Deus! Levei meses para conseguir esse serviço! Estava encalacrado no castelo de Dublin, fazendo a mudança da porcaria da guarda, e mexi uma centena de pauzinhos para entrar para o estado-maior de Wellesley. E cá estou! Cheguei há duas semanas! — As palavras saíam num jorro. Sharpe estava adorando vê-lo. Lawford, como Gibbons, resumia tudo que ele mais odiava no exército; o modo como o dinheiro e a influência podiam comprar promoções enquanto outros, como Sharpe, apodreciam na penúria. No entanto, Sharpe gostava de Lawford, não conseguia sentir ressentimento, e supunha que fosse porque, apesar de toda a garantia de seu nascimento, o aristocrata reagia a Sharpe do mesmo modo. E Lawford, apesar de todas as roupas finas e da languidez fingida, era um soldado capaz de lutar. Sharpe estendeu a mão para impedir o jorro de notícias.

— O que está acontecendo, senhor? Onde estão os espanhóis?

Lawford balançou a cabeça.

— Ainda na cama. Pelo menos estavam, mas as cornetas soaram, os guerreiros vestiram as calças e nos disseram que estão vindo. — Lawford se inclinou mais perto de Sharpe e baixou a voz. — Como você está se dando com Simmerson?

— Não preciso me dar com ele. Trabalho para Hogan.

Lawford pareceu não ouvir a resposta.

— Ele é um homem extraordinário. Sabe que pagou para montar este regimento? — Sharpe assentiu. — Sabe quanto isso lhe custou, Richard? É inimaginável!

— Então ele é rico. Mas isso não o torna um soldado. — A voz de Sharpe saiu azeda.

Lawford deu de ombros.

— Mas quer ser. Quer ser o melhor. Viajei no mesmo navio, e tudo que ele fazia, todo dia, era ficar sentado lendo as Regras e Regulamentos das Forças de Sua Majestade! — Ele balançou a cabeça. — Talvez aprenda. Mas não invejo você. — Lawford se virou para olhar Wellesley. — Bom. Não posso ficar o dia todo. Escute. Você precisa jantar comigo quando voltar deste trabalho. Vai fazer isso?

— Com prazer.

— Bom! — Lawford subiu na sela. — Vocês têm uma briga pela frente. Mandamos os dragões ligeiros para o sul e eles disseram que há um bom punhado de franceses lá embaixo, com alguma artilharia montada. Eles estavam tentando expulsar os guerrilheiros dos morros mas agora estão voltando para o leste, como nós, portanto, boa sorte! — Ele virou o cavalo para longe e depois olhou de volta. — E, Richard?

— Senhor?

— Sir Arthur mandou lembranças.

— Mandou?

Lawford olhou para Sharpe.

— Você é um idiota. — Falou em tom alegre. — Devo mandar lembranças suas ao general? É a coisa certa a fazer, você sabe. — Ele riu, levantou o chapéu e se afastou. Sharpe ficou olhando-o, com a apreensão do amanhecer frio subitamente dissipada pelo jorro da amizade. Hogan se juntou a ele.

— Amigos em altos postos?

— Um velho amigo. Estivemos na Índia.

Hogan não disse nada. Estava olhando por cima do campo, com o queixo caído de perplexidade, e Sharpe acompanhou o olhar.

— Meu Deus.

O *regimiento* havia chegado. Dois trombeteiros com perucas empoadas abriam a procissão. Estavam montados em cavalos pretos brilhantes, vestindo uniformes que eram um tumulto de ouro e prata, as trombetas enfeitadas com fitas, borlas e bandeirolas.

— Pelos dentes do inferno. — A voz veio do meio dos soldados rasos.
— As fadas estão do nosso lado.

As bandeiras vieram em seguida, duas, cobertas com imagens armoriais, bordadas a fio de ouro, cheias de borlas, rolotês, coroas, arabescos, brasões, carregadas por homens cujas montarias davam passos delicadamente altos como se a terra não fosse adequada para carregar criações tão esplêndidas. Os oficiais vinham em seguida. Deviam ter deliciado a alma de sir Henry Simmerson, porque tudo que poderia ser polido neles fora lustrado a uma intensidade de ferir os olhos; fosse de couro, bronze, prata ou ouro. Dragonas de fios de ouro torcido eram incrustadas com pedras semipreciosas; as casacas eram adornadas com fios de prata, alamares e plumas, faixas e brilhos. Era uma demonstração ofuscante.

Os soldados vieram em seguida, uma confusão total, empurrados para o campo por tambores enérgicos mas erráticos. Sharpe ficou atarantado. Tudo que ouvira dizer do exército espanhol aparentava ser verdade no *regimiento*; suas armas pareciam foscas e malcuidadas, não havia espírito na postura deles, e de repente Madri parecia muito distante, se esta era a qualidade dos aliados que iriam ajudar a liberar o caminho. Houve uma energia renovada por parte dos tambores espanhóis quando os dois trombeteiros desafiaram o céu com uma fanfarra estrondosa. Depois, silêncio.

— E agora? — murmurou Hogan.

Discursos. Wellesley, conhecedor de diplomacia, escapou enquanto o coronel espanhol avançava para arengar diante do South Essex. Não havia tradutor oficial, mas Hogan, que falava um espanhol passável, disse a Sharpe que o coronel estava oferecendo aos britânicos uma chance, uma chance pequena, de compartilhar o triunfo glorioso dos guerreiros espanhóis sobre seu inimigo. Os gloriosos guerreiros espanhóis, instigados por seus oficiais não comissionados, aplaudiram o discurso enquanto o regimento de South Essex, instigado por Simmerson, fazia o mesmo. Saudações foram trocadas, armas presenteadas, houve mais fanfarras, mais tambores, tudo chegando ao clímax com o surgimento de um padre que, montando um pequeno jumento cinza, abençoou o Santa Maria com a ajuda de pequenos meninos vestidos com sobrepelizes brancas. Educadamente os pagãos britânicos não foram incluídos nas preces ao Todo-Poderoso.

Hogan pegou sua caixa de rapé.

— Acha que eles vão lutar?

— Deus sabe. — No ano anterior, Sharpe sabia, um exército espanhol forçara a rendição de 20 mil franceses, portanto não havia dúvida de que os espanhóis podiam lutar caso sua liderança e organização fossem iguais às suas ambições. Mas, para Sharpe, a evidência do *regimiento* sugeria que seus aliados imediatos não tinham a organização nem os líderes necessários para qualquer coisa que não fosse, talvez, discursos bombásticos.

Às dez e meia, cinco horas depois, o batalhão finalmente pôs as mochilas às costas e seguiu o Santa Maria atravessando a velha ponte. Sharpe e Hogan iam à frente do South Essex e imediatamente atrás de uma retaguarda espanhola de aparência nem um pouco guerreira. Um punhado de mulas estavam sendo conduzidas junto, com enormes cargas de bens luxuosos para manter os oficiais espanhóis confortáveis no campo, enquanto, no meio dos animais, seguia o padre que se virava continuamente e sorria com dentes pretos para os pagãos que iam atrás. O mais estranho de tudo eram três jovens vestidas de branco que montavam cavalos puro-sangue e levavam guarda-sóis franjados. Elas riam constantemente, viravam-se e espiavam os fuzileiros, e pareciam, de modo incongruente, três noivas a cavalo. Que modo de se ir à guerra!, pensou Sharpe.

Ao meio-dia a coluna havia coberto meros oito quilômetros e havia parado completamente. Trombetas soaram à frente do *regimiento*, oficiais galoparam em nuvens urgentes de poeira, para trás e para a frente ao longo das linhas, e os soldados simplesmente largaram as armas e as mochilas e sentaram-se na estrada. Qualquer um que tivesse algum tipo de patente começava a discutir. O padre, preso no meio das mulas, gritava histericamente para um oficial montado, enquanto as três mulheres definhavam visivelmente e se abanavam com as mãos enluvadas. Christian Gibbons levou seu cavalo até a frente da coluna britânica e ficou parado olhando as três mulheres. Sharpe observou-o.

— A do meio é a mais bonita.

— Obrigado — disse Gibbons com ironia pesada. — Isto é civilizado de sua parte, Sharpe. — Ele já ia instigar o cavalo adiante quando Sharpe colocou a mão no cabresto.

— Ouvi dizer que os oficiais espanhóis adoram duelar.

— Ah. — Gibbons olhou gelidamente para Sharpe. — Talvez você tenha razão. — Em seguida ele girou o cavalo de volta pela estrada.

Hogan estava gritando para o padre, em espanhol, tentando descobrir por que haviam parado. O padre deu seu sorriso preto e levantou os olhos para o céu, como se dissesse que era a vontade de Deus e não havia nada a fazer.

— Desgraça! — Hogan olhou em volta, ansioso. — Desgraça! Eles não sabem quanto tempo perdemos? Onde está o coronel?

Simmerson não vinha muito atrás. Ele e Forrest chegaram com um estardalhaço de cascos.

— Que diabo está acontecendo?

— Não sei, senhor. Os espanhóis se sentaram.

Simmerson lambeu os lábios.

— Eles não sabem que estamos com pressa? — Ninguém falou. O coronel olhou os oficiais em volta, como se um deles pudesse sugerir uma resposta. — Venham, então. Veremos do que se trata. Hogan, você pode traduzir?

Sharpe deixou seus homens à vontade enquanto os oficiais montados seguiam ao longo da coluna, e os fuzileiros sentaram-se ao lado da estrada com as mochilas junto ao corpo. Os espanhóis pareciam dormir. O sol estava alto e a superfície da estrada refletia o calor sufocante. Sharpe tocou o cano do fuzil sem querer e se encolheu por causa do metal quente. O suor escorria pelo pescoço e a claridade do sol, refletida nos ornamentos de metal da infantaria espanhola, era ofuscante. Ainda faltavam 25 quilômetros. As três mulheres seguiram em seus cavalos, devagar, na direção da frente do *regimiento*, uma delas se virou e acenou coquete para os fuzileiros, e Harper mandou-lhe um beijo. E quando elas haviam sumido a poeira caiu suavemente no capim fino da beira da estrada.

Quinze minutos de silêncio se passaram antes que Simmerson, Forrest e Hogan voltassem do encontro com o coronel espanhol. Sir Henry não estava satisfeito.

— Desgraçados! Eles pararam pelo resto do dia!

Sharpe olhou interrogativamente para Hogan. O engenheiro assentiu.

— É verdade. Há uma estalagem mais adiante e os oficiais se estabeleceram lá.

— Desgraça! Desgraça! Desgraça! — Simmerson estava dando socos no arção da sela. — O que vamos fazer?

Os oficiais montados se entreolharam. Simmerson era o homem que precisava tomar a decisão, e nenhum deles respondeu à sua pergunta, mas havia apenas uma coisa a fazer. Sharpe olhou para Harper.

— Em forma, sargento.

Harper berrou ordens. Os almocreves espanhóis, tendo o descanso perturbado, olharam curiosamente os fuzileiros colocando as mochilas e formando fileiras.

— Baionetas, sargento.

A ordem foi dada e as longas baionetas com cabos de latão saíram das bainhas fazendo barulho. Cada lâmina tinha 58 centímetros de comprimento e brilhava ao sol. Simmerson olhou nervoso para as armas.

— Que diabo está fazendo, Sharpe?

— Só há uma coisa a fazer, senhor.

Simmerson olhou à esquerda e à direita, para Forrest e Hogan, mas eles não lhe ofereceram ajuda.

— Está propondo que devemos simplesmente ir adiante, Sharpe?

É o que o senhor deveria ter proposto, pensou Sharpe, mas em vez disso assentiu.

— Não é o que o senhor pretendia?

Simmerson não tinha certeza. Wellesley havia enfatizado a pressa, mas também existia o dever de não ofender um aliado melindroso. Mas e se a ponte já estivesse ocupada pelos franceses? Olhou para os fuzileiros, sérios em seus uniformes escuros, e em seguida para os espanhóis deitados na estrada, fumando cigarros.

— Muito bem.

— Senhor. — Sharpe se virou para Harper. — Quatro fileiras, sargento.

Harper respirou fundo.

— Companhia! Filas duplas à direita!

Havia ocasiões em que os homens de Sharpe, apesar de seus uniformes maltrapilhos, sabiam como deixar espantado um coronel da milícia. Com um estalo e uma precisão que daria crédito aos Guardas Reais, as filas em números pares recuaram um passo; toda a companhia, sem outra palavra de comando, virou à direita e, em vez das duas fileiras, agora havia quatro, viradas para os espanhóis. Harper havia feito uma pausa por um segundo enquanto o movimento era realizado.

— Marcha rápida!

Eles marcharam. Suas botas batiam na estrada espantando mulas e almocreves. O padre deu uma olhada, bateu os calcanhares e o jumento correu para o campo.

— Vamos, desgraçados! — gritou Harper. — Marchem como se tivessem vontade!

Marcharam. Aceleraram o ritmo até a marcha rápida da infantaria ligeira, batendo as botas para levantar a poeira. Atrás deles o South Essex estava formado e seguindo-os, e adiante o *regimiento* se dividiu ao meio em direção aos campos, os oficiais correndo para fora da estalagem de paredes brancas e gritando para os fuzileiros. Sharpe os ignorou. O coronel espanhol, uma visão em cadarços dourados, apareceu na porta da estalagem e viu seu regimento em frangalhos. Os homens haviam se espalhado nos campos e os ingleses iam para a ponte. O coronel estava sem as botas e segurava uma taça de vinho. À medida que se aproximavam da estalagem, Sharpe se virou para seus homens.

— Companhia! À direita! Prestar continência!

Ele desembainhou a espada comprida, segurou-a na saudação cerimonial e seus homens riram enquanto apresentavam as armas para o coronel. Havia pouca coisa que o sujeito poderia fazer. Quis protestar, mas honra era honra e a saudação deveria ser retornada. O espanhol estava em palpos de aranha. Numa das mãos, o vinho, e na outra um charuto comprido. Sharpe viu a angústia no rosto do coronel enquanto ele olhava de uma das mãos para a outra, tentando decidir qual abandonar, mas, no fim, o coronel do Santa Maria ficou em posição de sentido, calçado com as meias, e segurou a taça de vinho e o charuto num ângulo devidamente cerimonioso.

— Olhar adiante!

Hogan riu alto.

— Muito bem, Sharpe! — Ele olhou para o relógio. — Vamos chegar à ponte antes do anoitecer. Esperemos que os franceses não façam o mesmo.

Esperemos que os franceses não cheguem nunca, pensou Sharpe. Derrotar um aliado era uma coisa, mas suas dúvidas sobre a capacidade de o South Essex enfrentar os franceses era mais real do que nunca. Olhou para a estrada branca e empoeirada estendendo-se pela planície sem graça, e num momento fugaz e horroroso imaginou se retornaria. Empurrou o pensamento para longe e apertou a coronha do fuzil. Com a outra mão tateou inconscientemente o calombo sobre seu esterno. Harper viu o gesto. Sharpe achava que era um segredo o fato de que mantinha em volta do pescoço uma bolsa de couro onde guardava suas riquezas mundanas, mas todos os seus homens sabiam que ela estava ali, e o sargento Harper sabia que quando Sharpe tocava o saquinho com suas poucas moedas de ouro saqueadas de antigos campos de batalha era porque o tenente estava preocupado. E se Sharpe estava preocupado... Harper se virou para os fuzileiros.

— Venham, seus desgraçados! Isso não é um enterro. Mais depressa!

CAPÍTULO VI

Valdelacasa não existia como um lugar onde os seres humanos viviam, amavam ou comerciavam, era simplesmente um prédio arruinado e uma grande ponte de pedras que fora construída para atravessar o rio numa época em que o Tejo era mais largo do que a corrente que agora deslizava escura entre os três arcos centrais feitos de cantaria romana. E da ponte, com sua construção anexa, a terra se espalhava para fora numa tigela vasta e rasa, dividida pelo rio numa direção e pela estrada, que chegava e se afastava da ponte, na outra. O batalhão havia marchado pela encosta quase imperceptível enquanto as sombras do crepúsculo começavam a se esgueirar pelo capinzal claro. Não havia plantação, nem gado, nenhum sinal de vida; apenas a ruína antiga, a ponte e a água escorrendo suavemente para o mar distante.

— Não gosto disso, senhor. — O rosto de Harper estava genuinamente preocupado.

— Por quê?

— Nenhum pássaro, senhor. Nem um abutre.

Sharpe teve de admitir que era verdade, não havia nenhum pássaro para ser visto ou escutado. Era como um lugar esquecido, e enquanto marchavam na direção da construção os homens de casacos verdes estavam num silêncio que não era natural, como se contagiados por alguma tristeza ancestral.

— Não há sinal dos franceses. — Sharpe não podia ver qualquer movimento na paisagem que ia escurecendo.

— Não são os franceses que me preocupam. — Harper estava mesmo incomodado. — É o lugar, senhor. Não é bom.

— Você está sendo irlandês, sargento.

— Pode ser, senhor. Mas diga por que não há uma aldeia aqui. O solo é melhor do que nos lugares por onde passamos, há uma ponte. Então por que não existe uma aldeia?

Por quê? Parecia um lugar óbvio para uma aldeia, mas por outro lado eles só haviam passado por um pequeno povoado nos últimos 16 quilômetros, portanto, era possível que simplesmente não houvesse gente bastante nessa remota vastidão da planície da Estremadura para habitar cada local provável. Sharpe tentou ignorar a preocupação de Harper mas, como ela viera por cima de seus próprios pressentimentos sombrios, começou a sentir que Valdelacasa tinha realmente um ar sinistro. Hogan não ajudou.

— Esta é a Puente de los Malditos. — Hogan passou com seu cavalo ao lado deles e assentiu para a construção. — Isto deve ter sido o convento. Os mouros decapitaram absolutamente todas as freiras. Segundo contam, elas foram mortas na ponte, suas cabeças foram jogadas na água, mas os corpos foram deixados para apodrecer. Dizem que ninguém vive aqui porque os espíritos andam na ponte à noite, procurando as cabeças.

Os fuzileiros o escutaram em silêncio. Quando Hogan terminou, Sharpe ficou surpreso ao ver seu enorme sargento fazer, disfarçadamente, o sinal da cruz e achou que passariam uma noite inquieta. Estava certo. A escuridão era total, não havia madeira na planície, de modo que os homens não podiam fazer fogueiras, e de madrugada um vento trouxe nuvens que cobriram a lua. Os fuzileiros estavam guardando a extremidade sul da ponte, a margem onde os franceses estavam à solta, e foi uma noite tensa enquanto as sombras aplicavam truques e as sentinelas enregeladas não tinham certeza se imaginavam os barulhos que podiam ser as freiras sem cabeça ou franceses patrulhando. Logo antes do amanhecer Sharpe ouviu o som das asas de um pássaro, seguido pelo chamado de uma coruja, e se perguntou se deveria dizer a Harper que havia pássaros, afinal de contas. Decidiu que não;

lembrou-se de que as corujas seriam anunciadoras da morte e que a notícia poderia preocupar mais ainda o irlandês.

Mas o novo dia, mesmo que não trouxesse o *regimiento* que presumivelmente ainda estava na estalagem, trouxe um céu azul luminoso com apenas uns fiapos de nuvens altas e passageiras, que seguiram o cinturão de chuva fraca da noite. Golpes fortes e sonoros vinham da ponte onde os artífices de Hogan derrubavam a marretadas o parapeito no local escolhido para a explosão, e as apreensões da noite pareceram, por enquanto, apenas um sonho ruim. Os fuzileiros foram substituídos pela companhia ligeira de Lennox e, sem ter o que fazer, Harper ficou nu e entrou no rio.

— Assim está melhor. Eu não tomava banho há um mês. — Ele olhou para Sharpe. — Tem alguma coisa acontecendo, senhor?

— Nenhum sinal deles. — Sharpe devia ter olhado para o horizonte, um quilômetro e meio ao sul, umas cinquenta vezes desde o amanhecer, mas não havia sinal dos franceses. Ficou olhando enquanto Harper saía pingando do rio e se sacudia como um cachorro.

— Talvez eles não estejam aqui, senhor.

Sharpe balançou a cabeça.

— Não sei, sargento. Tenho a sensação de que não estão longe. — Em seguida se virou e olhou para o outro lado do rio, para a estrada por onde haviam marchado na véspera. — Ainda não há sinal dos espanhóis.

Harper estava se enxugando com a camisa.

— Talvez eles não venham, senhor.

Havia ocorrido a Sharpe que talvez todo o serviço fosse feito antes que o *regimiento* chegasse a Valdelacasa, e ele se perguntou por que ainda se sentia preocupado com a missão. Simmerson havia se comportado de modo comedido, os artífices estavam trabalhando duro e não existiam franceses à vista. O que poderia dar errado? Foi até a entrada da ponte e assentiu para Lennox.

— Alguma coisa?

O escocês balançou a cabeça.

— Tudo quieto. Acho que sir Henry não terá sua batalha hoje

— Ele queria uma?

Lennox gargalhou.

— Tremendamente. Receio que ele pense que o próprio Napoleão está vindo.

Sharpe se virou e olhou pela estrada. Nada se movia.

— Eles não estão longe. Posso sentir.

Lennox olhou-o sério.

— Você acha? Eu pensava que nós, escoceses, é que tínhamos a segunda visão. — E ele se virou e olhou junto com Sharpe para o horizonte vazio. — Talvez você esteja certo, Sharpe. Mas eles estão atrasados demais.

Sharpe concordou e foi até a ponte. Conversou com Knowles e Denny e, enquanto os deixava para se juntar a Hogan, refletiu sombrio na atmosfera entre os oficiais do South Essex. A maioria dos oficiais apoiava Simmerson, homens que haviam obtido suas comissões na milícia, e existia uma aversão entre eles e os homens do exército regular. Sharpe gostava de Lennox, gostava da companhia dele, mas a maioria dos outros oficiais achava que o escocês era frouxo demais com sua companhia, era parecido demais com os fuzileiros. Leroy era um homem decente, um americano legalista, mas guardava seus pensamentos para si, assim como os poucos outros que tinham confiança reduzida na capacidade de seu coronel. Sentia pena dos oficiais mais novos, por terem aprendido o serviço numa escola assim, e estava feliz porque logo que a ponte estivesse destruída seus fuzileiros iriam para longe do South Essex, para perto de companheiros mais agradáveis.

Hogan estava enfiado até o pescoço num buraco na ponte. Sharpe espiou para baixo e viu, no meio do entulho, a alvenaria curva de dois arcos.

— Quanta pólvora o senhor vai usar?

— Toda que tenho! — Hogan estava feliz, era um homem desfrutando de seu trabalho. — Isso não é fácil. Aqueles romanos construíam bem. Está vendo estes blocos? — Apontou para as pedras expostas dos arcos. — São todos esculpidos e martelados. Se eu puser uma carga em cima de um desses arcos provavelmente vou tornar a ponte mais forte! Não posso colocar a pólvora embaixo, o que é uma pena.

— Por quê?

— Não temos tempo, Sharpe, não temos tempo. É preciso conter a explosão. Se eu pendurar esses barriletes embaixo do arco, tudo que farei será espantar os peixes. Não. Vou fazer isso de cima para baixo e de fora para dentro. — Ele estava falando consigo mesmo, com a mente cheia de pesos de pólvora e tamanhos de pavios.

— De cima para baixo e de fora para dentro?

Hogan coçou o rosto sujo.

— Por assim dizer. Vou descer no pilar, e depois vou explodir a coisa de lado. Se der certo, Sharpe, derrubo dois arcos, e não somente um.

— Vai dar certo?

Hogan riu feliz.

— Deve dar! Vai ser um estrondo infernal, isso garanto.

— Quanto tempo falta?

— Vou terminar em umas duas horas. Talvez antes. — Hogan saiu do buraco e parou ao lado de Sharpe. — Vamos trazer a pólvora para cá. — Ele se virou para o convento, pôs as mãos em concha ao redor da boca e se imobilizou. Os espanhóis haviam chegado, os trombeteiros à frente, as bandeiras voando, a infantaria de casacas azuis arrastando-se atrás. — Glória aos céus — disse Hogan. — Agora posso dormir seguro à noite.

O *regimiento* marchou até o convento, passou pelo South Essex, que estava se exercitando no campo, e continuou em marcha. Sharpe esperou as ordens que fariam os espanhóis pararem, mas elas não foram dadas. Em vez disso os trombeteiros levaram seus cavalos até a ponte, as bandeiras foram atrás, em seguida os oficiais com uniformes gloriosos e finalmente a infantaria.

— Que diabo eles acham que estão fazendo? — Hogan ficou de lado na ponte.

O *regimiento* passou pela seção quebrada e pelo buraco feito por Hogan. O engenheiro balançou os braços para eles.

— Eu vou explodir a ponte! Bum! Bum!

Eles o ignoraram. Hogan tentou falar em espanhol, mas a maré de homens fluiu. Até o padre e as três mulheres de branco levaram suas montarias cuidadosamente ao redor do buraco de Hogan e chegaram à margem sul, onde o capitão Lennox havia tirado rapidamente a companhia ligeira de seu caminho. O *regimiento* foi seguido por um apoplético Simmerson que tentava descobrir que diabo estava acontecendo. Hogan balançou a cabeça, cansado.

— Se fôssemos só você e eu, Sharpe, já estaríamos voltando para casa. — Ele acenou para seus homens trazerem os barriletes de pólvora para o buraco. — Estou com vontade de explodir isso com aqueles sujeitos do outro lado.

— Eles são nossos aliados, lembre-se.

Hogan enxugou a testa.

— Simmerson também. — Ele desceu de novo na escavação. — Vou ficar feliz quando isto acabar.

Os barris de pólvora chegaram e Sharpe deixou Hogan enfiando-os na base dos arcos. Voltou para a margem sul, onde seus fuzileiros esperavam e olhavam o Santa Maria desfilar numa longa fileira pela estrada que levava ao horizonte distante. Lennox riu de cima de seu cavalo.

— O que acha disso, Sharpe? — E indicou os espanhóis que encaravam resolutamente um horizonte vazio.

— O que eles estão fazendo?

— Disseram ao coronel que era seu dever atravessar a ponte! Tem algo a ver com o orgulho espanhol. Nós chegamos aqui primeiro, portanto eles precisam ir mais longe. — Lennox levou a mão ao chapéu para Simmerson, que estava atravessando a ponte de volta. — Sabe em que ele está pensando?

— Quem? Simmerson? — Sharpe olhou para o coronel que se afastava e o havia ignorado explicitamente.

— É. Está pensando em trazer todo o batalhão para cá.

— O quê?

— Se eles atravessaram, nós atravessamos. — Lennox gargalhou. — Louco, é o que ele é.

Houve gritos vindos dos fuzileiros de Sharpe, e ele acompanhou com o olhar os braços que apontavam para o horizonte.

— Está vendo alguma coisa?

Lennox olhou pela estrada.

— Nada.

Um clarão de luz.

— Lá! — Sharpe subiu no parapeito e enfiou a mão na mochila em busca de sua única posse de valor, um telescópio feito por Matthew Berge, de Londres. Não fazia ideia do valor verdadeiro, mas suspeitava de que tivesse custado pelo menos trinta guinéus. Havia uma placa de latão curva e engastada na nogueira do tubo, e estava gravado na placa: "Com gratidão. AW. 23 de setembro de 1803." Lembrou-se dos olhos azuis penetrantes espiando-o quando o telescópio foi presenteado. "Lembre-se, senhor Sharpe, os olhos de um oficial são mais valiosos do que sua espada!"

Abriu o tubo rapidamente e deslizou os obturadores de latão que protegiam as lentes. A imagem dançou no vidro. Ele prendeu o fôlego para firmar os braços e girou o tubo de lado. Ali! Tubo maldito! Não queria ficar parado.

— Pendleton!

O jovem fuzileiro veio correndo até a ponte e, seguindo instruções de Sharpe, pulou no parapeito e se agachou de modo que Sharpe pousasse o telescópio em seu ombro. O horizonte saltou para Sharpe, que moveu o tubo levemente à direita. Nada além de capim e arbustos mirrados. O calor fazia o ar tremeluzir acima da encosta suave, enquanto o telescópio passava além do horizonte inocente.

— Está vendo alguma coisa, senhor?

— Fique parado, desgraça! — Sharpe moveu o tubo de volta, concentrando-se no lugar onde a estrada branca e empoeirada se fundia ao céu. Então, como um ator surgindo subitamente por um alçapão do palco, a crista estava com uma fileira de cavaleiros. Pendleton ofegou, a imagem oscilou, mas Sharpe firmou-a. Uniformes verdes, uma única cartucheira branca diagonal. Ele fechou o telescópio e se empertigou.

— *Chasseurs.*

Houve um murmúrio em meio ao *regimiento*, os homens cutucavam uns aos outros e apontavam para o morro. Sharpe dividiu mentalmente a linha ao meio, depois ao meio de novo, e contou as silhuetas distantes em grupos de cinco. Lennox havia se aproximado a cavalo.

— Duzentos, Sharpe?
— Foi o que achei.
Lennox pôs a mão no punho da espada.
— Não vão nos incomodar. — Ele parecia ressentido.
Uma segunda linha de cavaleiros apareceu. Sharpe abriu o tubo de novo e pousou-o no ombro de Pendleton. Os franceses estavam fazendo uma entrada dramática; duas linhas de cavalaria, duzentos homens em cada, andando lentamente em direção à ponte. Através das lentes Sharpe podia ver as carabinas penduradas nos ombros, e em cada cavalo havia um calombo obsceno atrás do estribo, onde o cavaleiro havia amarrado um feixe de forragem para a montaria. Empertigou-se de novo e disse a Pendleton que podia descer do parapeito.
— Eles vão lutar, senhor? — Como Lennox, o rapaz estava ansioso para um embate com os franceses. Sharpe balançou a cabeça.
— Não vão chegar perto. Só estão nos olhando. Não têm nada a ganhar atacando.
Quando Sharpe estivera trancado com Lawford na masmorra de Tipu, o tenente tentara lhe ensinar a jogar xadrez. Fora uma tarefa inútil. Eles jamais conseguiam se lembrar que lasca de pedra deveria representar que peça, e seus carcereiros achavam que a grade rabiscada no chão era uma tentativa de fazer magia. Os dois foram espancados e o tabuleiro foi apagado. Mas Sharpe se lembrava da palavra "impasse". Esta era a posição agora. Os franceses não podiam fazer mal à infantaria e a infantaria não podia fazer mal aos franceses. Simmerson estava trazendo o resto do batalhão para o outro lado da ponte, obrigando-os a passar pelo exasperado Hogan e sua escavação, mas não fazia diferença quantos homens os aliados tivessem. A cavalaria era simplesmente rápida demais, os soldados a pé jamais chegariam perto dela. E se a cavalaria optasse por atacar seria aniquilada pelo tiroteio mortal à queima-roupa, e qualquer cavalo que sobrevivesse às balas se desviaria ou refugiria em vez de galopar para as fileiras cerradas e cheias de pontas de aço. Hoje não haveria luta.
Simmerson não pensava assim. Agitou a espada animadamente para Lennox.

— Nós os pegamos, Lennox! Nós os pegamos!

— É, senhor. — Lennox pareceu sombrio, ele gostaria de uma luta. — O idiota não percebe que eles não vão nos atacar? Será que acha que vamos sair desajeitados por esse campo como uma vaca perseguindo uma raposa? Desgraça! Nós fizemos o serviço, Sharpe. Minamos a ponte e vai demorar uma hora para trazer esse pessoal de volta.

— Lennox! — Simmerson estava em seu elemento. — Formar sua companhia à esquerda! A companhia do senhor Sterritt vai guardar a ponte e, por favor, vou pegar o senhor Gibbons emprestado, como meu ajudante de campo!

— O seu ganho é minha perda, senhor. — Lennox riu para Sharpe. — Ajudante de campo! Ele acha que está travando a Batalha de Blenheim! O que você vai fazer, Sharpe?

Sharpe riu de volta.

— Não fui convidado. Vou assistir aos seus esforços galantes. Aproveite!

A cavalaria francesa tinha parado a oitocentos metros de distância, em fila atravessando a estrada, com as caudas não aparadas dos cavalos afastando as moscas de verão. Sharpe imaginou o que aqueles homens achariam da cena à frente: os espanhóis avançando desajeitados em quatro fileiras, oitocentos homens ao redor dos estandartes marchando na direção de quatrocentos cavaleiros franceses enquanto, junto à ponte, mais oitocentos soldados de infantaria se preparavam para avançar.

Simmerson juntou os comandantes de sua companhia e Sharpe ouviu-o dar as ordens. O South Essex entraria em forma em quatro fileiras, como os espanhóis, e avançaria atrás deles.

— Vamos esperar e ver, senhores, o que o inimigo fará, e agiremos a partir disso! Desfraldem as bandeiras!

Lennox piscou para Sharpe. Era uma farsa dois regimentos desajeitados, a pé, acharem que poderiam atacar quatrocentos cavaleiros que dançariam para fora do caminho e ririam dos esforços contra eles. O comandante francês provavelmente não acreditava no que estava acontecendo e, no mínimo, isso lhe daria uma história divertida para contar quando se juntasse de novo ao exército de Victor. Sharpe imaginou o que Simmerson faria quando finalmente percebesse que os franceses não iriam atacar. Provavelmente o coronel diria que fizera os inimigos fugirem de medo.

    Os alferes tiraram as capas de couro das bandeiras do South Essex, desenrolaram e as prenderam em seus suportes. Era uma visão corajosa mesmo no meio daquela comédia, e Sharpe sentiu a familiar pontada de lealdade. A primeira a ser desfraldada foi a bandeira do rei, uma grande bandeira inglesa com o número do regimento no centro, e ao lado o estandarte do South Essex, uma bandeira amarela com o brasão e a bandeira da União costurados no canto superior. Era impossível ver as bandeiras, reluzindo ao sol da manhã, e não se comover. Elas eram o regimento. Se apenas um punhado de homens restasse num campo de batalha, com o resto trucidado, o regimento ainda existiria se as bandeiras estivessem desfraldadas e desafiassem o inimigo. Eram um ponto de encontro em meio à fumaça e ao caos da batalha, porém eram mais do que isso; havia homens que não gostariam de lutar pelo rei da Inglaterra e pelo país, mas que lutariam pelas bandeiras, pela honra de seu regimento, pelos estandartes espalhafatosos que custavam uns poucos guinéus e eram carregados no centro da linha pelos alferes mais jovens e guardados por sargentos veteranos armados com longas picaretas de lâminas malignas. Sharpe já soubera de ocasiões em que até dez homens haviam carregado as bandeiras na batalha, substituindo os mortos, pegando-as mesmo sabendo que se tornavam o alvo principal do inimigo. A honra era tudo. As bandeiras do South Essex eram novas e reluzentes, o estandarte do regimento era carente de honras de batalhas, nenhuma estava rasgada por alguma bala ou tiro de canhão, mas vê-las encheu Sharpe com uma emoção súbita, e transformou a farsa das esperanças loucas de Simmerson numa questão de honra.

    O South Essex seguiu o *regimiento* na direção dos cavaleiros. Como os espanhóis, a linha britânica tinha 150 metros de largura, com suas quatro fileiras exibindo as pontas das baionetas, os oficiais a cavalo ou andando com espadas desembainhadas. Os espanhóis haviam parado cerca de quatrocentos metros adiante na estrada, e Simmerson não teve escolha senão parar o batalhão para descobrir o que o *regimiento* pretendia. Hogan juntou-se a Sharpe e assentiu para os dois regimentos.

— Não vai participar da batalha?

— Acho que é uma festa particular. O capitão Sterritt e eu vamos guardar a ponte.

Sterritt, um sujeito afável, sorriu nervoso para Sharpe e Hogan. Como seu coronel, estava pasmo com a aparência daqueles soldados veteranos e temia secretamente que o inimigo pudesse ser tão duro e despreocupado quanto o fuzileiro ou o engenheiro. Hogan estava enxugando as mãos num pedaço de pano e Sharpe lhe perguntou se havia terminado o serviço.

— Já. Tudo pronto. Dez barriletes de pólvora aninhados lá embaixo, pavios colocados e o buraco preenchido. Assim que aqueles galantes soldados saírem do meu caminho vou descobrir se isso funciona ou não. O que está acontecendo agora?

Os espanhóis estavam formando um quadrado. Um bom batalhão podia mudar de uma fileira para quadrado em trinta segundos, mas os espanhóis levaram o quádruplo desse tempo. Era a formação adequada para enfrentar uma cavalaria, mas à medida que os franceses não demonstravam qualquer inclinação lunática para atacar soldados em número quatro vezes maior do que o seu, as convoluções espanholas não eram necessárias. Sharpe ficou olhando os oficiais e os sargentos acossarem e cutucarem os homens até formarem algo semelhante a um quadrado, um quadrado ligeiramente torto, mas serviria. Sharpe se lembrou das três mulheres. Não estavam junto com o *regimiento*, por isso ele olhou ao redor, vendo-as observar de modo decoroso da margem do rio. Uma delas viu seu olhar e levantou a mão enluvada.

— É bom os franceses não terem aqueles canhões.

Hogan levantou as sobrancelhas.

— Eu tinha me esquecido desse boato. Isso esquentaria as coisas.

Não havia combinação mais fatal para homens sem montaria do que cavalaria e artilharia. A infantaria num quadrado ficava totalmente a salvo da cavalaria; tudo que os cavaleiros poderiam fazer era rodar e rodar em volta da formação tentando atacar inutilmente as baionetas. Mas se a cavalaria fosse apoiada por canhões, o quadrado se tornava uma armadilha mortal. Os disparos de metralha abririam buracos nas fileiras, a cavalaria penetraria nos buracos e cortaria com os sabres. Sharpe olhou para o horizonte. Não havia canhões.

Simmerson observara o *regimiento* formar seu quadrado. Obviamente estava perplexo. Deveria ter-lhe ocorrido que ele não poderia atacar os franceses, de modo que os franceses teriam de atacá-lo. Houve uma pausa nos procedimentos. Os espanhóis tinham formado seu quadrado tosco à direita da estrada; Simmerson deu suas ordens e, com uma precisão maravilhosa, o South Essex demonstrou, à esquerda, como um batalhão deveria formar um quadrado. Mesmo a oitocentos metros de distância Sharpe pôde ver os cavaleiros aplaudindo ironicamente.

Agora havia dois quadrados, o espanhol mais perto dos franceses, e mesmo assim os cavaleiros não se moviam. O tempo passou. O sol subiu mais alto no céu, o terreno coberto de capim estremecia na brisa, os cavalos franceses baixavam o pescoço e mastigavam o pasto ralo. O capitão Sterritt, guardando a ponte com sua companhia, ficou lamentoso.

— Por que eles não atacam?

— O senhor atacaria? — perguntou Sharpe.

Sterritt ficou perplexo. Sharpe podia entender o motivo. Simmerson estava parecendo cada vez mais idiota; havia marchado para a guerra de espada desembainhada e estandartes desfraldados, e o inimigo se recusava a lutar. Agora estava ali, como uma baleia encalhada, num quadrado defensivo. Era praticamente impossível fazer uma marcha organizada em formação de quadrado; era bastante fácil para a borda da frente, eles marchavam adiante, mas as laterais precisavam andar de lado e a retaguarda tinha de andar de costas, todos lutando contra os cavaleiros que circulavam ao redor. Não era impossível, Sharpe já fizera isso, mas quando a sobrevivência depende de fazer o impossível os homens arranjam um modo. Simmerson queria se mover, mas não queria que seu quadrado benfeito, ordeiro, saísse do alinhamento quando ele avançasse. Poderia ter retomado a formação em fileira, mas então pareceria mais idiota ainda por ter formado o quadrado. Por isso ficou onde estava e os franceses olhavam, cheios de espanto diante das estranhas manias do inimigo.

— Alguém tem de fazer alguma coisa! — O capitão Sterritt franziu a testa, perplexo. A guerra não deveria ser assim! Era glória e vitória, e não esta humilhação.

— Alguém está fazendo alguma coisa. — Hogan assentiu na direção do South Essex. Um cavaleiro fora liberado do quadrado e galopava na direção da ponte.

— É o tenente Gibbons. — Sterritt levantou a mão para o sobrinho do coronel, que parou o cavalo violentamente. Seu semblante estava sério, carregado com o peso do momento. Olhou para Sharpe.

— Você deve se apresentar ao coronel.

— Por quê?

Gibbons ficou perplexo.

— O coronel quer você. Agora!

Hogan tossiu.

— O tenente Sharpe está sob minhas ordens. Por que o coronel o quer?

Gibbons balançou o braço na direção dos franceses imóveis.

— Precisamos de uma linha de escaramuça, Sharpe, algo para instigar os franceses à ação.

Sharpe assentiu.

— Até que distância à frente do quadrado devo levar meus homens? — Ele falava num tom doce e razoável.

Gibbons deu de ombros.

— Próximo o bastante para fazer com que a cavalaria se mova. Depressa!

— Não vou me mexer. Seria loucura!

Gibbons olhou para Sharpe.

— Perdão?

— Não vou matar meus homens. Se eu avançar mais do que cinquenta metros a partir daquele quadrado os franceses vão nos caçar como lebres. Não sabe que os escaramuçadores recuam para longe da cavalaria?

— Você vem, Sharpe? — Gibbons fez com que parecesse um ultimato.

— Não.

O tenente se virou para Hogan.

— Senhor? Vai ordenar que o tenente Sharpe obedeça?

— Escute, garoto. — Sharpe notou que ele havia aumentado seu sotaque irlandês. — Diga ao seu coronel que eu mandei avisar que, quanto mais cedo ele atravessar a ponte de volta, mais cedo poderemos fazer um buraco nela, e mais cedo voltaremos para casa. E não, não vou instruir o tenente Sharpe a cometer suicídio. Bom dia, senhor.

Gibbons girou seu cavalo, machucando a boca do animal com o freio, e bateu com as esporas nos flancos, gritou algo ininteligível para Sharpe ou Hogan e galopou de volta para o quadrado impotente levantando jorros de poeira. Sterritt se virou para eles, aparvalhado.

— Não se pode recusar uma ordem!

A paciência de Hogan acabou. Sharpe nunca ouvira o pequeno irlandês perder as estribeiras, mas os acontecimentos o haviam exasperado.

— Você não entende, porcaria? Você sabe o que é uma linha de escaramuça? É uma linha de homens espalhados na frente do inimigo. Eles seriam derrubados como espantalhos! Meu Deus! O que ele acha que está fazendo?

Sterritt ficou branco diante da raiva de Hogan. Tentou aplacar o engenheiro.

— Mas alguém tem de fazer alguma coisa.

— Você está certo. Eles têm de voltar pela porcaria da ponte e parar de desperdiçar nosso tempo!

Alguns homens da companhia de Sterritt começaram a fazer comentários. Sharpe sentiu sua paciência acabar, também. Não se importava se isso era seu trabalho ou não.

— Quietos!

Um silêncio embaraçado pousou no final da ponte. Foi rompido pelos risinhos das três espanholas.

— Podemos começar com elas. — Hogan se virou para as mulheres e gritou em espanhol. Elas o olharam, olharam umas para as outras, mas ele gritou de novo, insistindo. Com relutância elas guiaram seus cavalos passando pelos fuzileiros, pelos oficiais e de volta para a margem norte.

— De qualquer modo são três a menos para atravessar a ponte. — Hogan olhou para o céu. — Já deve ser meio-dia.

Os franceses deviam estar tão entediados quanto todo mundo. Sharpe ouviu as notas de uma corneta e viu enquanto eles se formavam em quatro esquadrões. Ainda estavam virados para a ponte; seu esquadrão da frente a uns trezentos metros além do quadrado espanhol. Em vez das duas linhas compridas eles fizeram, com eficiência, fileiras de dez homens, o comandante saudou ironicamente os quadrados com a espada e deu a ordem de se mover. Os cavaleiros começaram a trotar, fizeram um círculo na direção dos espanhóis, continuaram circulando, estavam se virando para ir embora, de volta para o morro e para o leste, onde se juntariam de novo ao marechal Victor e seu exército, que esperava o avanço de Wellesley.

O desastre aconteceu quando os franceses estavam no ponto mais próximo, onde uma curva ampla iria levá-los ao *Regimiento* de la Santa Maria. Por frustração ou orgulho, mas numa estupidez completa, o coronel espanhol deu a ordem de disparar. Cada mosquete que pôde fazer isso explodiu em chama e fumaça, com as balas disparadas inutilmente. Um mosquete tinha alcance, com otimismo, de cinquenta metros; a duzentos — a distância entre os franceses e os espanhóis — os tiros foram simplesmente desperdiçados. Sharpe viu apenas dois cavalos caírem.

— Ah, meu Deus! — Ele havia falado em voz alta.

Havia uma matemática simples para o que aconteceu em seguida. Os espanhóis tinham disparado sua saraivada e demorariam pelo menos vinte segundos para recarregar as armas. Um cavalo a galope podia cobrir duzentos metros em muito menos tempo. O coronel francês não hesitou. Sua coluna estava de lado com relação aos espanhóis. Ele deu as ordens, a corneta soou, e com precisão maravilhosa os franceses transformaram uma coluna de quarenta fileiras de dez homens em dez fileiras de quarenta homens. As duas primeiras esporearam galopando direto, os sabres desembainhados, as outras iam a trote ou passo, atrás. Ainda não havia motivo para eles terem sucesso. Um quadrado de infantaria, mesmo sem mosquetes carregados, era impermeável à cavalaria. Os homens só precisavam ficar parados e manter as baionetas firmes, e os cavalos refugariam, fluiriam para as laterais do quadrado e seriam arrebentados pelos mosquetes carregados nas laterais e na retaguarda da formação.

Sharpe correu alguns passos adiante. Com uma certeza pavorosa soube o que aconteceria. Os soldados espanhóis eram mal comandados, estavam apavorados. Tinham disparado uma saraivada aterrorizante em barulho e fumaça, mas de repente o inimigo estava em cima deles, os cavalos mostrando os dentes através dos véus de fumaça de mosquete, os cavaleiros altos em seus estribos, gritando, sabres erguidos, e galopando diretamente para eles. Como contas de um cordão arrebentado, os espanhóis romperam a formação. Os franceses lançaram mais duas linhas de cavalaria enquanto a primeira se chocava contra a massa em pânico. Os sabres caíam, subiam ensanguentados e caíam de novo. Os *chasseurs* estavam literalmente abrindo caminho no quadrado apertado, os cavalos incapazes de se mover contra o aperto dos homens que gritavam. A terceira linha de franceses se desviou para o lado, conteve o movimento e se lançou contra os espanhóis que haviam fugido e corriam para salvar a vida. Os espanhóis largavam os mosquetes e corriam para a segurança, corriam para o South Essex.

Os franceses estavam no meio deles, cavalgando junto dos homens que corriam, acertando habilmente as cabeças e os ombros dos fugitivos. Atrás deles mais linhas de cavaleiros trotavam para o ataque, joelho com joelho. Os sabres franceses desciam à direita e à esquerda, mais espanhóis saíam do meio da massa, as bandeiras baixaram, eles estavam correndo na direção do quadrado britânico, desesperados em busca de segurança. O South Essex não podia ver o que estava acontecendo, só os espanhóis vindo em sua direção e um ou outro cavaleiro no meio da poeira em redemoinho.

— Fogo! — Sharpe repetiu as palavras. — Fogo, seu idiota!

Simmerson tinha apenas uma esperança de sobrevivência: precisava atirar contra os espanhóis, caso contrário os fugitivos penetrariam em seu quadrado e deixariam os cavaleiros virem atrás. Não fez nada. Com um gemido, Sharpe olhou os espanhóis chegarem às fileiras vermelhas, empurrarem as baionetas de lado enquanto buscavam a segurança. O South Essex cedeu terreno, dividiu-se para deixar que os homens desesperados entrassem no centro vazio. O primeiro francês chegou às fileiras, baixou o sabre num corte e foi arrancado da sela por fogo de mosquete. Sharpe viu o cavalo cambalear com os ferimentos de balas. O animal se chocou de lado contra a face do quadrado, derrubando as quatro fileiras. Outro cavaleiro chegou à abertura, golpeou à esquerda e à direita, depois também foi arrancado do cavalo por uma saraivada. Então tudo acabou. Os franceses entraram na fenda, o quadrado se rompeu, os homens se misturaram aos espanhóis e correram. Desta vez só havia um lugar aonde ir. A ponte. Sharpe se virou para Sterritt.

— Tire sua companhia do caminho!
— O quê?
— Mexa-se! Ande, homem, mexa-se!

Se a companhia ficasse na ponte seria esmagada pelos fugitivos. Sterritt permaneceu montado no cavalo olhando boquiaberto para Sharpe, atordoado e chocado com a tragédia diante dele. Sharpe se virou para os homens.

— Por aqui! Depressa!

Harper estava ali. O confiável Harper. Sharpe liderou, os homens foram atrás, Harper empurrou-os. Para fora da estrada, para a margem. Sharpe viu Hogan ao lado.

— Volte, senhor!
— Eu vou com você!
— Não vai, não. Quem vai explodir a ponte?

Hogan desapareceu. Sharpe ignorou o caos à direita, correu pela margem contando os passos. A setenta passos achou que teriam ido suficientemente longe. Sterritt havia desaparecido. Sharpe girou para os homens.

— Alto! Três fileiras!

Seus fuzileiros estavam ali, não precisaram de ordens. Atrás dele podia ouvir gritos, a tosse ocasional de um mosquete, mas acima de tudo o som de cascos e lâminas baixando. Não olhou. Os homens do South Essex olhavam para além dele.

— Olhem para mim!

Eles o viram. Alto e calmo.

— Vocês não correm perigo. Só façam o que eu mandar. Sargento!
— Senhor!
— Verificar as pederneiras.

Harper riu para ele. Os homens da companhia de Sterritt precisavam ser acalmados, a histeria aplacada com o que era familiar, e o grande irlandês andou pelas fileiras forçando os homens a afastar os olhos do tumulto adiante e se fixar nos mosquetes. Um dos homens, branco de medo, olhou para o sargento enorme.

— O que vai acontecer, sargento?

— Acontecer? Você vai merecer seu dinheiro, garoto. Vai lutar. — Ele puxou a pederneira do sujeito. — Está frouxa como uma mulher boa, garoto, aperte-a! — O sargento olhou para as fileiras e gargalhou. Sharpe havia salvado oitenta mosquetes e trinta fuzis da fuga atabalhoada, e os franceses, que Deus os abençoasse, teriam uma luta.

CAPÍTULO VII

Foi uma confusão. Quatro minutos antes, seiscentos soldados de infantaria estavam organizados no campo, agora a maioria vinha correndo para a ponte; jogavam longe mosquetes, mochilas, qualquer coisa que pudesse reduzir sua velocidade e trazer os sabres metódicos dos franceses mais perto de seus calcanhares. O coronel francês era bom. Concentrou alguns de seus homens nos fugitivos, impelindo-os a trote, cortando à esquerda e à direita como se estivessem simplesmente no campo de treinamento, empurrando a massa em pânico para a área de matança na entrada da ponte. Mais cavaleiros tinham recebido a ordem de ir contra os restos do quadrado britânico, um amontoado de homens lutando desesperadamente em volta das bandeiras, mas Sharpe podia ver mais cavaleiros, imóveis em duas filas, a reserva francesa que poderia ser mandada para sustentar o ataque ou romper qualquer resistência súbita da infantaria.

Não havia sentido em defender a ponte. Ela estava suficientemente bem protegida dos franceses pela massa turbulenta de homens que lutavam por sua segurança dúbia. Sharpe achou que talvez mil homens estariam tentando se enfiar numa pista que tinha largura suficiente para apenas um carro de bois. Era uma visão inacreditável. Sharpe já vira o pânico num campo de batalha, mas jamais assim. Menos de cem cavaleiros impeliam um número dez vezes superior numa fuga horrenda. A multidão junto à ponte não podia avançar, a pressão dos corpos era grande demais, mas espanhóis e britânicos lutavam e se sacudiam, gadanhavam e empurravam, desesperados para escapar dos *chasseurs* que matavam nas bordas da multidão. Nem mesmo os que conseguiam abrir caminho até a ponte estavam seguros. Sharpe captou um vislumbre de homens caindo na água, onde a ponte estava quebrada e onde Hogan havia destruído os parapeitos. Outros homens, acossados por sabres, juntavam-se à parte de trás da multidão. Os franceses não tinham chance de abrir caminho em meio àquela barreira imensa feita de osso e carne; e nem estavam tentando chegar à ponte. Em vez disso os *chasseurs* mantinham o pânico fervendo, de modo que os homens não tivessem chance de refazer a forma e se virar contra os perseguidores com mosquetes carregados e baionetas erguidas. Os cavaleiros eram quase indiferentes em seus golpes de sabre. Sharpe viu um homem instigando alegremente os fugitivos com a parte chata da espada. Era necessário esforço para matar um homem, especialmente se ele estivesse com sua mochila e tivesse virado as costas. Cavaleiros inexperientes giravam suas lâminas em arcos impressionantes que batiam nas costas de um soldado; a vítima tombava e descobria, atônita, que seu ferimento era apenas uma mochila e um sobretudo cortados. Os *chasseurs* veteranos esperavam até chegarem ao nível dos alvos e, depois, cortavam de frente para trás, contra rostos desprotegidos, e Sharpe sabia que haveria muito mais feridos do que mortos, horrivelmente feridos, rostos mutilados pelas lâminas, cabeças abertas até o osso. Virou-se para a frente.

Ali existia luta de fato. As bandeiras do South Essex ainda estavam desfraldadas, mas os homens ao redor haviam perdido qualquer aparência de uma formação de verdade. Tinham sido obrigados a formar um círculo grosseiro, comprimidos pelos cavaleiros, e lutavam contra os sabres e cascos com espada e baioneta. Era uma luta desesperada. Os franceses haviam mandado a maior parte de seus homens contra o pequeno grupo; eles poderiam não ter chance de capturar a ponte, mas dentro do círculo aterrorizado havia um prêmio maior. As bandeiras. Para os franceses, partir do campo com bandeiras capturadas era cavalgar para a glória, tornar-se heróis, saber que a história seria contada por toda a Europa. O homem que capturasse as bandeiras poderia escolher sua recompensa, fosse em dinheiro, mulheres ou patente, e os *chasseurs* tentavam romper a resistência britânica com uma fúria selvagem. O South Essex lutava de volta, não menos desesperado, seus esforços instigados pela determinação fanática de que as bandeiras não caíssem. Perder as bandeiras era a desgraça definitiva.

Sharpe havia demorado apenas alguns segundos para compreender o caos absoluto à sua frente; não havia escolhas a fazer, ele iria em direção às bandeiras esperando que o círculo de sobreviventes pudesse se sustentar contra os cavaleiros por tempo suficiente para que sua companhia levasse os mosquetes e as baionetas ao alcance de disparo. Virou-se para os homens. Harper fizera bem seu trabalho. Os fuzileiros estavam espalhados em meio aos outros soldados para instigar a coragem esgarçada dos homens da companhia de Sterritt. Os homens de casacos verdes riam para Sharpe. Os homens de vermelho estavam pálidos e nervosos. Sharpe notou que Harper havia posto uma fileira de fuzileiros em cada extremidade da companhia, os flancos vulneráveis que seriam os pontos mais fracos de sua força e onde apenas coragem firme e baionetas rígidas deteriam os cavaleiros. Dois tenentes nervosos tinham sido empurrados para as filas e, como os outros homens da companhia de Sterritt, viravam os olhos rapidamente na direção da turba perto da ponte. Eles queriam fugir, queriam a segurança da outra margem, mas Sharpe também podia ver dois sargentos firmes, que tinham visto batalha antes e esperavam calmamente as ordens.

— Vamos avançar. Para as bandeiras. — Alguns rostos estavam brancos de medo. — Não há nada a temer. Desde que permaneçam nas fileiras. Entenderam? Vocês devem permanecer nas fileiras. — Ele falou com simplicidade e ênfase. Alguns homens ainda olhavam para os fugitivos e a ponte. — Se alguém romper as fileiras será morto a tiro. — Agora eles o olharam. Harper riu. — E ninguém dispara sem minhas ordens. Ninguém.

— Eles entenderam. Sharpe tirou o fuzil das costas, jogou-o para Pendleton e sacou sua lâmina de matar. — Avante!

Andou alguns passos na frente, ouvindo Harper gritar a ordem e o ritmo do avanço. Apressou o passo. Havia pouco tempo e ele achava que os duzentos metros iniciais seriam bastante fáceis. Avançavam pelo terreno plano e aberto, sem ser atrapalhados por cavaleiros. A parte difícil eram os últimos duzentos passos, quando a companhia teria de se manter em fileiras enquanto passava por cima dos mortos e feridos, e quando os franceses percebessem o perigo e os desafiassem. Imaginou quanto tempo teria se passado desde a fatal saraivada dos espanhóis; só poderiam ser alguns minutos, mas de repente Sharpe estava de novo com as sensações da batalha. Havia um distanciamento familiar, ele sabia que isso duraria até o primeiro tiro ou o primeiro golpe de espada, e notou detalhes irrelevantes; parecia que o terreno estava se movendo embaixo dele, em vez de ele andando no solo poeirento e rachado do início do verão. Via cada folha de capim descorado, havia formigas correndo ao redor de pontos brancos na terra. A luta ao redor das bandeiras parecia distante, os sons minúsculos, e ele quis diminuir a distância. Ali estava o início da agitação, até mesmo da empolgação, diante da proximidade da batalha. Alguns homens se realizavam com a música, outros, com o comércio; havia homens que sentiam prazer em trabalhar a terra, mas os instintos de Sharpe eram para isso: para o perigo da batalha. Ele fora soldado por metade da vida, conhecia os desconfortos, as injustiças, conhecia os olhares de pena de homens cujos negócios lhes permitiam dormir em segurança à noite, mas eles não conheciam isto. Sabia que nem todos os soldados sentiam o mesmo, poderia sentir vergonha, caso se desse tempo para pensar, mas esta não era a hora.

Os franceses estavam sendo contidos. Alguém organizara os sobreviventes do quadrado britânico e havia uma primeira fila ajoelhada, com os mosquetes enfiados no chão, as baionetas para cima, apontadas para o peito dos cavalos. Os sabres golpeavam sem eficácia contra os mosquetes em ângulo; havia gritos, berros de homens e cavalos, um véu de fumaça de pólvora onde clarões de chamas e aço cercavam as bandeiras. Enquanto ele andava, com a grande espada mantida baixa, podia ver cavalos sem cavaleiros trotando ao redor da confusão, no ponto onde *chasseurs* haviam sido derrubados a tiro ou arrastados para fora das selas. Alguns franceses estavam a pé, girando as espadas ou mesmo atacando as fileiras britânicas com as mãos nuas. Um oficial do South Essex forçou seu cavalo para fora do círculo e as fileiras se fecharam instantaneamente atrás. Estava sem chapéu, o rosto irreconhecível sob uma máscara de sangue. Fez seu cavalo atacar e cravou a espada fina e reta no corpo de um *chasseur*. A lâmina ficou presa. Sharpe viu-o puxar o cabo, o fanatismo louco se transformando em medo, e num instante um francês mostrou como aquilo deveria ser feito, seu sabre se cravando facilmente no peito do inglês, a lâmina sendo girada, arrancada facilmente enquanto o oficial de casaca vermelha caía junto com sua vítima. Outro *chasseur*, a pé, golpeou às cegas as fileiras que não cediam. Um soldado aparou o golpe, estocou com a baioneta e o francês foi morto. Muito bem, pensou Sharpe: a ponta sempre vence o gume.

Um toque de corneta. Olhou à direita e viu a reserva francesa andar à frente. Eles avançavam deliberadamente para a carnificina em volta das bandeiras. Não seguravam sabres, e Sharpe soube o que estava na mente do coronel francês. O quadrado britânico, ou o que restava dele, havia se sustentado e os sabres leves da cavalaria não podiam rompê-lo. Mas os *chasseurs*, diferentemente da maioria das cavalarias, portavam carabinas e planejavam disparar contra as fileiras de casacas-vermelhas uma saraivada de curta distância, que iria despedaçá-las e deixar que os homens com espadas penetrassem na abertura. Sharpe acelerou o passo, mas não poderiam chegar às bandeiras antes da cavalaria descansada, e ficou olhando, nauseado, enquanto, com disciplina meticulosa, alguns espadachins giravam suas montarias para longe do quadrado tosco para dar campo de fogo aos carabineiros. Os cavaleiros abriram caminho em meio aos mortos e feridos. Sharpe viu os britânicos carregando mosquetes febrilmente, arranhando os dedos nas lâminas das baionetas enquanto socavam as cargas nos canos, mas era tarde demais. Os franceses pararam, atiraram, giraram para deixar uma segunda fileira parar e mandar sua saraivada de balas contra o South Essex. Alguns mosquetes responderam, um *chasseur* caiu no chão, uma vareta de mosquete voou loucamente pelo ar quando algum soldado aterrorizado disparou-a de sua arma semicarregada. Os disparos franceses despedaçaram as primeiras filas; uma grande ferida foi aberta na formação vermelha e o inimigo se derramou com suas lâminas curvas para mantê-la aberta e penetrar mais fundo na infantaria, onde poderia agarrar e ganhar o maior prêmio de um campo de batalha.

Agora os homens de Sharpe estavam em meio aos corpos. Ele passou por cima de um soldado britânico cuja cabeça fora decepada por um corte de sabre. Atrás dele alguém fez sons de vômito. Lembrou-se de que a maioria dos homens do South Essex jamais vira uma batalha, eles não tinham ideia do que as armas faziam com a carne de um homem. Os sobreviventes do quadrado estavam recuando na direção dele, afastando-se da borda ferida, perdendo coesão. Viu as bandeiras baixarem e subirem de novo, captou um vislumbre de um oficial gritando com os homens, instigando-os a lutar contra os cavalos que golpeavam com os cascos e carregavam os sabres terríveis. Havia muito pouco tempo. Mais franceses lutavam a pé, tentando empurrar de lado as baionetas e abrir caminho até os porta-bandeiras, à glória. Então teve seus próprios problemas. Viu um oficial francês puxando e batendo em seus homens; a companhia de Sharpe fora vista e os franceses sabiam o que cem mosquetes carregados podiam fazer contra os cavaleiros apinhados que se concentravam em volta das bandeiras. Tirou alguns homens da luta, alinhou-os às pressas e lançou-os contra o novo perigo. Só havia conseguido juntar uns 12 homens e cavalos. Sharpe se virou.

— Alto!

Ficou de costas para os cavaleiros. Em sua cabeça sabia quantos segundos tinha, e os apavorados homens do South Essex que o olhavam precisavam desesperadamente de uma demonstração do que uma boa infantaria era capaz de fazer com a cavalaria.

— Fileira de trás! Meia-volta! — Precisava guardar a retaguarda para o caso de algum cavaleiro circular ao redor. Harper estava lá. — Fileira da frente, ajoelhar!

Andou na direção deles, calmamente, e passou por cima da fileira ajoelhada de modo a ficar na segurança da formação. Os cavalos estavam a cinquenta metros.

— Só a fila do meio vai atirar! Só a fila do meio! Fuzileiros, não atirem! Só a fila do meio! Esperem! Mirem baixo! Mirem na barriga! Vamos deixar que eles cheguem perto! Esperem! Esperem! Esperem!

As espadas dos franceses estavam ensanguentadas até o punho, os cavalos, cobertos de suor, o rosto dos cavaleiros repuxados no ricto de homens que lutaram e mataram desesperadamente. No entanto a vitória sobre um número quatro vezes maior do que o seu fora obtida tão facilmente que esses cavaleiros se achavam capazes de qualquer coisa. Os 12 franceses cavalgaram para a companhia de Sharpe, sem perceber o perigo, confiantes no êxtase de que aqueles britânicos desmoronariam tão facilmente quanto os dois quadrados. Sharpe olhou-os chegar num galope imprudente, viu as nuvens de terra levantadas pelos cascos, os dentes dos cavalos à mostra e as crinas voando. Esperou, continuou falando em voz medida, alta.

— Esperem por eles! Esperem! Esperem! — Quarenta metros, trinta. No último momento o oficial francês percebeu o que havia feito. Sharpe viu-o puxar com força o freio do cavalo, mas era tarde demais.

— Fogo!

Os *chasseurs* se desintegraram. Foi uma saraivada pequena, apenas algumas dúzias de mosquetes, mas ele a disparou mortalmente de perto. Os cavalos caíram, uns dois derraparam quase até a primeira fila, cavaleiros foram lançados no chão num torvelinho de cascos, sabres e braços. Não restou nenhum *chasseur*.

— De pé! Avante!

Foi para a frente de novo e guiou-os para além dos restos sangrentos dos atacantes. Um francês estava vivo, a perna quebrada pela queda do cavalo, e ele tentou dar um golpe de sabre para cima, contra Sharpe. Sharpe não se incomodou em golpear de volta. Chutou o pulso do homem ferido de modo que a lâmina caiu da mão dele. A companhia passou em volta dos homens mortos e cavalos; começou a se apressar, a luta ao redor das bandeiras estava sendo perdida, os britânicos sendo forçados para trás, os franceses avançando pouco a pouco atrás das lâminas cortantes. Sharpe viu as longas lanças dos sargentos que guardavam as bandeiras sendo usadas; uma delas balançou acima do caos, bateu contra a cabeça de um cavalo fazendo-o empinar, derrubando o cavaleiro, com sangue escorrendo do topete. A disciplina do quadrado havia desaparecido com o fogo de carabina dos franceses. Sharpe não podia ver oficiais, eles tinham de estar ali, mas agora os franceses estavam perto das bandeiras, e homens do quadrado despedaçado corriam na direção de Sharpe e da segurança de suas baionetas apontadas. Ele empurrou-os de lado com sua espada, gritou para irem para o lado. Teve de parar, incapaz de ir diretamente contra os fugitivos, e batia neles com a parte chata da espada. Harper se juntou a ele e batia nos fugitivos com a coronha de seu fuzil, e o tamanho enorme do irlandês forçava os homens que fugiam a ir para os flancos, onde podiam se juntar em segurança à companhia de Sharpe. Então o terreno ficou limpo e ele continuou andando, a espada ainda girando, o sangue fervilhando com o júbilo. Não pretendera fazer uma carga de baionetas, mas havia muito pouco tempo. As bandeiras estavam oscilando, a mão de um francês num mastro foi cortada pela espada de um oficial, e então as bandeiras caíram.

Sharpe gritou palavras ininteligíveis, corria, os homens atrás dele tropeçavam em corpos e escorregavam nas manchas de sangue novo. Um *chasseur* sem montaria veio para ele, o sabre golpeando num giro grande. Sharpe levantou sua lâmina, a espada do francês se despedaçou, ele acertou o pescoço do atacante, sentiu o sujeito cair e tropeçou em frente. Cavalos bloqueavam sua visão das bandeiras, houve o som de tiros de fuzil, um homem tombou. Vislumbrou Harper arrancando um *chasseur* de seu cavalo — o rosto do sargento era uma terrível máscara de fúria e força. Outro cavaleiro veio, puxando as rédeas para facilitar o golpe contra Sharpe, e desapareceu para trás quando Sharpe cravou sua grande espada na mandíbula do cavalo. Viu o animal empinar, gritando, o *chasseur* soltou o sabre e Sharpe vislumbrou a lâmina brilhante pendendo da tira do pulso enquanto homem e cavalo caíam para trás. Ainda havia um grupo de casacas-vermelhas perto das bandeiras caídas, rodeados por cavaleiros, e Sharpe viu dois franceses apearem para empurrar os últimos defensores com as mãos nuas.

Então os casacas-vermelhas pareceram sumir, havia apenas *chasseurs* e gritos franceses de triunfo, enquanto os mortos eram tirados de cima dos mastros e as bandeiras eram apanhadas no chão. Sharpe virou-se e ergueu a espada coberta de sangue acima da cabeça.

— Alto! Apontar! — Ele estava diretamente na linha de fogo e se jogou no chão, puxando Harper para baixo enquanto gritava a ordem de fogo. A saraivada estrondeou acima de sua cabeça e em seguida eles estavam de pé e correndo. As balas de mosquete haviam arrancado os franceses das bandeiras, elas tinham caído de novo mas desta vez estavam rodeadas tanto de inimigos mortos quanto de britânicos.

Faltavam apenas alguns metros, mas havia mais cavaleiros esporeando na direção do lugar onde tantos haviam morrido pelas bandeiras. Sharpe jogou-se sobre os corpos, lutando em meio a sangue, estendeu a mão para um mastro e puxou-o. Era a bandeira do regimento, com o luminoso campo amarelo rasgado por buracos recentes. Cravou a ponta da espada num cadáver e girou a bandeira como um porrete primitivo contra os cavaleiros. A bandeira do rei estava muito longe. Harper seguia na direção dela, mas um cavalo trombou no sargento jogando-o para trás. Outro cavalo empinou e se desviou do vagalhão de seda amarela na mão de Sharpe, uma espada acertou o mastro e Sharpe viu lascas voando da madeira nova, depois foi acertado pelo monte de forragem amarrado à sela e jogado longe. Podia sentir o cheiro dos cavalos, ver os cascos no ar acima, o rosto de um francês emoldurado pela corrente prateada da barretina dobrando-se para arrancar a bandeira de suas mãos. Segurou-a firme. Um casco baixou perto de seu rosto, o cavalo se retorceu para longe da carne em que havia pisado, o cavaleiro puxou e subitamente soltou. Sharpe viu Harper girando uma grande picareta de sargento. Havia acertado o cavaleiro na coluna, com a lâmina, e o homem deslizou suavemente para cima de Sharpe, com o último suspiro soando baixinho no ouvido do fuzileiro.

Sharpe saiu de baixo do corpo. Deixou a bandeira ali: estava tão segura quanto em suas mãos. Harper girava a picareta, mantendo os cavaleiros à distância. Onde estava a companhia? Sharpe olhou ao redor e viu-os correndo na direção da luta. Eram lentos demais! Procurou sua espada, encontrou, arrancou-a do corpo onde a havia enfiado. Os cavaleiros continuavam vindo, tentando desesperadamente forçar os cavalos relutantes para cima dos montes de mortos. Sharpe gritou de novo, Harper estava berrando, mas não havia nenhum inimigo a distância da espada. Avançou na direção da bandeira do rei. Podia vê-la caída junto de dois corpos, a cerca de cinco metros. Escorregou em sangue, levantou-se de novo, mas havia três franceses sem montaria vindo para ele com os sabres desembainhados. Harper estava ao seu lado, um *chasseur* caiu com a lâmina da picareta na barriga, o outro tombou sob a espada de Sharpe que havia passado pelo sabre como se a arma do francês fosse feita de marfim frágil. Mas o terceiro havia chegado à bandeira inglesa, puxado-a dos corpos e a estendia para os homens montados, atrás. Sharpe e Harper saltaram adiante, a picareta acertou as costas do *chasseur* mas ele havia feito o serviço. Um cavaleiro tinha segurado a franja da bandeira e estava esporeando para longe. Havia mais franceses chegando, gadanhando os dois fuzileiros para pegar a segunda bandeira. Eram muitos!

— Contenha-os, Patrick! Contenha!

Harper girou a picareta, gritou para eles, era Cuchilain da Mão Vermelha, o inviolável. Estava de pé com as pernas separadas, o tamanho gigantesco dominando a luta, implorando que os franceses de uniformes verdes viessem e fossem mortos. Sharpe voltou com dificuldade para a bandeira do regimento, puxou-a de baixo do cadáver e jogou-a como se fosse uma lança para a companhia que avançava. Viu-a cair no meio das fileiras. Estava salva. Harper continuava ali, rosnando para o inimigo, desafiando-o, mas não havia mais luta. Sharpe ficou ao lado dele, espada na mão, e os franceses se viraram, encontraram cavalos e montaram para ir embora. Um deles se virou e encarou os dois fuzileiros, levantou um sabre ensanguentado numa saudação séria, e Sharpe levantou sua espada vermelha, em resposta.

Alguém deu um tapa em suas costas, homens gritavam como se ele tivesse obtido uma vitória, quando tudo que fizera fora cortar à metade a vitória dos franceses. A companhia estava com eles, de pé no meio dos mortos, olhando os *chasseurs* trotarem para longe com seu troféu. Não havia esperança de recuperar a bandeira do rei, já estava a trezentos metros de distância, rodeada por cavaleiros em triunfo no início de sua longa jornada que iria levá-la por cima dos Pirineus, para ser zombada pela turba parisiense antes de se juntar às outras bandeiras, italianas, prussianas, austríacas, russas e espanholas que marcavam as vitórias francesas pela Europa. Sharpe viu-a ir embora e sentiu enjoo e vergonha. As bandeiras espanholas também estavam lá, ambas, mas não eram de sua conta. Sua honra estava amarrada ao estandarte capturado, sua reputação como soldado; era uma questão de orgulho.

Tocou o cotovelo de Harper.

— Você está bem?

— Estou, senhor. — O sargento ofegava, ainda segurando a picareta ensanguentada até a metade do cabo. — E o senhor?

— Estou. Parabéns. E obrigado.

Harper descartou o elogio mas riu para seu tenente.

— Esta foi rara, senhor. Pelo menos conseguimos uma de volta.

Sharpe se virou para olhar a bandeira. Ela pendia acima da companhia, rasgada e manchada de sangue, perdida e recuperada. Um oficial estava abaixo dela e Sharpe reconheceu Leroy, o melancólico e solitário capitão Leroy, que Lennox havia descrito como o único outro soldado decente no batalhão. Seu rosto estava coberto de sangue e Sharpe abriu caminho por entre os soldados, até ele.

— Senhor?

— Muito bem, Sharpe. Isto foi uma carnificina miserável. — A voz do capitão estava estranha, o sotaque incomum, e Sharpe se lembrou de que ele vinha da América; fazia parte do pequeno grupo de legalistas que ainda lutavam pela terra mãe. Sharpe indicou a cabeça de Leroy.

— Está muito ferido?

— Só um arranhão. Mas fui cortado na perna.

Sharpe olhou para baixo. A coxa de Leroy estava coberta de sangue.

— O que aconteceu?

— Eu estava com as bandeiras. Graças a Deus você veio, ainda que Simmerson mereça perder as duas. O desgraçado.

Sharpe olhou para a ponte. Pouco podia ser visto dela porque o campo no meio ainda estava cheio de cavaleiros franceses. Havia sopros de fumaça e estalos de mosquete, de modo que alguém tinha organizado alguma defesa, mas os *chasseurs* não lutavam mais. Cornetas chamavam-nos para longe da carnificina, para a estrada, onde formaram fileiras ao redor dos três troféus. Deviam sentir orgulho, pensou Sharpe, quatrocentos soldados de cavalaria ligeira haviam derrotado dois regimentos, capturado três bandeiras, e tudo por causa da estupidez e do orgulho de Simmerson e do coronel espanhol. Imaginou onde Simmerson estaria. Ele não estivera com o grupo em volta das bandeiras, a não ser que seu cadáver se encontrasse numa das pilhas. Virou-se para Leroy.

— Você viu Simmerson?

— Deus sabe o que aconteceu com ele. Forrest estava lá.

— Morto?

Leroy deu de ombros.

— Não sei.

— Lennox?

— Não vi. Ele estava no quadrado.

Sharpe olhou o campo ao redor. Era uma visão espantosa. O local onde acontecera a luta pelas bandeiras estava cercado de corpos. Havia homens feridos, remexendo-se e chorando, cavalos caídos de lado, tossindo sangue e batendo o solo num gesto frenético. Sharpe encontrou um sargento.

— Atire nesses cavalos, sargento.

— Senhor? — O homem olhou idiotamente para Sharpe.

— Atire neles. Depressa!

Não suportava a visão dos animais feridos. Homens foram até eles, apontaram mosquetes para as cabeças e Sharpe se virou para contar seus fuzileiros.

— Todos estão bem, senhor. — Harper já havia contado.

— Obrigado. — Eles tinham corrido pouco perigo, enquanto permanecessem nas fileiras e mantivessem as baionetas firmes. Lembrou-se de ter pensado a mesma coisa enquanto o South Essex marchava com orgulho pelo campo, estandartes balançando, e agora estavam derrotados. Tentou avaliar a conta do açougueiro. Não havia mais de trinta ou quarenta franceses mortos no campo, um preço bastante alto a ser tirado dos quatrocentos, mas tinham obtido a glória para seu regimento e infligido perdas espantosas contra os britânicos e espanhóis. Uma centena de mortos? Ele olhou para as pilhas de corpos, a trilha irregular de cadáveres levando até a ponte. Era impossível adivinhar o número. Seria alto, e haveria uma quantidade muito maior de feridos, homens cujos rostos tinham sido abertos pelos cavaleiros, homens cegos que seriam levados a Lisboa, mandados de navio para casa e seriam abandonados à fria caridade de uma sociedade há muito imune aos mendigos mutilados. Estremeceu.

Mas não eram somente os mortos e feridos. Na primeira fuga, o batalhão de Simmerson perdera também o orgulho. Durante 16 anos Sharpe havia lutado pelo exército, defendera bandeiras na confusão da batalha e, golpeado com baioneta enquanto tentava chegar ao estandarte inimigo, tinha visto bandeiras capturadas desfilar pelo campo e sentido a feroz empolgação da vitória, mas esta era a primeira vez que via uma bandeira inglesa ser tomada no campo, e sabia como seus inimigos iriam comemorar quando o troféu chegasse ao exército do marechal Victor. Logo o exército de Wellesley teria de travar uma batalha, e não uma escaramuça contra quatro esquadrões de *chasseurs*, e sim uma batalha verdadeira em que as máquinas de morte da artilharia tornavam a sobrevivência um jogo de acaso, e agora os inimigos iriam para essa batalha com o ânimo elevado porque já haviam humilhado os britânicos. Sentiu o início de uma ideia, uma ideia tão ultrajante que o fez sorrir, e o jovem Pendleton, esperando para devolver seu fuzil, riu de volta para o oficial.

— Nós conseguimos, senhor! Nós conseguimos!

— Conseguimos o quê? — Sharpe queria saborear a ideia mas havia muito a fazer.

— Salvar a bandeira, senhor. Não foi?

Sharpe olhou o rosto do adolescente. Depois de uma vida de roubos nas ruas de Bristol o garoto tinha um rosto fino e faminto, mas os olhos brilhavam e havia um pedido desesperado de apoio em sua expressão. Sharpe sorriu.

— Conseguimos.

— Sei que perdemos a outra, senhor, mas não foi nossa culpa, foi?

— Não. Se não fosse por nós eles teriam perdido as duas bandeiras. Parabéns!

O garoto riu de orelha a orelha.

— Parabéns ao senhor e ao sargento Harper, senhor. — As palavras do rapaz jorravam na necessidade urgente de compartilhar a empolgação. — Eles ficaram aterrorizados com o senhor!

Sharpe pegou o fuzil e deu um riso.

— Quanto ao sargento Harper, não sei, mas eu estava bem apavorado também.

Pendleton gargalhou.

— O senhor só está falando por falar!

Sharpe sorriu e foi andando em meio aos corpos. Havia muito a fazer, os mortos a enterrar, os feridos a remendar. Olhou para a ponte. Agora estava vazia, os fugitivos haviam atravessado e Sharpe podia vê-los sendo organizados em companhias na outra margem. Os franceses estavam a oitocentos metros de distância, em fileiras arrumadas e olhando um cavaleiro solitário que trotava na direção de Sharpe. Ele supôs que fosse um oficial francês vindo discutir uma trégua enquanto eles pegavam seus feridos. Sharpe sentiu um cansaço enorme. Olhou de volta para a ponte e se perguntou por que Simmerson não estava mandando nenhum homem atravessar para começar a cavar sepulturas, fazer curativos, despir os mortos. Demoraria um dia inteiro para limpar aquela bagunça. Sharpe pendurou o fuzil no ombro e começou a andar em direção ao oficial dos *chasseurs* cujo cavalo abria caminho delicadamente entre os corpos. Levantou a mão, saudando.

E nesse momento a ponte explodiu.

CAPÍTULO VIII

A ponte relutava em ser destruída. Havia permanecido de pé durante dois milênios sobre as águas do Tejo, e a velha alvenaria cedeu lentamente aos explosivos modernos. O pilar central deu um tremor profundo que foi sentido até onde Sharpe e sua companhia estavam. Eles giraram para ver o que havia provocado aquilo e a poeira voou das fendas entre as pedras. Por um segundo pareceu que a ponte iria aguentar, as pedras incharam e depois se despedaçaram com uma lentidão agonizante, até que a pólvora preta finalmente venceu e a alvenaria foi explodida para fora, num sopro obsceno de fumaça e chamas. A estrada sobre a ponte subiu no ar, pairou por uma fração de tempo e depois despencou na água. O pilar, dois arcos, o propósito da ponte, tudo foi destruído pela explosão trovejante que rolou interminavelmente pela terra plana coberta de capim, amedrontando os cavalos dos franceses, fazendo os cavalos, cujos donos haviam sido derrubados na batalha, relinchar e galopar ao acaso como se procurassem ser tranquilizados por humanos. Uma nuvem de fumaça enorme e suja, fervilhando com poeira ancestral, subiu acima da ponte arruinada, a água borbulhou, acima e abaixo no rio, as pedras caíam nas profundezas verdes; apenas aos poucos o silêncio acompanhou o trovão, o rio se arrumou outra vez no novo padrão de pedras em seu leito, a fumaça preta pairou lentamente para o oeste como uma nuvem de tempestade pequena, baixa, malévola. Hogan não precisaria ter se preocupado. Doze metros da ponte haviam sido arrancados, Wellesley estava a salvo da cavalaria ao sul, e Sharpe e seus homens estavam agora presos do lado errado do Tejo.

O capitão Leroy se deixou cair no capim. Sharpe se perguntou se ele fora acertado por alguma lasca de pedra vinda da ponte, mas o capitão balançou a cabeça.

— É a minha perna. Não se preocupe, Sharpe, eu me viro. — Leroy assentiu para as ruínas enfumaçadas da ponte. — Por que diabos eles fizeram isso?

Sharpe gostaria de saber. Teria sido um engano? Hogan certamente esperaria Sharpe e sua companhia aumentada, de duzentos homens, chegar à segurança da outra margem antes de acender os pavios que penetravam na base do pilar. Olhou para o outro lado do rio, mas não conseguia entender o que ocorria, os homens se formando em companhias. Pensou ter visto Simmerson em seu cavalo cinza, rodeado por oficiais que olhavam a destruição da ponte.

— Senhor, senhor. — Gataker, o fuzileiro, estava chamando-o. O oficial francês havia chegado, um capitão, com o rosto bronzeado dividido por um grande bigode preto. Sharpe foi até ele e prestou continência. O francês devolveu a saudação e olhou a carnificina ao redor.

— Parabéns pela luta, *monsieur*. — Ele falava um inglês perfeito; com cortesia, seriedade, respeito. Sharpe aceitou o elogio.

— Parabéns, também. O senhor obteve uma vitória notável. — As palavras pareciam inseguras e ineptas. Era extraordinário como os homens podiam gadanhar ferozmente uns aos outros, lutar como demônios dementes, e em alguns instantes se tornar educados, generosos mesmo com o dano infligido pelo inimigo. O capitão francês deu um sorriso breve.

— Obrigado, *m'sieu*. — Ele parou um momento, olhou para os corpos caídos perto da ponte, e quando se virou de novo para Sharpe sua expressão havia mudado; tinha se tornado menos formal e mais curiosa. — Por que atravessaram o rio?

Sharpe deu de ombros.

— Não sei.

O francês apeou e enrolou as rédeas no pulso.

— Vocês não tiveram sorte. — Ele sorriu para Sharpe. — Mas você e seus homens lutaram bem. E agora isso? — Ele assentiu para a ponte.

Sharpe encolheu os ombros de novo. O capitão *chasseur*, com o bigode grande, olhou-o por um momento.

— Acho que talvez você não tenha tido sorte com seu coronel, não é? — ele falava baixinho, de modo que os homens, que olhavam curiosamente para o ex-inimigo, não ouvissem. Sharpe não reagiu, mas o francês abriu as mãos. — Nós também temos disso. Lamento muito, *m'sieu*.

A coisa toda estava ficando educada demais, aconchegante demais. Sharpe olhou os corpos largados no campo.

— Quer falar sobre os feridos?

— Queria, *m'sieu*, queria. Não que eu ache que tenhamos tantos assim, mas precisamos de sua permissão para examinar esta parte do campo. Quanto ao resto — ele fez uma ligeira reverência a Sharpe — somos os donos dele.

Era verdade. Agora os *chasseurs* estavam cavalgando pelo campo arrebanhando os cavalos desgarrados. Estavam ganhando um bônus, porque havia meia dúzia de puros-sangues ingleses, perdidos pelos oficiais do South Essex, e Sharpe sabia que eles seriam montarias de substituição melhores do que qualquer coisa que os franceses pudessem comprar na Espanha. Mas havia algo curioso nas palavras usadas pelo capitão.

— O senhor queria? Queria? — Sharpe olhou para os olhos castanhos e simpáticos do francês, que deu de ombros ligeiramente.

— A situação, *m'sieu*, mudou. — Ele balançou a mão para a ponte destruída. — Acho que terá dificuldade para chegar ao outro lado, não é? — Sharpe assentiu, era inegável. — Acho, *m'sieu*, que meu coronel irá querer renovar a luta depois de um período adequado.

Sharpe gargalhou. Apontou para os mosquetes, os fuzis, as baionetas longas.

— Quando o senhor estiver pronto, quando o senhor estiver pronto.

O francês riu também.

— Vou indagar, *m'sieu*, e informá-lo com tempo de sobra. — Ele pegou um relógio. — Digamos que temos uma hora para cuidar dos feridos? Depois disso falaremos de novo.

A Águia de Sharpe

Não estava dando opção a Sharpe. Uma hora não bastava nem de longe para seus duzentos homens recolherem os feridos, carregá-los apesar da agonia que sentiam, levá-los à entrada da ponte e imaginar um modo de transportá-los à segurança. Por outro lado, uma hora era muito mais do que os franceses precisavam e ele sabia que não havia sentido em pedir mais tempo. O capitão desenrolou as rédeas e se preparou para montar.

— Parabéns de novo, tenente. — Sharpe assentiu. — E meu pesar sincero. *Bonne chance!* — Em seguida montou e foi a meio galope de volta em direção ao horizonte.

Sharpe avaliou sua nova companhia. Os sobreviventes do quadrado haviam acrescentado cerca de setenta homens ao seu pequeno grupo. Leroy era o oficial superior, claro, mas seu ferimento o obrigava a deixar as decisões para Sharpe. Havia mais dois tenentes: Knowles, da companhia ligeira, e um homem chamado John Berry. Berry era gordo, com lábios carnudos, um rapaz que, petulante, exigiu saber a data em que Sharpe ganhara seu posto, e, ao descobrir que Sharpe era mais antigo, reclamou carrancudo que seu cavalo havia levado um tiro. Sharpe suspeitava que esse era o único motivo para Berry ter permanecido junto às bandeiras.

Os grupos de trabalho pegavam casacas dos mortos, amarravam as mangas em mosquetes abandonados e faziam macas grosseiras com as quais os feridos eram carregados para a ponte. Metade dos homens trabalhava nas pilhas em volta do local onde Sharpe e Harper haviam aberto caminho entre o sangue e os cadáveres para resgatar a bandeira, a outra metade trabalhava em meio aos corpos espalhados numa forma de leque que terminava na entrada da ponte. Os franceses terminaram rapidamente e começaram a remexer nos corpos dos espanhóis, vestidos de azul. Não era misericórdia que demonstravam, e sim um desejo de saquear os mortos e feridos. Os britânicos faziam o mesmo, não havia como impedir, os espólios de uma luta eram a única recompensa dos sobreviventes. Os fuzileiros, sob ordens de Sharpe, coletavam mosquetes abandonados, dúzias deles, e pegaram bolsas de munição dos mortos. Se os franceses os atacassem, Sharpe planejava munir cada homem com três ou quatro armas carregadas e receber os cavaleiros com uma saraivada contínua que destruiria os atacantes. Isso não traria de volta a bandeira perdida. Ela se fora para sempre, ou até que em algum futuro inimaginável o exército marchasse para dentro de Paris e tomasse de volta o troféu. Enquanto se movia em meio à carnificina, organizando o trabalho, duvidava que os franceses realmente quisessem atacar de novo. As perdas que teriam não valeriam o esforço; talvez, em vez disso, esperassem sua rendição.

Ajudou Leroy a ir até a ponte, apoiou-o no parapeito e cortou a calça branca. Havia um ferimento de bala na coxa do americano, escura e que sorava, mas a bala de carabina tinha passado direto e, apesar do nojo evidente de Leroy, Sharpe mandou Harper colocar larvas no ferimento antes de amarrá-lo com uma tira arrancada da camisa de um morto. Forrest estava vivo, atordoado e sangrando, encontrado onde as bandeiras haviam caído, com sua espada ainda presa na mão. Sharpe o encostou perto de Leroy. Iriam se passar minutos até que Forrest se recuperasse, e Sharpe tinha suas dúvidas se o major, que parecia um vigário, iria querer mais alguma ação militar naquele dia. Pôs a bandeira com os dois oficiais feridos, desdobrou o grande tecido amarelo sobre o parapeito como símbolo de desafio para os franceses, mas e quanto aos britânicos? Por duas vezes tinha andado cautelosamente até a beira da pista quebrada, acenado para a outra margem, mas era como se os homens de lá habitassem um mundo diferente, e faziam suas coisas sem ligar para a carnificina a poucas centenas de metros de distância. Pela terceira vez, Sharpe subiu na ponte passando pelas pedras quebradas.

— Olá! — Só poderiam restar trinta minutos da hora. Pôs de novo as mãos em volta da boca. — Olá!

Hogan apareceu, acenou para ele e veio pela outra parte da ponte quebrada. Era animador ver a casaca azul e o chapéu de bicos do engenheiro, mas havia algo diferente no uniforme. Sharpe não conseguia identificar, mas a coisa estava ali. Acenou indicando a abertura entre eles.

— O que aconteceu?

Hogan abriu os braços.

— Não fui eu. Simmerson acendeu o pavio.

— Pelo amor de Deus, por quê?

— Por que você acha? Ficou apavorado. Achou que os franceses viriam em bando para cima dele. Desculpe. Tentei impedi-lo, mas estou sob prisão. — Era isso! Hogan não usava espada. O irlandês deu um riso feliz para Sharpe. — Você também, por sinal.

Sharpe xingou com malignidade e longamente. Hogan deixou-o extravasar.

— Eu sei, Sharpe. Eu sei. É apenas pura estupidez. Tudo porque nós nos recusamos a deixar seus fuzileiros formar uma linha de escaramuça, lembra?

— Ele acha que isso o teria salvado?

— Ele tem de culpar alguém. Não vai culpar a si mesmo, de modo que você e eu somos os bodes expiatórios. — Hogan tirou o chapéu e coçou a cabeça meio careca. — Não dou a mínima, Sharpe. Isso só significa termos de aguentar o mau humor do sujeito até voltarmos ao exército. Depois não ouviremos mais falar disso. O general vai despedaçá-lo! Não se preocupe!

Parecia ridículo estar discutindo a prisão dos dois, aos gritos, através da abertura por onde a água se partia branca nas pedras despedaçadas. Sharpe acenou em direção aos feridos.

— E esse pessoal? Temos dezenas de feridos e os franceses vão voltar logo. Precisamos de ajuda. O que ele está fazendo?

— Fazendo? — Hogan balançou a cabeça. — Ele está como uma galinha com a cabeça decepada. Está fazendo exercícios com os homens, é isso que está fazendo. Qualquer pobre coitado que não tenha um mosquete terá sorte se receber apenas três dúzias de chicotadas. O desgraçado não sabe o que fazer!

— Mas, pelo amor de Deus!

Hogan levantou a mão.

— Eu sei. Eu sei. Eu disse que ele tem de arranjar madeira e cordas. — Hogan apontou para a brecha de 12 metros. — Não tenho esperança de conseguir madeira para cobrir isso, mas podemos fazer balsas e trazê-los pelo rio. Mas não há madeira por aqui. Ele terá de mandar buscá-la!

— Ele já fez isso?

— Não. — Hogan não disse mais nada. Sharpe podia imaginar a discussão que ele tivera com Simmerson e sabia que o engenheiro teria feito o máximo possível. Por um momento falaram de nomes, quem estava morto, quem estava ferido. Hogan perguntou por Lennox, mas Sharpe não tinha notícias e se perguntava se o escocês estaria morto no campo. Em seguida houve o som de cascos, e Sharpe viu o tenente Christian Gibbons cavalgar até a ponte, atrás de Hogan. O tenente louro olhou para o engenheiro.

— Achei que o senhor estivesse preso, capitão, e confinado.

Hogan olhou para o tenente arrogante.

— Eu precisava mijar.

Sharpe riu. Hogan acenou, desejou-lhe sorte e se virou de volta para o convento, deixando Sharpe olhando para Gibbons do outro lado da água. O uniforme do tenente estava limpo e impecável.

— Você está sob prisão, Sharpe, e recebi a ordem de lhe dizer que sir Henry requisitará uma corte marcial.

Sharpe gargalhou. Era a única reação possível e ela enfureceu o tenente.

— Não há motivos para rir! Foi ordenado que você me entregasse sua espada.

Sharpe olhou para a água.

— Você vem pegá-la, Gibbons? Ou eu devo levá-la?

Gibbons ignorou o comentário. Recebera uma missão e estava decidido a cumpri-la, independentemente das dificuldades.

— E foi ordenado que você devolva a bandeira do regimento.

Era inacreditável. Sharpe mal podia acreditar no que ouvia. Estava de pé na ponte quebrada, num calor de rachar, enquanto atrás dele havia fileiras de homens feridos cujos gritos podiam ser claramente escutados, no entanto Simmerson mandara o sobrinho exigir que Sharpe entregasse a espada e a bandeira.

— Por que a ponte foi explodida?

— Não é da sua conta, Sharpe.

— É sim, Gibbons, eu estou na porcaria do lado errado dela. — Ele olhou para o tenente elegante, cujo uniforme estava sem manchas de sangue ou terra. Suspeitou que o uniforme de Simmerson estaria igual. — Vocês iam abandonar os feridos, Gibbons? Era isso?

O tenente olhou para Sharpe com nojo.

— Por favor, pegue a bandeira, Sharpe, e jogue para este lado da ponte.

— Vá embora, Gibbons — disse Sharpe com desdém igual. — Mande seu precioso tio falar comigo, e não o cãozinho de estimação dele. Quanto à bandeira? Ela fica aqui. Vocês a abandonaram e eu lutei por ela. Meus homens lutaram por ela e ela fica conosco até que vocês nos levem de volta para o outro lado do rio. Entendeu? — Sua voz estava crescendo em raiva. — Então diga isso ao seu gordo saco de vento! Ele receberá a bandeira quando nos receber. E diga a ele que os franceses vão voltar para outro ataque. Eles querem aquela bandeira, e é por isso que vou ficar com minha espada, Gibbons, para poder lutar por ela! — Sharpe desembainhou seus 85 centímetros de aço. Não houvera tempo para limpar a lâmina e Gibbons mal podia afastar os olhos da crosta de sangue. — E, Gibbons. Se quiser isso, pode vir pegar. — Em seguida deu as costas ao tenente e voltou aos feridos e mortos, onde Harper estava esperando com o rosto perturbado.

— Sargento?

— Encontramos o capitão Lennox, senhor. Ele está mal.

Sharpe acompanhou Harper até as fileiras de feridos que o olhavam idiotamente. Havia tão pouco que poderia fazer! Poderia amarrar ferimentos, mas não tinha como aplacar a dor. Precisava de conhaque, de um médico, de ajuda. E agora Lennox.

O escocês estava branco, o rosto franzido de dor, mas assentiu e riu quando Sharpe se agachou ao lado. Sharpe sentiu uma pontada de culpa quando se lembrou da última palavra que havia dito ao capitão da companhia ligeira, a pouca distância deste local. "Aproveite". Lennox riu apesar da dor.

— Eu lhe disse que ele era louco, Richard. Agora isso. Estou morrendo. — Ele falava em tom casual. Sharpe balançou a cabeça.

— Não está. O senhor vai ficar bem. Eles estão fazendo balsas. Vamos levá-lo para casa, para um médico, o senhor vai ficar bem.

Foi a vez de Lennox balançar a cabeça. Ela se moveu com uma lentidão agonizante e ele mordeu os lábios quando uma nova pontada de dor o atravessou. A parte inferior de seu corpo estava encharcada de sangue, e Sharpe não ousava puxar o uniforme ensopado e rasgado, por medo de piorar o ferimento. Lennox deu um suspiro longo.

— Não me engane, Sharpe. Estou morrendo e sei disso. — Seu sotaque escocês estava mais forte. Ele olhou o rosto de Sharpe. — O idiota tentou me obrigar a formar uma linha de escaramuça.

— Tentou comigo também.

Lennox assentiu devagar. Franziu a testa ligeiramente.

— Fui apanhado no início. Um desgraçado me abriu com um sabre, bem na barriga. Não pude fazer nada. — Ele levantou os olhos de novo. — O que aconteceu?

Sharpe contou. Contou como os espanhóis haviam rompido o quadrado britânico procurando a segurança do lado de dentro, como os sobreviventes tinham se juntado e contido o ataque francês, o fogo de carabina e a perda da bandeira. Quando ele falou da bandeira do rei, Lennox se encolheu de dor. Essa desgraça doeu mais do que o corpo rasgado que estava matando-o.

— Senhor! Senhor! — Um soldado estava chamando Sharpe, mas este o afastou com um gesto. Lennox estava tentando dizer alguma coisa, mas o soldado insistia: — Senhor!

Sharpe se virou e viu três *chasseurs* trotando em sua direção. O tempo devia ter se esgotado.

— Mais encrenca? — Lennox deu um riso débil.

— É. Mas isso pode esperar.

A mão de Lennox apertou a de Sharpe.

— Não. Eu posso esperar. Não vou morrer por enquanto. Escute. Há uma coisa que preciso pedir. A você e aquele irlandês grande. Vocês vão voltar? Promete? — Sharpe assentiu. — Promete?

— Prometo. — Ele se levantou, surpreso ao ver que precisava limpar a visão, e caminhou por entre os mortos até onde os *chasseurs* esperavam. O capitão que viera antes estava ali, e com ele dois soldados que olhavam curiosamente o matadouro que seus sabres haviam criado. Sharpe prestou continência, percebendo de repente que ainda segurava a espada com a lâmina cheia de sangue, e o capitão francês se encolheu ao olhá-la.

— *M'sieu.*

— Senhor.

— A hora terminou.

— Ainda não recolhemos todos os nossos feridos.

O francês assentiu sério. Olhou o campo ao redor. Havia mais uma hora de trabalho antes de Sharpe ter esperanças de poder cuidar dos mortos. Ele se virou para Sharpe e falou gentilmente:

— Acho, *m'sieu*, que os senhores devem se considerar nossos prisioneiros. — Ele descartou os protestos de Sharpe. — Não, *m'sieu*, eu entendo. Pode jogar a bandeira aos seus compatriotas, não estamos atrás disso, mas sua posição é insustentável. Os feridos são em maior número do que os sãos. Vocês não podem lutar mais.

Sharpe pensou nos mosquetes que havia recolhido, cada um deles carregado, cada um verificado. Destruiriam os franceses se eles fossem idiotas a ponto de atacar. Fez uma ligeira reverência ao *chasseur*.

— O senhor é amável, mas verá que não sou do regimento cujo estandarte o senhor capturou. Sou fuzileiro. Não me rendo. — Uma pequena bravata não estaria fora de questão, decidiu. Afinal de contas o capitão francês tinha de estar blefando; era experiente o bastante para saber que seus homens não romperiam uma formação de infantaria bem comandada; e tinha prova suficiente de que o fuzileiro alto com a espada sangrenta poderia fornecer essa liderança. O capitão assentiu como se tivesse esperado essa resposta.

— *M'sieu*. O senhor deveria ter nascido francês. Agora já seria coronel!

— Comecei como soldado raso, senhor.

O francês demonstrou surpresa. Não era incomum soldados das fileiras francesas se tornarem oficiais, mas sem dúvida o capitão *chasseur* acreditava ser isso impossível no exército britânico. Galantemente levantou sua barretina com a corrente de prata.

— Parabéns. O senhor é um oponente digno.

Sharpe decidiu que a conversa estava ficando de novo floreada e educada demais. Olhou para as fileiras de feridos.

— Preciso continuar, senhor. Se quiser atacar de novo, isso é da sua conta. — Ele se virou, mas o francês exigiu atenção.

— O senhor não entende, tenente.

Sharpe se virou de volta.

— Senhor. Eu entendo. Por favor, permite que eu continue?

O capitão balançou a cabeça.

— *M'sieu*. Não estou falando de nós, *chasseurs*. Nós somos meramente a... — ele fez uma pausa, procurando a palavra certa. — A vanguarda? Sua posição, tenente, é de fato insustentável. — Ele apontou para o horizonte distante, no topo do morro, mas não havia nada lá. O capitão esperou e depois se virou de volta para Sharpe com um sorriso pesaroso. — Meu sentido de tempo, tenente, é péssimo. Eu seria um péssimo ator.

— Desculpe, senhor, não entendo.

Logo entendeu. O capitão não precisou dizer mais nada porque houve um movimento súbito no topo do morro e Sharpe não precisou do telescópio para lhe dizer o que via. Cavalos, cavalos sem cavaleiros, apenas uma dúzia, mas Sharpe sabia o que significavam. Uma peça de campanha, os franceses haviam trazido um canhão, uma peça de campanha que poderia apagar sua pequena força. Olhou de volta para o capitão, que deu de ombros.

— Entende agora, tenente?

Sharpe olhou para o horizonte. Só um canhão? Provavelmente era um pequeno, de quatro libras, então por que só um? Haveria outros vindo ou os franceses tinham colocado todo o esforço em levar uma peça de campanha para a ação? Se estivessem com poucos cavalos, seria possível que os outros estivessem quilômetros atrás. Presumivelmente os *chasseurs* haviam mandado uma mensagem à força principal de que estavam diante de dois regimentos de infantaria, e os franceses tinham mandado o canhão o mais rápido possível, para ajudar a romper os quadrados. Havia uma ideia bem no fundo de sua mente. Olhou para o capitão.

— Não faz diferença, *m'sieu*. — E levantou a espada. — Hoje o senhor é a segunda pessoa que exige minha espada. Dou-lhe a mesma resposta. Venha e pegue.

O francês sorriu, levantou sua espada e fez uma reverência.

— O prazer será meu, *m'sieu*. Espero que sobreviva ao encontro e me dê a honra de jantar comigo depois. A comida é pobre.

— Então fico feliz porque não terei a honra de prová-la.

Sharpe riu sozinho enquanto o capitão gritava ordens em francês e os três homens viravam os cavalos de volta para a encosta. Para um bastardo criado como soldado raso ele achava que tinha feito o jogo diplomático como um mestre. Depois, o pensamento em Lennox lhe veio e ele voltou correndo, o tempo todo tentando identificar a ideia que estava na sua cabeça. Havia tanta coisa a fazer, tantos arranjos e tão pouco tempo!, mas havia prometido a Lennox. Olhou para trás. A peça de campanha, com seu armão, estava descendo o morro lentamente. Ainda tinha meia hora.

Lennox continuava vivo. Falou baixo e depressa com Sharpe e Harper, que se entreolharam, olharam de volta para o escocês, mas prometeram realizar seu último pedido. Sharpe se lembrou do momento, no campo de batalha, em que vira os franceses levando para longe a bandeira do rei, lembrou-se agora daquela ideia fugaz que lhe havia escapado, e apertou a mão de Lennox.

— Eu já havia prometido isso a mim mesmo.

Lennox sorriu.

— Você não vai me frustrar, eu sei. E Harper e você podem fazer isso, sei que podem.

Eles precisavam deixá-lo para morrer sozinho, não havia escolha, mas o único outro pedido do escocês era morrer com uma espada na mão. Os dois se afastaram relutantes e o enorme sargento olhou para Sharpe.

— Podemos fazer, senhor?

— Nós prometemos.

— É, mas isso nunca foi feito antes.

— Então seremos os primeiros! — disse Sharpe enfaticamente. — Agora venha, temos trabalho a fazer! — Ele olhou para o canhão que se esgueirava cada vez mais perto, e então soube que sua ideia podia funcionar. Tinha pontas soltas, sempre havia perguntas sem resposta, e ele se colocou no lugar dos inimigos e buscou as respostas. Harper viu a empolgação no rosto de seu tenente, viu a mão dele apertar e apertar de novo o punho da espada, e esperou pacientemente as ordens.

Sharpe avaliou distâncias, ângulos, linhas de tiro. Estava agitado, a empolgação retornara, havia esperança apesar da peça de campanha. Chamou os tenentes, os sargentos, encarou-os e bateu com o punho na mão aberta.

— Escutem...

CAPÍTULO IX

O tempo para arrependimentos viria mais tarde. Não era hora de se entristecer com a carnificina, de refletir sobre estar vivo e sem ferimentos, e acima de tudo de se arrepender por não ter passado mais tempo com o agonizante Lennox. Sharpe desembainhou a espada grande, sopesou o fuzil na mão esquerda, virou-se para os 170 homens que desfilavam em três fileiras pela estrada.

— Avante!

Enquanto eles marchavam, Sharpe deixou os pensamentos vagarem brevemente na conversa com Lennox. Teria convencido o moribundo? Achava que sim. Lennox era soldado, entendia que Sharpe tinha muito pouco tempo, e o fuzileiro estava convencido de que vira o alívio no rosto do escocês. Cumprir a promessa era outra coisa; primeiro havia o serviço deste dia para realizar. Forrest marchava ao seu lado, os dois alguns passos à frente da bandeira solitária que balançava acima da pequena formação; o major estava nitidamente nervoso.

— Vai dar certo, Sharpe?

O fuzileiro alto riu.

— Até agora deu, major. Eles acham que somos loucos.

Forrest havia insistido em vir junto, em vez de ficar com os feridos junto à ponte. Ainda estava meio atordoado, abalado pelo golpe na cabeça, e havia recusado a oferta de Sharpe de comandar os sobreviventes diante do novo ataque francês.

— Nunca estive em batalha antes, Sharpe — dissera Forrest. — A não ser uma vez em que contive um tumulto por causa de comida em Chelmsford, e não creio que isso conte.

Sharpe conseguia entender o nervosismo do major, sentia-se grato porque Forrest dera sua bênção ao que parecia um ato de loucura total; no entanto, os instintos de Sharpe lhe diziam que o plano funcionaria. Para os *chasseurs* que olhavam e esperavam, parecia que a pequena força britânica estava decidida a cometer suicídio, um ato glorioso que não tinha chance de sucesso, mas que pelo menos lhes pouparia do desgaste de morrer em forma de picadinho sob os golpes dos artilheiros franceses. Forrest havia perguntado, quase lamentoso, por que o inimigo continuava com a luta. Já não havia obtido uma vitória suficientemente grande? Mas os franceses deviam saber como o exército de Wellesley era lamentavelmente pequeno, com pouco mais de 20 mil homens. Se pudessem destruir completamente o South Essex, os franceses estariam levando um trigésimo da infantaria britânica e consolidando a certeza de que aniquilariam Wellesley quando a verdadeira batalha chegasse. Além disso, agora Sharpe estava oferecendo a chance de capturarem uma segunda bandeira britânica, que poderia ser levada em desfile no acampamento francês para convencer os soldados da fragilidade do novo inimigo.

— Chegou a hora, Sharpe? — Forrest estava ansioso.

— Não, senhor, não. Ainda falta um minuto.

Marchavam pela estrada, subindo direto em direção ao canhão, a trezentos metros de distância. O plano de Sharpe dependia de duas coisas. E o inimigo cedera, fazendo ambas. Primeiro tinha trazido a pequena peça que lançava projéteis de quatro libras o mais perto dos britânicos que a segurança permitia. Eles não iam querer usar balas sólidas contra a infantaria, em vez disso Sharpe sabia que carregariam o canhão com metralha, o mortal invólucro de metal cheio de balas de mosquete e aparas de ferro, que se despedaçava assim que saía do cano e espalhava sua mistura letal como pregos amassados disparados do bacamarte de um cocheiro. Sem dúvida os franceses esperavam que os britânicos se deitassem no terreno irregular junto ao rio, abrigados pela margem inclinada, mas as metralhas os pegariam até mesmo ali e os matariam de dois em dois, três em três. Em vez disso os britânicos marchavam direto em direção ao canhão, como ovelhas indo para um matadouro, e os artilheiros franceses provavelmente não precisariam de mais de três disparos para despedaçá-los, e deixariam a cavalaria acabar com os sobreviventes atordoados. A dúvida de Sharpe era com relação à cavalaria. Havia sentido um alívio enorme quando ela se desviou à direita dos britânicos. Havia esperado isso, mas se ela tivesse ido para a esquerda o plano jamais poderia ser iniciado e eles não teriam opção além de morrer perto da ponte. O terreno à direita tinha relativamente poucos corpos, diferentemente do esquerdo, que era uma pista de obstáculos feita por homens e cavalos mortos, e Sharpe havia presumido que o coronel francês, atacando obliquamente ao fogo de seu canhão, iria querer um caminho livre para os cavaleiros, que agora esperavam que o canhão abrisse fogo.

Observou os artilheiros franceses. Não tinham pressa, não havia necessidade de pressa, e olhavam constantemente para a força britânica que marchava convenientemente para o seu canhão. A peça apontava diretamente para Sharpe. Ele podia ver o armão sujo, pintado de verde, o canhão de latão opaco e a boca enegrecida. Tinha visto a eficiente equipe de artilheiros nivelar os três quartos de tonelada até que o metro e meio de cano estivesse apontado diretamente ao longo da estrada. Agora um artilheiro de casaca azul estava colocando a sacola de sarja com seus setecentos gramas de pólvora preta dentro do canhão. Um segundo homem socou-a, e Sharpe viu um terceiro homem se inclinar em cima do ouvido da arma e enfiar um espeto, de modo que o saco de sarja fosse perfurado e a pólvora fosse acendida pelo pavio. Outro artilheiro estava avançando com a metralha. Agora faltavam segundos até que o canhão estivesse pronto para disparar. Sharpe levantou o fuzil e puxou o gatilho.

— Agora!

Seus 170 homens começaram a correr, uma corrida atabalhoada, de rasgar os pulmões, com os sapatos arrebentados. Cada soldado carregava três mosquetes carregados, dois pendurados nos ombros e um nas mãos. Mantinham-se mais ou menos alinhados — se a cavalaria se movesse eles poderiam cerrar fileiras em segundos, formar a muralha impenetrável de baionetas. Os artilheiros franceses ouviram o tiro de fuzil, pararam para olhar a corrida desajeitada do inimigo e riram da inutilidade de homens que se achavam capazes de atacar uma peça de campanha. Então tudo mudou.

Nos vinte minutos posteriores à visita do capitão *chasseur*, os britânicos continuaram a recolher seus feridos. Sharpe tinha certeza de que os franceses não notaram nada de estranho nos homens que iam até os corpos amontoados ao redor do local onde ele e Harper haviam salvado a bandeira do regimento. Naqueles vinte minutos Sharpe escondera trinta homens no meio dos mortos: dez fuzileiros deitados e usando casacas vermelhas emprestadas, e vinte homens do South Essex. Cada fuzileiro tinha dois fuzis, um emprestado de um colega, e cada casaca-vermelha tinha três mosquetes carregados. Os franceses os ignoraram. Eles prepararam o canhão e o alinharam para o alvo, e não perceberam os corpos espalhados, a apenas cem passos à direita. A hora de saquear seria depois; primeiro os artilheiros destruiriam os presunçosos ingleses que estavam meio correndo, meio andando, na direção deles.

Harper suava em sua casaca emprestada. Era pequena demais para ele, que havia rasgado as costuras nas duas axilas mas mesmo assim podia sentir o suor escorrendo pelas costas. As casacas vermelhas eram essenciais. Os franceses tinham se acostumado à visão dos mortos e certamente notariam se de repente dez corpos com uniformes verdes tivessem aparecido no meio dos cadáveres. O maior medo de Harper fora de que os franceses se aproximassem para saquear os corpos, mas eles tinham sido ignorados. Olhou Sharpe marchando para o inimigo, ainda a 250 metros de distância, e ouviu o tenente Knowles suspirar de alívio quando Sharpe levantou seu fuzil. Knowles estava oficialmente no comando dos trinta homens, mas Harper ficou satisfeito ao saber que o tenente sem experiência não faria nada sem primeiro falar com ele, e suspeitava de que Sharpe dissera a Knowles, de modo direto, para deixar as decisões por conta de Harper.

O som do tiro veio chapado pelo campo. Com alívio Harper esticou os músculos e se ajoelhou

— Demorem o quanto quiserem, rapazes, façam os tiros valerem.

A pressa poderia destruir o objetivo. Os fuzileiros apontaram deliberadamente, deixaram a cãibra se aliviar nos braços, os primeiros tiros seriam os mais importantes. Hagman foi o primeiro, Harper havia esperado isso, e olhou com aprovação o caçador de Cheshire grunhir por cima da mira e puxar o gatilho. O artilheiro que estava a ponto de inserir o pavio girou para longe do cano e caiu. Nos dois segundos seguintes mais oito balas acertaram outros três artilheiros franceses, os quatro sobreviventes correram desesperados para a pequena cobertura fornecida pela conteira e pelos raios das rodas do canhão. Agora o canhão não poderia ser disparado. A metralha ainda não estava carregada, Harper podia vê-la caída ao lado de um artilheiro morto que havia tombado junto ao cano de latão, e qualquer homem que ousasse tentar enfiar o projétil no cano certamente seria derrubado pelos fuzis mortais. Os franceses não usavam mais fuzis no campo de batalha, tinham-nos abandonado porque eram lentos demais para carregar, mas aqueles artilheiros estavam descobrindo que até mesmo o fuzil lento possuía vantagens sobre o rápido mosquete, que jamais poderia oferecer precisão à distância de cem passos.

— Cessar fogo! — Os fuzileiros olharam para Harper. — Hagman!

— Sargento?

— Mantenha-os ocupados. Gataker, Sims, Harvey! — Os três olharam-no com expectativa. — Vocês carregam para o Hagman. Os outros mirem nos oficiais da cavalaria.

O tenente Knowles correu e se agachou ao lado do sargento.

— Há alguma coisa que nós possamos fazer?

— Por enquanto não, senhor. Vamos nos mover em um minuto.

Knowles e os vinte homens com mosquetes estavam ali para proteger os fuzileiros caso a cavalaria francesa os atacasse, como certamente faria. Harper olhou os cavaleiros. Pareciam tão surpresos quanto os artilheiros e estavam montados nos cavalos, olhando os artilheiros trucidados como se não acreditassem nos próprios olhos. Tinham esperado que o canhão estourasse a infantaria britânica transformando-a numa ruína em frangalhos, e agora percebiam que sem canhão não haveria vitória fácil. Harper levantou seu primeiro fuzil, ergueu a mira e avaliou que os cavaleiros estariam a trezentos metros. Era longe para um fuzil, mas não impossível, e os franceses haviam, convenientemente, amontoado seus oficiais superiores num pequeno grupo à frente de sua primeira linha. Enquanto puxava o gatilho, ouviu os outros fuzis disparando, viu o grupo se separar, um cavalo caiu, dois oficiais tombaram mortos ou feridos. Os franceses estavam temporariamente sem líderes. A iniciativa, como Sharpe havia planejado, fora totalmente britânica. Harper se levantou.

— O grupo de Hagman continue atirando! Os outros me sigam!

Correu para o canhão, fazendo uma curva ampla para que Hagman tivesse um campo de tiro sem interrupção, e então os homens o seguiram. O plano era de os fuzileiros destruírem os artilheiros e deixar a companhia de Sharpe capturar o canhão, mas Harper podia ver que seu tenente ainda tinha um grande caminho a percorrer, e nem ele nem Sharpe haviam esperado que o canhão fosse colocado tão convenientemente perto do grupo de emboscada. Knowles estava atônito com a corrida rumo ao canhão, mas o irlandês enorme era tão contagiante que ele se pegou instigando os casacas-vermelhas enquanto se desviavam dos corpos e corriam para o canhão que parecia cada vez maior. Os artilheiros sobreviventes deram uma olhada para os supostos mortos que haviam retornado à vida e fugiram. Enquanto Harper corria os últimos metros, percebeu que os tiros espaçados de Hagman estavam cessando, e então havia chegado, as mãos no cano de latão, os homens rodeando-o.

— Senhor?

— Sargento? — Knowles estava ofegando.

— Duas fileiras entre o canhão e a cavalaria? — Harper fez parecer que era um pedido, mas Knowles assentiu como se tivesse sido uma ordem. O jovem tenente estava num nervosismo frenético. Tinha visto seu novo batalhão ser destruído pela cavalaria, tinha visto a bandeira do rei ser arrastada para fora do campo, lutado contra os sabres com a espada que seu pai lhe comprara por 15 guinéus na Kerrigan's, em Birmingham. Tinha visto Sharpe e o sargento Harper recuperar a bandeira do regimento e ficara atônito com a ação deles. Agora queria provar aos fuzileiros que seus homens poderiam lutar com a mesma eficácia e alinhou sua pequena força olhando para a cavalaria que finalmente começava a se mover. Parecia que uma centena de cavaleiros avançava para o canhão, o resto se desviava na direção de Sharpe, e Knowles se lembrou dos sabres, do cheiro do medo, e apertou a espada com força. Estava decidido a não abandonar Sharpe. Pensou nas últimas palavras que Sharpe lhe dissera, nas mãos que seguraram seus ombros e nos olhos cravados nele. — Espere! — dissera Sharpe. — Espere até eles estarem a quarenta passos, depois dispare a saraivada. Espere, espere, espere! — Knowles achava incrível que tivesse a mesma patente de Sharpe, tinha certeza de que jamais teria o estilo de comando tão tranquilo que parecia inato ao fuzileiro alto. Knowles sentia um espanto reverente pelos franceses, eles eram os conquistadores da Europa, no entanto Sharpe os via como homens a serem suplantados em esperteza e na luta, e Knowles queria desesperadamente ter a mesma confiança. Em vez disso sentia-se nervoso. Queria disparar sua primeira saraivada agora, parar os cavalos franceses enquanto estivessem a cem passos, mas controlou o medo e viu os cavaleiros avançarem a passo, viu uma centena de sabres fazer barulho saindo da bainha e captar o sol da tarde em fileiras de luz curva. Harper veio e parou ao seu lado.

— Temos um presente para os desgraçados, senhor.

Ele parecia tão alegre! Knowles engoliu em seco, manteve a espada abaixada. Espere, disse a si mesmo, e ficou surpreso ao ouvir que tinha falado alto e sua voz parecera calma. Olhou para seus homens. Estavam confiando nele!

— Muito bem, senhor. Posso? — Harper havia falado baixinho. Knowles assentiu, sem saber o que estava acontecendo. — Pelotão! — Harper estava à frente da minúscula fileira de homens. Apontou para os homens à direita. — De lado, quatro passos. Marche! — Depois deu a mesma ordem à esquerda. — Pelotão! Para trás. Marche!

Knowles recuou com eles, olhando enquanto os franceses punham os cavalos a trote, e depois entendeu. Enquanto estivera de pé olhando os franceses, os fuzileiros tinham movido o canhão! Em vez de apontar ao longo da estrada, agora ele estava apontado para a cavalaria francesa; de algum modo tinham-no carregado, e a metralha, que deveria ter varrido os britânicos na trilha como uma dona de casa espalhando baratas com uma vassoura, agora ameaçava a cavalaria. Harper parou atrás do canhão, fora do caminho das rodas. Os artilheiros tinham feito a maior parte do trabalho de carregar, os fuzileiros haviam enfiado a metralha no cano e encontrado o rastilho que ardia vermelho na ponta da vara. O pavio estava no ouvido da arma. Era um junco cheio de pólvora fina, e quando Harper o tocasse, o fogo desceria pelo tubo acendendo a carga de pólvora no saco de sarja.

— Não atirem! — gritou Harper com clareza. Não queria que os homens inexperientes do South Essex atirassem quando o canhão disparasse. — Não atirem!

A cavalaria estava a setenta metros, instigando os cavalos a meio-galope, dez homens na primeira fila. Harper achou que cinquenta homens viriam na direção do grupo minúsculo ao redor da peça de campanha, e haveria mais cinquenta de reserva. Encostou o rastilho no junco. Houve um chiado, um sopro de fumaça saindo do ouvido, e depois a explosão enorme. Fumaça branco-acinzentada arrotou do cano; o canhão, com suas rodas de um metro e meio, lançou para trás seus 750 quilos que rasgaram um sulco e levantou as rodas do chão. O fino invólucro de metal se despedaçou ao sair do cano e Harper viu através da fumaça as balas de mosquete e as aparas de ferro arrancarem a cavalaria do campo. As primeiras três fileiras foram destruídas, as outras duas ficaram atordoadas, incapazes de avançar por cima dos cadáveres ensanguentados e dos feridos que tentavam se levantar cambaleando, sangrando e atordoados. Harper ouviu Knowles gritando:

— Não atirem! Não atirem!

Bom garoto, pensou o irlandês. A cavalaria havia se dividido em meio à carnificina, alguns da reserva galopavam adiante, mas os cavaleiros pareciam atordoados com o golpe súbito. Vinham na direção do canhão mas ficaram fora de sua linha de tiro e Knowles viu as duas alas de cavaleiros se aproximando. Esperou, esperou até eles esporearem os cavalos e tentarem galopar os últimos passos, e baixou a espada.

— Fogo!

Os mosquetes tossiram chamas e fumaça. Os cavalos da frente caíram formando uma barreira para os de trás.

— Trocar mosquetes! — Knowles sentiu brotar a confiança, a percepção de que era capaz de fazer aquilo!

— Fogo!

Uma segunda saraivada destruiu os cavaleiros que tentavam se aproximar pelos dois lados do canhão. Mais cavalos caíram, mais homens foram arrancados das selas numa agitação de braços, pernas, sabres e bainhas. Os cavaleiros atrás continuaram, rodearam a parte de trás do canhão e os fuzis começaram seus disparos mais agudos e mais cavalos foram acertados. Knowles sentiu espanto ao não ver mais cavaleiros na frente do canhão, fez seus homens se virarem, mudou para o terceiro mosquete e disparou uma terceira saraivada por cima da cabeça dos fuzileiros ajoelhados.

— Obrigado, senhor!

Harper riu para o tenente. A cavalaria se fora, despedaçada pela metralha, ensanguentada pelos disparos a curta distância, impedida de se aproximar da infantaria por causa das barreiras de cavalos mortos e feridos. Harper ficou olhando Knowles mandar seus homens carregar de novo os mosquetes. Virou-se de volta para o canhão. Havia tanta coisa a lembrar! Passar esponja, tapar a abertura. Convocou os fuzileiros a recarregar o canhão capturado.

Sharpe vira o disparo de quatro libras, vira os cavaleiros serem derrubados num banho de sangue, depois havia se virado para os *chasseurs* que atacavam sua formação. Enquanto a cavalaria se aproximava ele havia feito as três fileiras pararem, virou-as para encarar os franceses, a não ser pela fileira de trás, que deu meia-volta para enfrentar os cavaleiros que cercariam a pequena formação. Os cavaleiros estavam com um humor selvagem. Uma vitória fácil lhes fora roubada, o canhão fora capturado, mas ainda havia a bandeira insolente balançando em meio ao pequeno grupo de infantaria. Esporearam na direção de Sharpe, com a disciplina esgarçada, o senso simplesmente de vingança e uma determinação de esmagar aquela força minúscula, como um calcanhar de bota pisando num escorpião. Sharpe viu-os se aproximar. Forrest olhou-o nervoso e pigarreou, mas Sharpe balançou a cabeça.

— Espere, major. Sempre espere.

Ele e Forrest estavam sob a bandeira desafiadora. Ela provocava os franceses. Eles esporearam em sua direção, a corneta soou anunciando o ataque, os *chasseurs* gritaram vingança, levantaram os sabres. E morreram.

Sharpe os deixara chegar a quarenta metros e a saraivada destruiu a primeira linha diante dos britânicos. A segunda fileira de cavaleiros franceses esporeou as montarias. Estavam confiantes. Os ingleses não tinham disparado sua saraivada? Pularam por cima dos restos da primeira fila que se retorcia no chão e, para seu horror, viram que as fileiras de casacas-vermelhas não estavam ocupadas recarregando, e sim calmamente apontando os mosquetes de novo. Alguns puxaram desesperadamente as rédeas, mas era tarde demais. A saraivada do segundo jogo de mosquetes de Sharpe empilhou os cavalos ao lado dos corpos da primeira fila.

— Trocar mosquetes!

A fileira de trás disparou, uma e duas vezes. Sharpe girou, mas os sargentos experientes haviam trabalhado bem. Seus homens estavam cercados por cavalos, mortos e agonizantes, *chasseurs* atordoados e feridos lutavam para sair daquela bagunça e corriam para a vastidão do campo. Os franceses haviam perdido qualquer coesão, qualquer chance de mais um ataque.

— Direita, volver! Avante!

Sharpe correu. Podia ver Harper e Knowles. O jovem tenente parecia calmo, e Sharpe podia ver o círculo de franceses mortos mostrando que ele havia aprendido a conter o fogo. O canhão disparou de novo, envolvendo o grupo em fumaça. Sharpe olhou para trás e viu mais cavaleiros caírem no ponto em que estavam reorganizando as fileiras, à sua direita. Uns poucos cavaleiros ainda galopavam em volta deles; uma vez Sharpe parou e mandou uma saraivada de vinte mosquetes para afugentar um grupo de seis *chasseurs* que vieram galopando para o flanco. Então seus homens chegaram ao canhão. Sharpe agarrou Harper, deu-lhe um tapa com força nas costas, riu para o irlandês enorme e se virou para parabenizar Knowles. Haviam conseguido! Tinham capturado o canhão, expulsado a cavalaria, infligido um dano terrível a homens e cavalos, e sem sofrer um único arranhão.

E foi isso. Com o canhão nas mãos, Sharpe sabia que os franceses não ousariam atacar de novo. Viu-os circular bem longe de seu alcance enquanto os britânicos formavam um quadrado. Forrest estava rindo de orelha a orelha, parecia um bispo que realizara um serviço de crisma particularmente satisfatório.

— Nós conseguimos, Sharpe! Conseguimos! — Sharpe olhou para a bandeira sobre o pequeno quadrado de homens. Uma pequena honra fora recuperada, não o suficiente, mas um pouco. Um canhão francês fora capturado, os *chasseurs* tinham sido mutilados, alguns homens do South Essex haviam aprendido a lutar. Mas não era tudo. Presas à carroça do canhão capturado, como guirlandas na madeira, havia cordas. Cordas francesas, longas, fortes, que poderiam atravessar uma ponte quebrada em vez de terem de arrastar o canhão em encostas íngremes. Cordas e madeira, tudo de que ele precisava para começar a levar os feridos de volta para o outro lado do rio.

Junto à ponte, Lennox viu um oficial *chasseur* levar seu cavalo em direção ao quadrado britânico. Para negociar de novo; mas para ele seria tarde demais. Sentia-se frio e entorpecido, a dor havia passado e ele sabia que não restava muito tempo. Segurou a espada, alguma memória atávica lhe dizia que ela era seu passe para um céu melhor; talvez onde sua esposa lhe esperava. Sentia-se contente, preguiçoso mas contente. Tinha visto Sharpe avançar como um suicida, imaginou o que ele estaria fazendo, depois ouviu o som característico dos fuzis, viu as figuras correndo para o canhão e a cavalaria francesa se destroçar contra as saraivadas da infantaria. Agora estava acabado. Os franceses pegariam seus feridos e iriam embora, e Sharpe voltaria à ponte. E cumpriria a promessa, agora Lennox sabia; um homem capaz de planejar a captura daquele canhão teria a ousadia de fazer o que Lennox queria. Desse modo não poderia existir vergonha no trabalho deste dia. A imagem da bandeira, longe no campo velado em fumaça, foi sumindo dos olhos do escocês. O sol brilhava, mas mesmo assim fazia um frio de rachar. Ele apertou a espada e fechou os olhos.

CAPÍTULO X

— Sharpe, seu desgraçado! Vou acabar com você! Vou garantir que você nunca mais tenha patente! Você vai voltar para a sarjeta de onde saiu! — O rosto de Simmerson estava contorcido de raiva; até suas orelhas de abano haviam ficado vermelhas de fúria. Ele estava de pé, com Gibbons e Forrest, e o major tentava, sem sucesso, conter a raiva de sir Henry. — Vou mandá-lo à corte marcial. Vou escrever ao meu primo. Sharpe, você está acabado! De uma vez por todas!

Sharpe estava do outro lado da sala, com o rosto rígido pelo esforço de controlar a raiva e o desprezo. Olhou pela janela. Estavam de volta a Plasencia, no palácio Mirabel, que era o quartel-general temporário de Wellesley, e olhou para a rua Sancho Polo e os telhados apinhados do bairro mais pobre da cidade, apertado no interior da muralha. Carruagens passavam embaixo, veículos pequenos com cocheiros uniformizados, levando damas espanholas com véus, em jornadas misteriosas. O batalhão havia retornado, mancando, na noite anterior, os feridos eram levados em carros de boi confiscados, com eixos sólidos que rangiam, segundo Harper, como almas penadas. Misturado ao barulho constante havia os gritos dos feridos. Muitos tinham morrido; muitos outros morreriam nas garras lentas da gangrena nos dias seguintes. Sharpe estava sob prisão, sua espada lhe fora retirada, ele marchara com seus incrédulos fuzileiros que decidiram que o mundo tinha ficado louco e juravam vingança caso Simmerson conseguisse o que queria.

A porta se abriu e o tenente-coronel Lawford entrou. Seu rosto não tinha nada da animação que Sharpe vira no encontro há apenas cinco dias. Ele olhou friamente para todos. Como o resto do exército, sentia-se diminuído e envergonhado pela perda da bandeira.

— Senhores. — Sua voz era gelidamente educada. — Sir Arthur vai recebê-los agora. Os senhores têm dez minutos.

Simmerson marchou pela porta aberta, com Gibbons logo atrás. Forrest sinalizou para Sharpe ir à sua frente, mas Sharpe se manteve atrás. O major sorriu para ele, um sorriso impotente. Forrest estava perdido em sua teia de carnificina e culpa.

O general estava sentado atrás de uma mesa simples de carvalho com pilhas de papéis e mapas desenhados à mão. Não havia lugar para Simmerson se sentar, por isso os quatro oficiais se enfileiraram na frente da mesa, como colegiais chamados diante do diretor. Lawford ficou de pé atrás do general que ignorou todos eles, simplesmente permaneceu rabiscando com uma pena num papel. Por fim a frase estava feita. O rosto de Wellesley era uma incógnita.

— E então, sir Henry?

O olhar de sir Henry Simmerson saltou pela sala como se ele fosse encontrar inspiração nas paredes. O tom do general fora frio. O coronel lambeu os lábios e pigarreou.

— Nós destruímos a ponte, senhor.

— E o seu batalhão.

As palavras foram ditas em voz baixa. Sharpe já vira Wellesley assim antes, mascarando uma raiva incandescente com uma calma aparente e enganadora. Simmerson fungou e balançou a cabeça.

— A culpa não foi minha, senhor.

— Ah! — As sobrancelhas do general subiram, ele pousou a pena e se recostou na cadeira. — Então foi de quem, senhor?

— Lamento dizer, senhor, que o tenente Sharpe desobedeceu uma ordem mesmo ela tendo sido repetida a ele. O major Forrest ouviu quando dei a ordem ao tenente Gibbons, que então levou-a a Sharpe. Com esse ato o tenente Sharpe expôs o batalhão e o traiu. — Simmerson havia encontrado o tema ensaiado e se animou com a tarefa. — Estou requisitando, senhor, que o tenente Sharpe seja julgado por uma corte marcial...

Wellesley levantou a mão e deu fim ao palavrório. Olhou, quase casualmente, para Sharpe, e havia algo apavorante naqueles olhos acima do grande nariz adunco, que olhavam, julgavam e eram inescrutáveis. O olhar saltou para Forrest.

— O senhor ouviu a ordem, major?

— Sim, senhor.

— Você, tenente. O que aconteceu?

Gibbons arqueou as sobrancelhas e olhou para Sharpe. Sua voz era entediada, arrogante.

— Ordenei que o tenente Sharpe levasse seus fuzileiros, senhor. Ele recusou. O capitão Hogan concordou com a recusa. — Simmerson pareceu satisfeito. Os dedos do general tamborilaram na mesa.

— Ah, o capitão Hogan. Eu falei com ele há uma hora. — Wellesley pegou um pedaço de papel e olhou-o. Sharpe sabia que aquilo era uma representação. Wellesley tinha conhecimento exato do que havia no papel, mas estava aumentando a tensão. Os olhos azuis se ergueram até Simmerson de novo, a voz ainda era afável. — Eu servi com o capitão Hogan por muitos anos, sir Henry. Ele esteve na Índia. Sempre o considerei um homem extremamente digno de confiança. — Ele ergueu as sobrancelhas numa indagação, como se convidasse Simmerson a contradizê-lo. Simmerson, inevitavelmente, aceitou o convite.

— Hogan é um engenheiro, senhor. Não estava em posição de tomar decisões quanto à organização das tropas. — Ele pareceu satisfeito consigo mesmo, até mesmo ansioso para mostrar a Wellesley que não queria mal ao general, apesar de sua oposição política.

Em algum lugar no palácio um relógio zumbiu alto e depois tocou as dez horas. Wellesley permaneceu sentado, os dedos tamborilando na mesa, e depois levantou o olhar bruscamente para Simmerson.

— Seu pedido é negado, sir Henry. Não vou mandar o tenente Sharpe à corte marcial. — Ele fez uma pausa de um segundo, olhou para o papel e de volta para Simmerson. — Temos decisões a tomar com relação ao seu batalhão, sir Henry. Acho melhor o senhor ficar.

Lawford foi em direção à porta. A voz de Wellesley tinha sido dura e fria, o tom definitivo, mas Simmerson explodiu, com a voz subindo indignada.

— Ele perdeu minha bandeira! Ele desobedeceu!

O punho de Wellesley acertou a mesa com um estrondo.

— Senhor! Eu sei que ordem ele desobedeceu! Eu a teria desobedecido! O senhor propôs mandar escaramuçadores contra uma cavalaria! Não é, senhor?

Simmerson não disse nada. Estava pasmo com a fúria que o havia dominado. Wellesley continuou:

— Primeiro, sir Henry, o senhor não tinha nada que levar seu batalhão para o outro lado da ponte. Era desnecessário, perda de tempo e uma tremenda idiotice. Em segundo — ele estava contando nos dedos. — Só um idiota, senhor, coloca escaramuçadores contra uma cavalaria. Terceiro: o senhor desgraçou este exército, que eu passei um ano criando, diante de nossos inimigos e nossos aliados. Quarto. — A voz de Wellesley estava batendo com força. — O único crédito neste embate miserável foi obtido pelo tenente Sharpe. Pelo que sei, senhor, ele recuperou uma das suas bandeiras perdidas e, mais ainda, capturou um canhão francês e o usou com algum efeito contra nossos atacantes. Correto?

Ninguém falou. Sharpe olhava fixamente adiante, para uma pintura na parede atrás do general. Ouviu um farfalhar de papéis. Wellesley havia apanhado a folha na mesa. Sua voz soou mais baixa.

— Além de sua bandeira, senhor, o senhor perdeu 242 homens, mortos ou feridos. Perdeu um major, três capitães, cinco tenentes, quatro alferes e dez sargentos. Meus números estão corretos? — De novo ninguém falou. Wellesley ficou de pé. — Suas ordens, senhor, foram as de um idiota! Da próxima vez, sir Henry, sugiro que balance uma bandeira branca e poupe os franceses do trabalho de desembainhar as espadas! O serviço que o senhor tinha de fazer poderia ser feito por uma companhia; fui obrigado, pela diplomacia, a usar um batalhão, e mandei o seu, senhor, para que seus homens tivessem uma visão e um gosto dos franceses. Eu errei! Como resultado uma das nossas bandeiras está agora a caminho de Paris para ser levada em desfile diante da turba. Diga se estou caluniando-o.

Simmerson havia ficado branco. Sharpe nunca vira Wellesley com tanta raiva. Ele parecia ter se esquecido da presença dos outros e dirigia as palavras para Simmerson com uma força vingativa.

— O senhor não tem mais um batalhão, sir Henry. Ele deixou de existir quando o senhor entregou seus homens e uma bandeira! O South Essex é um regimento de batalhão único, não é? — Simmerson assentiu. — Então o senhor não pode refazer os números com substitutos vindos de casa. Eu desejaria, sir Henry, poder mandá-lo para casa! Mas não posso. Minhas mãos estão atadas pelo Parlamento, pela Cavalaria de Guarda e por políticos intrometidos como o seu primo. Estou declarando que seu batalhão, sir Henry, é um batalhão de destacamentos. Eu próprio vou incorporar novos oficiais e homens alistados em suas fileiras. O senhor servirá na divisão do general Hill.

— Mas, senhor? Senhor? — Simmerson ficou atarantado com a informação. Ser chamado de batalhão de destacamentos? Era impensável! Gaguejou um protesto. Wellesley o interrompeu.

— Vou lhe fornecer uma lista de oficiais. O senhor está dizendo que já prometeu promoções?

Simmerson assentiu. Wellesley olhou para o papel que estava segurando.

— A quem, sir Henry, o senhor deu o comando da companhia ligeira?

— Ao tenente Gibbons, senhor.

— O seu sobrinho? — Wellesley fez uma pausa para garantir que Simmerson respondesse. O coronel assentiu, sem graça. Wellesley se virou para Gibbons.

— O senhor concordou com a ordem de seu tio para avançar uma linha de escaramuça contra a cavalaria?

Gibbons estava numa armadilha. Lambeu os lábios, encolheu os ombros e finalmente concordou. Wellesley balançou a cabeça.

— Então obviamente não é a pessoa adequada para liderar uma companhia ligeira. Não, sir Henry, vou lhe dar um dos melhores escaramuçadores do exército britânico para liderar suas tropas ligeiras. Eu o promovi, por bravura, a capitão.

Simmerson não disse nada. Gibbons estava pálido de raiva. Lawford riu para Sharpe e o fuzileiro sentiu um tremor de esperança. O general virou o olhar para Sharpe e de volta para Simmerson.

— Consigo pensar em poucos homens, sir Henry, que são melhores líderes de tropas ligeiras do que o capitão Sharpe.

Sharpe sentiu-se voando, tinha conseguido, tinha escapado! Não importava que fosse com Simmerson, tinha virado capitão! Capitão Sharpe! Mal pôde ouvir o resto das palavras de Simmerson. A vitória era completa, o inimigo fora debandado! Ele era capitão. O que importava se a promoção por bravura era uma promoção oficiosa, que dependia da aceitação da Cavalaria de Guarda? Ela serviria por um tempo. Capitão! Capitão Richard Sharpe, do batalhão de destacamentos.

Wellesley estava encerrando a reunião. Simmerson fez um último esforço.

— Vou escrever... — Simmerson estava indignado, agarrando-se desesperadamente a qualquer fiapo de dignidade que o pudesse salvar da torrente do desdém de Wellesley. — Vou escrever a Whitehall, senhor, e eles saberão a verdade sobre isso!

— O senhor pode fazer o que quiser, mas tenha a gentileza de deixar que eu continue travando uma guerra. Bom dia.

Lawford abriu a porta. Simmerson bateu no chapéu de bicos e os quatro oficiais se viraram para sair. Wellesley falou:

— Capitão Sharpe!

— Senhor? — era a primeira vez que o chamavam de capitão.

— Uma palavrinha com o senhor.

Lawford fechou a porta atrás dos outros três. Wellesley olhou para Sharpe, com a expressão ainda séria.

— Você desobedeceu a uma ordem.

— Sim, senhor.

Os olhos de Wellesley se fecharam. Ele parecia cansado.

— Não tenho dúvida de que você merece o posto de capitão. — Ele abriu os olhos. — Já se vai mantê-lo, Sharpe, é outra questão. Não tenho poder nessas coisas e é possível, é provável, que a Cavalaria da Guarda cancele todas estas disposições. Entende?

— Sim, senhor! — Sharpe achava que entendia. Os inimigos de Wellesley tinham tido sucesso em colocá-lo diante de uma comissão de inquérito no ano anterior, e agora esses mesmos inimigos só desejavam sua derrota. Sir Henry estava entre eles, e nesse exato momento, o coronel estaria planejando a carta que seria mandada a Londres. A carta culparia Sharpe e, como o general ficara do seu lado, seria perigosa para Wellesley também. — Obrigado, senhor.

— Não me agradeça. Provavelmente não fiz nenhum favor. — Ele olhou para Sharpe com uma espécie de aversão marota. — Você tem o hábito, Sharpe, de merecer a gratidão por meio de métodos que merecem condenação. Estou sendo claro?

— Sim, senhor. — Ele estava sendo censurado? Sharpe manteve o rosto inexpressivo.

O rosto de Wellesley mostrou um clarão de raiva, mas ele controlou-o e, de repente, substituiu-o por um sorriso pesaroso.

— Fico feliz em ver que você está bem. — Em seguida se recostou na cadeira. — Sua carreira é sempre interessante de se olhar, Sharpe, mas constantemente temo que ela termine prematuramente. Bom dia, capitão. — Apanhou a pena e começou a raspar no papel. Havia problemas reais. Os espanhóis não tinham entregado a comida prometida, a cavalaria precisava de ferraduras e cravos, e havia uma necessidade de carros de bois, sempre mais carros de bois. Além disso, os espanhóis viviam mudando de humor; num dia a favor do ataque e da glória, no outro, pregando a cautela e a retirada. Sharpe saiu.

Lawford acompanhou-o até a antessala vazia e estendeu a mão.

— Parabéns.

— Obrigado, senhor. Um batalhão de destacamentos, é?

Lawford riu.

— Isso não vai agradar a sir Henry.

Era verdade. Em toda campanha havia pequenas unidades de homens, como Sharpe e seus fuzileiros, que se separavam de suas unidades. Eram os destroços do exército, e a solução mais simples, quando havia um número suficiente, era o general uni-las como um batalhão de destacamentos temporário. Isso dava ao general a chance, também, de promover homens, ainda que temporariamente, no novo batalhão, mas nada disso era o motivo que desagradara Simmerson. Transformando o South Essex num batalhão de destacamentos, Wellesley estava literalmente apagando o nome "South Essex" da lista de seu exército; era um castigo ao orgulho de Simmerson, mas Sharpe duvidava que um homem que parecia aceitar a perda da bandeira do rei com equanimidade tão notável ficaria consternado por muito tempo com o rebaixamento de seu batalhão. Seu rosto traiu os pensamentos e Lawford os interrompeu.

— Está preocupado com Simmerson?

— Estou. — Não havia sentido em negar.

— É bom estar mesmo. Sir Arthur fez o possível por você, deu a promoção, e acredite quando digo que ele escreveu para casa a seu respeito com os termos mais elevados.

Sharpe assentiu.

— Porém.

Lawford deu de ombros. Foi até a janela e olhou para além da pesada cortina de veludo, vendo a planície após as muralhas; toda a cena cochilava ao sol implacável. Ele se virou de volta.

— É. Há um porém.

— Continue.

Lawford pareceu sem graça.

— Simmerson é poderoso demais. Tem amigos em altos postos. — Ele deu de ombros de novo. — Richard, acho que ele vai lhe prejudicar. Você é um peão na batalha dos políticos. Ele é um idiota, concordo, mas seus amigos em Londres não irão querer que ele pareça idiota! Vão exigir um bode expiatório. Ele é o porta-voz deles, entende? — Sharpe assentiu. — Quando ele escrever da Espanha e disser que a guerra está sendo conduzida de modo errado, pessoas ouvirão a carta dele sendo lida no Parlamento! Não importa que o homem seja louco como um peru! Ele é a voz deles na guerra, e se o perderem, eles perdem a credibilidade!

Sharpe assentiu, cansado.

— O que o senhor está dizendo é que haverá pressão para que eu seja sacrificado, de modo que Simmerson sobreviva?

Lawford assentiu.

— Acho que sim. E o fato de sir Arthur defendê-lo será visto como mera política.

— Mas, pelo amor de Deus! Eu não fui responsável, de modo nenhum!

— Eu sei, eu sei. — Lawford falava tentando tranquilizá-lo. — Não faz diferença. Ele escolheu você como bode expiatório.

Sharpe sabia que era verdade. Durante algumas semanas estaria seguro, enquanto Wellesley marchava para dentro da Espanha e atraía os franceses à batalha, mas depois disso viria uma carta da Cavalaria de Guarda, uma carta curta e simples significando o fim de sua carreira no exército. Tinha certeza de que cuidariam dele. O próprio Wellesley poderia precisar de um administrador de propriedade ou iria recomendá-lo a alguém que precisasse. Mas mesmo assim ele passaria seus anos sob uma nódoa, como o homem considerado oficialmente responsável por perder a bandeira de Simmerson. Pensou em sua última conversa com Lennox. Será que o escocês teria previsto tudo isso?

— Há outra opção — disse baixinho.

Lawford olhou-o.

— O quê?

— Quando vi a bandeira ser perdida, tomei uma decisão. E também fiz uma promessa a um homem agonizante. — Aquilo parecia desesperadamente melodramático, mas era a verdade. — Prometi substituir a bandeira por uma Águia.

Houve um momento de silêncio. Lawford assobiou baixinho.

— Isso nunca foi feito.

— Não há diferença entre isso e eles pegarem uma bandeira. — Falar era fácil, mas ele sabia que os franceses não tornariam seu trabalho tão simples quanto Simmerson o tornara para eles. Nos últimos seis anos os franceses haviam aparecido no campo de batalha com novos estandartes. Em lugar das antigas bandeiras, agora carregavam águias douradas no topo de mastros. Diziam que cada águia era presenteada pessoalmente ao regimento pelo próprio imperador, e que, portanto, os estandartes eram mais do que um símbolo do regimento, eram um símbolo de todo o orgulho da França em sua nova ordem. Tomar uma águia era fazer Bonaparte se encolher pessoalmente. Sharpe sentiu a raiva crescer por dentro.

— Não me incomodo em substituir a bandeira de Simmerson por uma Águia. Mas estou com uma tremenda raiva porque tenho de abrir caminho através de uma companhia de granadeiros franceses só para ficar no exército.

Lawford não disse nada. Sabia que Sharpe falava a verdade. A única coisa capaz de impedir as autoridades de Whitehall de punirem Sharpe seria se o fuzileiro realizasse um feito de mérito tão indubitável que os fizessem parecer idiotas se o transformassem em bode expiatório. Em particular, Lawford achava que Sharpe tinha feito mais do que o bastante, havia recuperado uma bandeira e capturado um canhão, mas o relato de seus feitos seria enlameado em Londres pela narrativa de Simmerson. Não, ele precisava fazer mais, ir mais longe, arriscar a vida numa tentativa de manter o emprego.

Sharpe riu ironicamente. E bateu na bainha vazia.

— Uma vez alguém disse que neste trabalho você só é tão bom quanto sua última batalha. — Fez uma pausa. — A não ser, claro, que tenha dinheiro e influência.

— É, Richard, a não ser que tenha dinheiro e influência.

Sharpe riu.

— Obrigado, senhor. Vou me juntar à turba feliz. Imagino que meus fuzileiros irão comigo, não é?

Lawford assentiu.

— Boa sorte. — E olhou Sharpe se afastar. Se alguém era capaz de arrancar uma Águia dos franceses, ele achava que esse alguém era o novo capitão, Richard Sharpe. Lawford ficou junto à janela e olhou para a rua. Viu Sharpe sair ao sol e colocar a barretina velha na cabeça; um sargento enorme estava esperando à sombra, o tipo de homem por quem Lawford apostaria, feliz, cem guinéus numa luta de punhos limpos, e viu o sargento andar até Sharpe. Os dois se falaram por um momento e então o grande sargento bateu nas costas do oficial e deu um grito de alegria que Lawford pôde ouvir dois andares acima.

— Lawford!

— Senhor? — Lawford foi até a outra sala e pegou o despacho na mão de Wellesley. O general bateu a pena no tinteiro.

— Você explicou a ele?

— Sim, senhor.

Wellesley balançou a cabeça.

— Pobre diabo. O que ele disse?

— Disse que vai se arriscar, senhor.

Wellesley resmungou.

— Todos temos de fazer isso. — Em seguida pegou outro pedaço de papel. — Meu Deus! Eles nos mandaram quatro caixas de goma amoníaca, três de sais de Glauber, e duzentas coberturas para cotos! Acham que eu comando uma porcaria de um hospital, em vez de um exército!

CAPÍTULO XI

As botas dos Guardas de Coldstream ressoavam nas pedras do calçamento, ecoando vazias na escuridão, sumindo pela rua acima até serem substituídas pelas primeiras companhias do 3º Regimento de Guardas. Elas eram seguidas pelo primeiro batalhão do 61º, pelo segundo do 83º e depois por quatro batalhões inteiros da excelente Legião Alemã do Rei. Sharpe, parado junto a uma porta de igreja, olhou os alemães passarem.

— São boas tropas, senhor.

Forrest, tremendo apesar de um sobretudo, espiou para a escuridão.

— Quem são?

— A Legião Alemã do Rei.

Forrest enfiou as mãos mais fundo nos bolsos.

— Nunca tinha visto.

— Não poderia mesmo, senhor.

Os alemães eram um corpo estrangeiro do exército e a lei dizia que eles não tinham permissão de chegar mais perto da Grã-Bretanha do que a Ilha de Wight. Acima, o relógio da igreja soou três vezes. Três da madrugada de segunda-feira, 17 de junho de 1809, e o exército britânico estava saindo de Plasencia. Uma companhia do 60º passou, outra unidade alemã, com o título incongruente de Fuzileiros Americanos Reais. Forrest viu Sharpe olhando pesaroso para os fuzileiros que marchavam com seus casacos verdes e cintos pretos.

— Com saudade, Sharpe?

Sharpe riu na escuridão.

— Eu preferiria que fosse o outro regimento de fuzileiros, senhor. — Ansiava pela sanidade do 95º, em vez de ter a suspeita cada vez pior e o mau humor que infeccionava o batalhão de Simmerson.

Forrest balançou a cabeça.

— Sinto muito, Sharpe.

— Não precisa, senhor. Pelo menos sou capitão.

Forrest ignorou isso.

— Ele me mostrou a carta, você sabe.

Sharpe sabia. Forrest vivia pedindo desculpa e já havia mencionado a carta duas vezes. Descumprimento do dever, desobediência grosseira, até a palavra "traição" havia encontrado lugar no relato mordaz de Simmerson sobre as ações de Sharpe em Valdelacasa; mas nada disso era surpreendente. O que havia perturbado Sharpe era o último pedido de Simmerson: que Sharpe fosse postado, como tenente, num batalhão das Índias Ocidentais. Ninguém jamais havia comprado uma patente num daqueles batalhões, mesmo que a promoção lá fosse mais rápida do que em qualquer outro lugar do exército. Sharpe soubera até mesmo de homens que preferiam se demitir a ir para as ilhas encharcadas de sol com seu preguiçoso serviço de guarnição.

— Isso pode não acontecer, Sharpe. — O tom de Forrest denunciava a suspeita de que o destino de Sharpe estava selado.

— Não, senhor. — Não se eu puder impedir, pensou Sharpe, e imaginou uma Águia em suas mãos. Apenas uma Águia poderia salvá-lo das ilhas, onde a febre reduzia a expectativa de vida do homem a menos de um ano, da doença pavorosa, suarenta, que transformava o pedido de Simmerson numa virtual sentença de morte, a não ser que Sharpe abrisse mão de sua patente obtida com dificuldade.

Praticamente todas as unidades marcharam diante deles. Cinco regimentos de dragões e os hussardos da Legião Alemã do Rei, mais de 3 mil cavalarianos, no todo, seguidos por um exército de mulas carregando forragem para os cavalos preciosos. A desajeitada artilharia com seus canhões, armões e forjas portáteis acrescentava mais mulas ainda, mais suprimentos, mas na maior parte era a infantaria que perturbava as ruas quietas. Vinte e cinco batalhões de infantaria sem glamour, com uniformes manchados e botas gastas, os homens que precisavam ficar de pé e encarar os melhores artilheiros e cavaleiros do mundo; e com eles marchavam mais mulas ainda, em meio a mulheres e crianças dos batalhões.

Finalmente o batalhão pegou a estrada, atravessando o rio bem depois de o sol nascer; e se os dias anteriores haviam sido quentes, agora parecia que a natureza estava decidida a cozinhar a paisagem, transformando-a numa sólida vastidão de cerâmica. O exército se esgueirava pela planície enorme e árida e levantava uma poeira fina que pairava no ar e cobria as bocas e as gargantas da infantaria sedenta. Não havia qualquer traço de vento, só a poeira, o calor e a claridade ofuscante, o suor que ardia nos olhos e o som interminável de botas batendo na estrada branca. Num povoado havia um poço que fora pisoteado pela cavalaria até virar lama imunda, mas até isso era bem recebido pelos homens que tinham esvaziado os cantis muito antes e agora tentavam pegar a água salobra da superfície da lama pegajosa.

Não havia muito mais para agradecer. O resto do exército evitava o novo batalhão de destacamentos como se os homens tivessem uma doença repulsiva. A perda da bandeira havia manchado a reputação de todo o exército, e quando o batalhão acampou na primeira noite foi repelido de uma ampla fazenda por um coronel dos dragões que não queria ter nada a ver com um regimento que fracassara de modo tão vergonhoso. A escassez de comida não ajudava o moral do batalhão. O rebanho de gado que deixara Portugal fora morto e comido havia muito tempo, os suprimentos prometidos pelos espanhóis não tinham aparecido e os homens estavam com fome, carrancudos e amedrontados com a brutalidade de Simmerson. Ele havia encontrado seus próprios motivos para a perda da bandeira: o comportamento de Sharpe e as ações de seus próprios homens; e se não podia castigar o primeiro, estava em seu poder punir os segundos. Apenas a companhia ligeira mantinha algum vestígio de orgulho. Os homens sentiam orgulho de seu novo capitão. Por todo o batalhão Sharpe era agora considerado um homem mágico, um homem de sorte, um homem que as espadas e balas inimigas não podiam tocar. A companhia ligeira acreditava, ao estilo dos soldados, que Sharpe iria lhes trazer sorte na batalha, que iria mantê-los vivos, e apontava a ação na ponte como prova. Os fuzileiros de Sharpe concordavam, sempre souberam que seu oficial tinha sorte, e adoraram sua nova promoção. Sharpe se sentira embaraçado com o prazer deles, ficou vermelho quando eles lhe ofereceram goles de garrafas de conhaque espanhol apreendido e escondeu a confusão fingindo que tinha deveres em outro lugar. Na primeira noite da marcha a partir de Plasencia ele se deitou num campo, enrolado no sobretudo, e pensou no garoto que havia entrado cheio de medo no exército 16 anos antes. O que aquele aterrorizado jovem de 16 anos, fugindo da justiça, pensaria se soubesse que um dia seria capitão?

Na segunda noite o batalhão teve mais sorte. Acampou perto de outro povoado sem nome, e a floresta se encheu de soldados que cortaram galhos para fazer fogueiras em que poderiam ferver as folhas de chá que carregavam soltas nos bolsos. Policiais militares guardavam os olivais; nada tornava o exército tão impopular quanto o hábito francês de cortar as oliveiras de uma aldeia negando-lhe anos de colheita futura, e Wellesley dera ordens rígidas de que as oliveiras não deveriam ser tocadas. Os oficiais do South Essex — o batalhão ainda pensava em si mesmo desse modo — estavam acantonados na estalagem da aldeia. Era uma construção grande, evidentemente um posto de parada entre Plascencia e Talavera, e atrás dela ficava um pátio com grandes ciprestes sob os quais havia mesas e bancos. O pátio, de três lados, era aberto para um riacho, e na outra margem os homens do batalhão fizeram fogueiras e camas num bosque de sobreiros. Houvera porcos no bosque, e enquanto Sharpe despia o uniforme para procurar piolhos nas costuras sentiu cheiro de carne de porco cozinhando nas incontáveis fogueiras pequenas que apareciam por entre a folhagem. Esse tipo de saque era passível de castigo com enforcamento instantâneo, mas nada poderia impedi-lo. Os oficiais, os policiais militares, todo mundo estava com escassez de comida, e a oferta sub-reptícia de um pouco de carne de porco roubada garantiria que os policiais militares não agissem.

O pátio se encheu gradualmente com oficiais dos 12 batalhões acampados na aldeia. O calor do dia se aplacou numa noite quente e límpida, e as estrelas surgiram como as fogueiras de acampamento de um exército sem limite, visto de longe. Da sala principal da estalagem vinha o som de música e risos enquanto os oficiais instigavam as dançarinas espanholas a levantar as saias mais alto. Sharpe abriu caminho pela sala apinhada e vislumbrou Simmerson e seus lacaios sentados, jogando cartas numa mesa de canto. Gibbons estava ali, agora era permanentemente ligado ao "estado-maior" de Simmerson, e o desagradável tenente Berry. Por um segundo Sharpe pensou na jovem. Tinha-a visto uma ou duas vezes desde o retorno da ponte, e sentiu um jorro de ciúme. Afastou o pensamento; os oficiais do batalhão já estavam suficientemente divididos. Havia os partidários de Simmerson, que puxavam o saco do coronel e lhe garantiam que a perda da bandeira não fora sua culpa, e havia os que apoiavam Sharpe em público. Era uma situação desconfortável, mas não havia o que fazer. Saiu da sala para o pátio e encontrou Forrest, Leroy e um grupo de subalternos perto de um dos ciprestes. Forrest abriu espaço para ele no banco.

— Você nunca larga esse fuzil?

— Para ele ser roubado? — perguntou Sharpe. — Eu seria cobrado por isso.

Forrest sorriu.

— Já pagou pelos *stocks*?

— Ainda não. — Sharpe fez uma careta. — Mas agora que estou oficialmente na folha de pagamento do batalhão acho que isso vai ser deduzido do soldo, quando chegar.

Forrest empurrou uma garrafa de vinho para ele.

— Não deixe que isso o preocupe. Esta noite o vinho é por minha conta.

Houve aplausos irônicos dos oficiais em volta da mesa. Inconscientemente Sharpe tateou o saquinho de couro em volta do pescoço. Estava mais pesado, seis peças de ouro, graças aos mortos no campo em Valdelacasa. Bebeu um pouco de vinho.

— É horrível!

— Corre um boato — disse Leroy secamente. — Ouvi dizer que, quando eles pisam as uvas, não se dão ao trabalho de sair do tonel para se aliviar.

Houve um momento de silêncio, depois um coro de vozes enojadas. Forrest olhou em dúvida para seu copo.

— Não acredito.

— Na Índia — disse Sharpe —, alguns nativos acham muito saudável beber a própria urina.

Forrest olhou-o com uma expressão de coruja.

— Não pode ser verdade.

Leroy interveio:

— É absolutamente verdadeiro, major, já os vi fazer isso. Uma xícara ao dia. Saúde!

Todo mundo em volta da mesa protestou, mas Sharpe e Leroy mantiveram a história. A conversa permaneceu na Índia, sobre batalhas e cercos, animais estranhos, os palácios que continham riquezas inimagináveis. Mais vinho foi pedido e comida trazida da cozinha, não a carne de porco, cujo cheiro vinha de modo tão hipnotizante da direção dos soldados rasos, e sim um cozido que parecia consistir principalmente de legumes. Era bom estar sentado ali. Sharpe esticou as pernas sob a mesa e se recostou apoiado no tronco do cipreste, deixando o cansaço do dia fluir. Acima do som de conversas e risos podia escutar os milhares de insetos que chiavam e estalavam na noite espanhola. Mais tarde atravessaria o riacho e faria uma visita à sua companhia, e deixou os pensamentos vaguearem até um lugar a não muitos quilômetros de distância, onde sabia que um grupo de oficiais franceses estaria sentado exatamente assim, e onde seus homens cozinhariam em fogueiras como as que estavam do outro lado do riacho. E em algum lugar, talvez, encostada no canto de uma sala de estalagem exatamente como esta, estaria a Águia. Uma mão o acertou nas costas.

— Então fizeram de você um capitão! Este exército não tem critérios.

— Era Hogan. Sharpe não o via desde o dia em que tinham marchado de volta da ponte. Levantou-se e apertou a mão do engenheiro. Hogan sorriu para ele. — Estou maravilhado! Chocado, claro, mas maravilhado. Parabéns!

Sharpe ficou vermelho e deu de ombros.

— Onde o senhor esteve?

— Ah, olhando as coisas. — Sharpe sabia que Hogan estivera fazendo reconhecimentos para Wellesley, voltando com notícias de quais pontes poderiam suportar o peso de artilharia pesada, que estradas tinham largura suficiente para serem usadas pelo exército. O capitão obviamente avançara até Oropesa e talvez mais além. Forrest convidou-o a sentar-se e pediu notícias.

— Os franceses estão acima do vale. Um monte deles. — Hogan serviu-se de um pouco de vinho. — Acho que haverá uma batalha dentro de uma semana.

— Uma semana! — Forrest pareceu surpreso.

— É, major. Eles estão se juntando em enxames num lugar chamado Talavera. — Hogan pronunciou como "Tally-verra", fazendo parecer algum povoado irlandês. — Mas assim que vocês se juntarem ao exército de Cuesta, vão estar em número muito maior do que eles.

— O senhor viu as tropas de Cuesta? — perguntou Sharpe.

— Vi. — O irlandês riu. — Não são melhores do que o Santa Maria. A cavalaria pode ser melhor, mas a infantaria... — Hogan deixou a frase no ar. Virou-se de novo para Sharpe e riu novamente. — Na última vez que o vi, você estava preso! Agora olhe só. Como vai o bom sir Henry? — Houve risos ao redor da mesa. Hogan não esperou resposta, e baixou a voz. — Estive com sir Arthur.

— Eu sei. Obrigado.

— Por ter contado a verdade? E o que acontece agora?

— Não sei. — Sharpe falava baixo. Apenas Hogan podia ouvi-lo. — Simmerson escreveu para casa. Disseram que ele tem poder para impedir que a Cavalaria da Guarda ratifique a promoção por bravura, de modo que dentro de seis meses serei tenente de novo, provavelmente para sempre, e quase com certeza transferido para as Ilhas da Febre, ou para fora do exército.

Hogan olhou-o atentamente.

— Está falando sério?

— Estou. Um dos auxiliares de sir Arthur praticamente me disse isso.

— Por causa do Simmerson? — Hogan franziu a testa, incrédulo.

Sharpe suspirou.

— Isso tem a ver com Simmerson manter a credibilidade no Parlamento com as pessoas que se opõem a Wellesley. Eu sou o animal sacrificado.

Não pergunte, é complicado demais para mim. E o senhor? Também estava sob prisão.

Hogan deu de ombros.

— Sir Henry me perdoou. Ele não me leva a sério, sou apenas um engenheiro. Não: é atrás de você que ele está. Você está subindo, é um fuzileiro, não é um cavalheiro mas é melhor soldado do que sir Henry jamais será, assim — falou, apertando o polegar contra o indicador —, ele quer se livrar de você. Escute. — Hogan se inclinou mais perto ainda. — Haverá uma batalha logo, tem de haver. O idiota provavelmente vai fazer uma besteira tão grande quanto a anterior. Eles não podem protegê-lo para sempre. É uma coisa terrível, Deus sabe, mas você deve rezar para que ele cometa outro erro tão grande.

Sharpe sorriu.

— Duvido que eu precise rezar.

De uma das janelas do andar de cima, que dava nas sacadas ao redor do pátio, veio um grito de mulher, aterrorizante e intenso, fazendo parar toda a conversa sob as árvores. Homens se imobilizaram com os copos a caminho da boca e olharam as portas escuras que levavam aos quartos. Sharpe se levantou e levou a mão instintivamente ao fuzil. Forrest pôs a mão em seu braço.

— Não é da nossa conta, Sharpe.

No pátio houve um momento de silêncio, alguns risos nervosos, e então a conversa reiniciou. Sharpe ficou inquieto. Poderia ter sido qualquer coisa; uma das mulheres que moravam na estalagem podia estar doente, possivelmente até tendo um parto difícil, mas ele tinha certeza de que era outra coisa. Um estupro? Sentiu vergonha por não ter feito nada. Forrest cutucou seu braço de novo.

— Sente-se. Provavelmente não é nada.

Antes que Sharpe pudesse se mover, houve outro grito, desta vez de homem, e se transformou num berro de fúria. Uma porta se abriu com estrondo no andar de cima, derramando luz de vela na sacada, e uma mulher saiu correndo do quarto e foi para a escada. Uma voz gritou:

— Segurem-na!

A jovem desceu correndo a escada como se os demônios do inferno estivessem atrás. Os oficiais no pátio a aplaudiram e gritaram zombarias contra as duas figuras que emergiram atrás dela, Gibbons e Berry. Eles não tinham chance de pegá-la; os dois pareciam bêbados, e ao sair do quarto cambalearam e piscaram olhando o pátio ao redor.

— É Josefina — disse Forrest. Sharpe viu a garota meio correr, meio cair escada abaixo até chegar ao lado do pátio oposto à mesa deles. Por um segundo ela olhou desesperadamente ao redor, como se procurasse ajuda. Estava carregando uma sacola e Sharpe teve o vislumbre do que podia ser uma faca em sua mão. Então ela se virou e correu para o escuro, para o outro lado do rio, em direção às luzes das fogueiras do batalhão. Gibbons parou no meio da escada, vestia calça e camisa; uma das mãos segurava a camisa desabotoada junto à barriga, e na outra havia uma pistola.

— Volte, sua puta suja!

Ele pulou os últimos degraus e remexeu desajeitado no fecho da pistola.

— Qual é o problema, Gibbons? A garota pegou sua bandeira! — A voz veio de uma das mesas no pátio. Gibbons, com o rosto furioso, ignorou as provocações e os riscos e correu junto com Berry na direção do riacho.

— Vai haver encrenca. — Sharpe se levantou da mesa. — Vou indo.

Ele abriu caminho por entre as mesas, com Forrest e Hogan atrás. Deixou a luz do pátio e atravessou o riacho espadanando; não havia sinal da garota nem de seus perseguidores, apenas as luzes no bosque de sobreiros e a silhueta ocasional de algum homem passando na frente das chamas. Sharpe parou para deixar que os olhos se acostumassem à escuridão. Forrest alcançou-o.

— Vai haver encrenca, Sharpe?

— Não se eu puder impedir, senhor. Mas o senhor o viu, ele está com uma pistola. — Houve gritos à esquerda, uma agitação. — Venham!

Sharpe avançou à frente dos dois; estava correndo depressa, mantendo a trilha prateada do riacho à esquerda, segurando o fuzil na mão direita.

— O que está acontecendo? Quem, diabos, está aí? — À luz de uma fogueira ele viu um soldado furioso. O homem pareceu surpreso ao ver Sharpe e fez uma saudação apressada. — Está atrás deles dois, senhor?

— Havia uma moça com eles?

— Por ali, senhor. — Ele apontou rio abaixo, para longe das fogueiras do batalhão, para o pasto escuro. Sharpe correu, agora com Forrest e Hogan logo atrás. Na frente houve um grito como de um caçador de raposa ao alcançar a presa. Eles haviam apanhado a jovem. Sharpe correu mais depressa, ignorando o terreno irregular, temendo o som de um tiro, os olhos se ajustando à noite. Eles não tinham ido longe. De repente viu-os, Berry parado com uma garrafa e olhando Gibbons, que havia forçado Josefina a se ajoelhar e tentava arrancar a sacola das mãos dela. Sharpe ouviu Gibbons gritar com Josefina:

— Solte, sua puta!

Sharpe continuou correndo. Gibbons levantou a cabeça, espantado, e então Sharpe o acertou em plena corrida. O tenente foi jogado para trás, a pistola voou de sua mão e caiu no riacho, e Sharpe viu a sacola tombar da mão de Josefina e derramar ouro brilhante no capim escuro. Gibbons tentou lutar para ficar de pé, mas Sharpe o empurrou com a coronha do fuzil.

— Não se mexa.

Havia luar bastante para que o tenente visse a expressão de Sharpe, e voltou a se apoiar nos cotovelos. Sharpe se virou para Berry.

— O que está acontecendo?

Berry lambeu os lábios gordos e deu um riso idiota. Sharpe chegou um passo mais perto e levantou a voz.

— O que está acontecendo?

— A garota fugiu, senhor. Nós viemos pegá-la de volta. — O sotaque natural de Berry era acentuado pela bebida, e quando ele se virou e viu Forrest e Hogan chegar, cambaleou ligeiramente.

— Ela está bem? — perguntou Forrest.

Sharpe se virou para olhar Josefina. Percebeu, de modo irrelevante, que era a primeira vez que a via sem as calças de montaria, e sua pulsação se acelerou à visão dos ombros nus e da promessa sombreada do vestido decotado. A cabeça dela estava baixa; a princípio ele achou que ela estivesse soluçando, mas então viu-a recolhendo desesperadamente as moedas de ouro espalhadas. Sua mente registrou que havia uma pequena fortuna no chão, e então Forrest bloqueou sua visão enquanto se ajoelhava ao lado da jovem.

— Você está bem? — A voz de Forrest era paternal, gentil.

A jovem assentiu, depois balançou a cabeça, e Sharpe viu seus ombros arfarem enquanto ela parecia soluçar. As mãos de Josefina ainda remexiam no capim, procurando as peças de ouro.

O major se levantou.

— Que negócio é esse? — Tentava, sem sucesso, parecer autoritário. Ninguém falou. Sharpe pôs o fuzil na mão esquerda e se aproximou de Berry, tirou a garrafa dele e jogou-a no riacho.

— Ei! Calma aí! — A voz de Berry estava enrolada.

— O que aconteceu?

— Só uma discussão. Não há com que se preocupar. — Berry piscou alegre para Sharpe e balançou a mão, afavelmente, para o pequeno grupo. O fuzileiro acertou-o com força no estômago, e a boca de Berry se abriu como a de um peixe. Ele se dobrou e vomitou no capim. Sharpe puxou-o de pé. — O que aconteceu?

Berry olhou-o atônito.

— Você bateu em mim!

— Vou crucificar você, se não falar.

— Nós estávamos jogando cartas. Eu ganhei.

— E?

— Houve uma discussão. — Sharpe esperou. Berry empurrou uma mecha de cabelos frouxos para longe da testa, como se tentasse resgatar um fiapo de dignidade. — Ela se recusou a pagar a dívida.

Josefina tinha visto Sharpe bater em Berry e, parado em silêncio, Hogan a vira sorrir de empolgação quando o tenente desmoronou.

— Não é verdade! — A moça estava com raiva. — Você trapaceou! Eu estava ganhando! — Ela havia se levantado e dado dois passos na direção de Berry.

Hogan viu o rosto dela e soube que ela arrancaria os olhos do tenente se tivesse meia chance. Segurou o cotovelo dela, conteve-a. Ele, pelo menos, sabia que a verdade quanto a quem havia ganhado, quem havia perdido ou quem havia trapaceado provavelmente jamais seria conhecida.

— Então o que aconteceu? — A voz do irlandês saiu com suavidade.

Josefina fez um gesto para Berry.

— Ele quis me estuprar! Christian bateu em mim!

Sharpe se virou para Gibbons. O tenente louro havia se levantado com dificuldade e olhou Sharpe ir em sua direção. Havia uma mancha de sangue em sua camisa branca e Sharpe se lembrou da faca; Josefina evidentemente o havia cortado, mas de modo superficial.

— É verdade? — perguntou Sharpe.

— O que é verdade? — A voz de Gibbons era tingida de desprezo.

— Que você bateu nela e o tenente Berry tentou estuprá-la?

Gibbons gargalhou.

— Tentar estuprar Josefina Lacosta é como obrigar um mendigo a aceitar dinheiro. Se é que você me entende.

Hogan sabia que deveria agir, que a tensão era demasiada, mas Sharpe rompeu o silêncio que acompanhara a observação zombeteira de Gibbons.

— Repita isso. — A voz de Sharpe saiu baixa.

Gibbons olhou com escárnio para o fuzileiro, e quando falou, sua voz estava investida de todo o desprezo que sentia pelas classes inferiores:

— Tente entender. Nós estávamos jogando baralho. A senhorita Lacosta perdeu o dinheiro e pôs o corpo em jogo. Recusou-se a pagar e, em vez disso, fugiu com nosso dinheiro. É só.

— Não é verdade! — Josefina estava chorando. Saiu do lado de Hogan e se aproximou de Sharpe, espiou-o com os olhos molhados de lágrimas e apertou a sacola com força. — Não é verdade. Nós estávamos jogando baralho. Eu ganhei. Eles tentaram me roubar! Eu achava que eles eram cavalheiros!

Gibbons gargalhou. Sharpe se virou para ele.

— Você bateu nela? — Sharpe tinha visto um arranhão na bochecha de Josefina.

— Você não entenderia. — Gibbons parecia entediado.

— O que eu não entenderia? — Sharpe chegou mais perto do tenente.

Gibbons espanou com negligência uma folha de capim da manga.

— Como os cavalheiros se comportam, Sharpe. Você acredita nela porque ela é uma prostituta, e você está acostumado com prostitutas. Não está acostumado com cavalheiros.

— Me chame de "senhor".

A raiva explodiu no rosto de Gibbons.

— Vá para o inferno!

Sharpe lhe deu um soco no plexo solar, e, enquanto o rosto de Gibbons vinha para a frente, Sharpe baixou o seu e o acertou entre os olhos. Gibbons girou, com sangue pingando do nariz, e Sharpe largou o fuzil para bater nele de novo. Uma, duas vezes, e um enorme soco fortíssimo no estômago. Como Berry, Gibbons se dobrou e vomitou. Caiu de joelhos, segurando a barriga, e Sharpe o empurrou com a bota, cheio de desprezo. O tenente rolou para a lama.

— Tenente Berry?

— Senhor?

— O senhor Gibbons bebeu um pouco demais. Tire-o daqui e limpe-o.

— Sim, senhor. — Berry não iria discutir com Sharpe. Ajudou Gibbons a ficar de pé, inseguro. O sobrinho do coronel sentia dificuldade para respirar, com ânsias de vômito. Empurrou Berry para longe e se virou para gaguejar para Forrest, em meio à respiração arfante. — O senhor viu. Ele me bateu!

Hogan avançou, a voz nítida e autoritária.

— Que absurdo, tenente! O senhor estava bêbado e caiu. Vá para casa dormir.

Os dois tenentes foram cambaleando para a escuridão. Sharpe ficou olhando-os.

— Desgraçados! Não se pode jogar cartas apostando uma mulher.

Hogan deu um sorriso triste.

— Você sabe por que o tornaram oficial, Richard?

— Por quê?

— Você é cavalheiro demais para ficar como soldado raso. Os homens jogam cartas apostando mulheres desde que as cartas foram inventadas, ou as mulheres, por sinal. — Em seguida se virou para a jovem. — E o que você vai fazer agora?

— Fazer? — Ela olhou para Hogan e depois para Sharpe. — Não posso voltar. Eles tentaram me estuprar!

— Foi mesmo? — A voz de Hogan era chapada. A jovem assentiu, ainda apertando a sacola, e chegou mais perto de Sharpe.

— Minhas roupas — disse ela. — Preciso pegar minhas roupas. Todas as minhas coisas estão naquele quarto.

Forrest se adiantou com expressão preocupada.

— Suas roupas?

— Todas as minhas coisas! Eles vão me matar!

O olhar astuto de Hogan saltou da jovem para Forrest.

— Se você for pela frente, major, e andar depressa, vai chegar lá antes desses dois. Eles vão demorar uns dez minutos para vomitar todo aquele álcool.

Forrest pareceu alarmado, mas Hogan havia assumido o controle e o major não sabia como resistir. Hogan pegou Josefina pelo cotovelo e a entregou a Forrest.

— Vá com o major Forrest e pegue suas coisas. Depressa!

Ela foi na direção de Forrest mas se virou de novo para Sharpe.

— Mas onde vou passar a noite?

Sharpe pigarreou.

— Ela pode usar meu quarto. Eu posso ficar com Hogan.

Forrest puxou o cotovelo dela.

— Venha, minha cara, precisamos ir logo. — Os dois espadanaram pelo riacho e foram rapidamente na direção das luzes da estalagem. Hogan olhou-os se afastar e se virou para Sharpe. — Ficar comigo?

— Seria o melhor, não?

— Hipócrita. Você quis dizer ficar com ela.

Sharpe não disse nada. Suspeitava de que Hogan havia empurrado a garota para longe, com o major, porque ela queria falar com Sharpe a sós, mas o fuzileiro não tinha intenção de facilitar a vida do amigo puxando esse assunto. Abaixou-se, pegou o fuzil e tateou o fecho, para ver se alguma umidade ou lama havia entrado na caçoleta. As luzes das fogueiras do batalhão manchavam a colina com um brilho vermelho agonizante.

— Você sabe o que está fazendo, Richard? — A voz de Hogan era evasiva.

— Como assim?

O irlandês sorriu.

— Ela é linda. Não há muitas iguais; pelo menos fora de Cork. — A pequena piada foi feita para aliviar seu humor, que estava triste. — Bom, você a resgatou, portanto ela é sua por enquanto. Você vai mandá-la para casa em Lisboa? — Sharpe começou a andar ao lado do riacho e não disse nada. Hogan o alcançou. — Está apaixonado por ela?

— Pelo amor de Deus!

— E o que há de errado com isso? — Os dois andaram em silêncio por alguns metros até que Hogan tirou um guinéu do bolso e o levantou. — Aposto isso contra dez dos seus que você não vai dormir no meu quarto esta noite.

Sharpe sorriu no escuro.

— Eu não jogo e não tenho dinheiro.

— Eu sei. Mas vai precisar, Richard. As mulheres não são baratas. — Hogan falava baixinho. Tateou no bolso e pegou um punhado de guinéus. — Aposto isso, Richard, contra uma bala de fuzil, que você não vai dormir no meu quarto esta noite.

Sharpe olhou para o rosto amigável e preocupado de Hogan. Seria fácil demais ganhar a aposta. Só precisava pôr Josefina em seu quarto e depois ir até o alojamento de Hogan e recolher o punhado de ouro. Ali havia o equivalente a seis meses de soldo, só para ficar longe da garota. Sharpe empurrou o dinheiro para longe.

— Preciso de todas as minhas balas.

Hogan riu.

— Verdade. Mas não diga que não avisei. — Ele pôs a mão no cinto de Sharpe, abriu a bolsa de munição e derramou o ouro dentro. Sharpe protestou e se afastou, mas Hogan forçou o dinheiro a entrar. — Você vai precisar disso, Richard. Ela espera um quarto decente em Oropesa e em Talavera, e Deus sabe quanto isso tudo vai lhe custar. Não se preocupe. Logo haverá uma batalha, você vai atirar num homem rico e vai devolver meu dinheiro.

Caminharam em silêncio. Hogan podia sentir a empolgação de Sharpe e sabia que, nem se tivesse lhe oferecido dez vezes dez guinéus, poderia impedir o fuzileiro de dormir com a garota naquela noite. E se Josefina recusasse, Sharpe ficaria no quarto como seu fiel protetor, com o fuzil Baker sobre os joelhos. Passaram perto de Berry e Gibbons, um deles dobrado ao meio e gemendo, e espadanaram pelo riacho voltando às luzes do pátio da estalagem. Hogan olhou para Sharpe, para os olhos vivos de ansiedade, e deu-lhe um soco de leve no braço.

— Durma bem, Richard.

Sharpe riu de volta.

— Não se preocupe. — Em seguida subiu a escada de três em três degraus, as botas soltavam água na madeira, e Hogan ficou olhando.

— É breve, senhor. — Ele estava falando consigo mesmo. — Como o amor da mulher.

— O quê, senhor? — O tenente Knowles estava ao seu lado.

— Nunca leu Shakespeare, garoto?

— Shakespeare, senhor?

— Um famoso poeta irlandês.

Knowles gargalhou.

— E de que peça veio isso, senhor?

— Hamlet.

— Ah, ele. — Knowles riu. — O famoso príncipe irlandês?

Hogan riu de volta.

— Ah, não. Hamlet não era irlandês. Era um idiota. Boa noite, tenente. É hora de dormir.

Hogan olhou para o quarto de Sharpe. Confiaria sua vida a Sharpe, confiaria no fuzileiro contra praticamente qualquer dificuldade, mas com uma mulher? Ele seria desarmado, derrotado; uma garota poderia fazer o que um batalhão de franceses jamais esperaria alcançar. Hogan murmurou baixinho enquanto se afastava, a voz calma no pátio vazio, repetindo o verso à exaustão, como se, talvez, a repetição roubasse sua verdade

— A beleza provoca os tolos mais do que o ouro.

CAPÍTULO XII

— Oficial do dia?

Sharpe assentiu.

— Entre.

O oficial comissário, um tenente gorducho, riu animado e fechou a porta.

— Boa tarde, senhor. Sua assinatura?

— Para quê?

O tenente fingiu surpresa. Olhou o pedaço de papel que estivera estendendo para Sharpe.

— Terceiro Batalhão de Destacamentos? Certo? — Sharpe assentiu. — Suas rações, senhor. — Ele estendeu a lista de novo. — Pode assinar, senhor?

— Espere. — Sharpe olhou a lista. — Trezentos e quarenta quilos de carne? É generoso, não?

O tenente pôs no rosto um sorriso profissional.

— Infelizmente não é só para hoje, senhor. São três dias de rações.

— O quê! Três dias? Isso é metade da porcaria das rações!

O tenente abriu os braços.

— Eu sei, senhor, eu sei, mas realmente é o melhor que podemos fazer. Pode assinar?

Sharpe pegou o chapéu e as armas na mesa.

— Onde elas estão?

O tenente suspirou.

— Tenho certeza de que o senhor não quer...

— Onde elas estão? — A voz de Sharpe estrondeou na sala pequena. O tenente sorriu, abriu a porta e chamou Sharpe para o pátio onde o grupo de trabalho do tenente estava parado junto de uma fila de mulas de carga. O tenente puxou a cobertura de um barril de carne recém-abatida.

— Senhor?

Sharpe pegou a peça de cima e pendurou-a na frente do gorducho oficial comissário.

— Ponha cadarços nisso e a gente poderia usar para marchar. — O tenente sorriu. Tinha ouvido tudo aquilo antes. Sharpe pegou outro pedaço de sebo no barril. — Não dá para comer! Quantos barris?

O tenente indicou as mulas.

— Tudo isso, senhor.

Sharpe olhou para a rua luminosa, do outro lado do pátio. Outra mula estava parada pacientemente à luz do sol do fim de tarde.

— O que é aquilo?

— Uma mula, senhor. — O tenente deu um sorriso animado. Viu o rosto de Sharpe. — Desculpe, senhor. Foi uma piadinha. — Ele ficou sério. — São os suprimentos para o castelo, senhor. De sir Arthur. O senhor entende.

— Entendo? — Sharpe passou sob o arco e foi em direção à mula, com o tenente ao lado, e afastou o arrieiro. — Por acaso vi os suprimentos serem entregues no castelo hoje cedo, tenente, e não faltava nada.

O tenente deu um riso impotente. Sharpe estava mentindo, os dois sabiam, mas o tenente também estava, e os dois sabiam disso também. Sharpe puxou a tampa do barril mais próximo.

— Já isto, tenente, é carne. Vou ficar com esses dois barris, em vez de dois dos outros.

— Mas, senhor! Isso é para...

— O seu jantar, tenente? E você e seus colegas oficiais venderão o resto. Certo? Eu fico com ele.

O tenente cobriu o barril de novo.

— Por que não deixa que eu lhe dê uma bela galinha que encontramos por acaso, capitão? Como um presente, claro.

Sharpe pôs a mão na mula.

— Quer que eu assine, tenente? Acho que primeiro vou pesar a carne.

O tenente estava derrotado. Deu um sorriso luminoso e entregou a lista a Sharpe.

— Eu não desejaria que o senhor tivesse todo esse trabalho. Façamos o seguinte: o senhor fica com todos os barris, inclusive estes, certo?

Sharpe assentiu. A barganha do dia estava terminada e seu grupo de trabalho descarregou as mulas e levou a carne para os arredores de Oropesa, onde os homens do batalhão estavam aquartelados. A situação dos suprimentos era terrível e estava piorando. O exército espanhol estivera esperando em Oropesa e comera, havia muito tempo, qualquer alimento que restasse no campo ao redor. As ruas íngremes da cidade estavam cheias de soldados — espanhóis, britânicos e alemães da legião, e já havia disputas entre os aliados. Patrulhas britânicas e alemãs haviam emboscado carroças de suprimentos dos espanhóis, até mesmo matando seus guardas, para tomar a comida que Cuesta havia prometido a Wellesley mas jamais entregara. As esperanças do exército, de chegar a Madri no meio de agosto, haviam se apagado quando viram as tropas espanholas que esperavam. O Regimiento de la Santa Maria estava em Oropesa, desfilando sob duas enormes bandeiras novas, e Sharpe se perguntou se o general Cuesta mantinha um suprimento ilimitado de bandeiras para substituir os troféus que iam acabar em Paris. Enquanto andava pela rua íngreme viu dois oficiais com as espadas longas enfiadas, ao estranho modo espanhol, sob as axilas; e nada neles, desde os uniformes esplêndidos até os charutos finos, dava ao fuzileiro qualquer conforto com relação ao exército da Espanha.

Sentiu fome enquanto andava pela rua. O empregado de Josefina havia encontrado comida, pagando caro, pelo menos esta noite ele comeria, e cada bocado equivaleria a quase um dia de soldo. Os dois quartos que havia encontrado estavam custando o soldo de 15 dias para cada noite. Mas, pensou ele, para o diabo. Se acontecesse o pior e ele fosse obrigado a escolher entre o posto nas Índias Ocidentais e a vida civil, que se danasse o dinheiro; iria aproveitar o aluguel dos quartos, um preço absurdo por galinhas magras que se transformariam em pedaços cinzentos depois de cozidas, e levar para as ilhas da febre a lembrança do corpo de Josefina e do luxo extraordinário de uma cama larga, compartilhada. Até agora existia apenas a lembrança da noite na estalagem, e depois ela havia cavalgado adiante, escoltada por Hogan de má vontade, enquanto Sharpe passava dois dias marchando pela poeira e o calor com o batalhão. Ele a vira brevemente ao meio-dia, ficara ofuscado por um sorriso de boas-vindas, e agora havia uma noite inteira, uma noite longa, sem marcha no dia seguinte.

— Senhor!

Sharpe se virou. O sargento Harper estava correndo na direção dele; outro homem, da companhia ligeira do South Essex, vinha junto.

— Senhor!

— O que é? — Sharpe notou que Harper parecia agitado e preocupado, uma visão incomum, mas sentiu uma pontada de impaciência enquanto devolvia as saudações. Desgraçados! Ele queria estar com Josefina. — E então?

— São os desertores, senhor. — Harper estava quase se retorcendo de vergonha.

— Desertores?

— O senhor sabe. Os que escaparam em Castelo.

No dia em que haviam se encontrado com o South Essex. Sharpe se lembrou do homem açoitado porque quatro desertores tinham escapado passando pela guarda à noite. Olhou fixamente para Harper.

— Como você sabe?

— Kirby é colega deles, senhor. — Ele apontou para o homem ao lado. Sharpe encarou-o. Era um sujeito pequeno que havia perdido a maioria dos dentes.

— E então, Kirby?

— Não sei, senhor.

— Quer ser açoitado, Kirby?

Os olhos do homem se viraram para os dele, atônitos.

— O quê, senhor?

— Se não me contar terei de presumir que está ajudando-os a escapar.

Harper e Kirby ficaram em silêncio. Por fim o sargento olhou para Sharpe.

— Kirby viu um deles na rua, senhor. Voltou com ele. Dois estão feridos, senhor. Kirby veio me procurar.

— E por sua vez você veio me procurar. — Sharpe manteve a voz áspera. — E o que espera que eu faça?

De novo não disseram nada. Sharpe sabia que os homens esperavam que ele fizesse um milagre; que de algum modo o sortudo capitão Sharpe conseguisse encontrar um meio de salvar os quatro homens do castigo selvagem que o exército dava aos desertores. Sentiu uma raiva irrazoável crescer por dentro, misturada com impaciência. O que eles achavam que ele era?

— Pegue seis homens, sargento. Três fuzileiros e três outros. Encontrem-se comigo aqui em cinco minutos. Kirby, fique aqui.

Harper ficou em posição de sentido.

— Mas, senhor...

— Vá!

Havia uma matéria translúcida no ar, aquela qualidade de luz logo antes do crepúsculo, quando o sol parece suspenso em líquido colorido. Um mosquito zumbiu irritantemente em volta do rosto de Sharpe, que deu um tapa nele. Os sinos da igreja tocaram o Ângelus, uma mulher que descia a rua, apressada, se persignou, e Sharpe xingou a si mesmo por ter prometido a Josefina se juntar a ela logo antes das seis horas. Desertores desgraçados! Harper desgraçado, por esperar um milagre! O sargento pensava mesmo que Sharpe apoiaria a deserção? Atrás dele, apavorado e nervoso, Kirby se remexia na rua e Sharpe pensou, mal-humorado, no que isso poderia significar para o batalhão. Todo o exército estava frustrado, mas pelo menos os outros podiam olhar à frente com uma mistura de medo e ansiedade pela batalha inevitável que dava algum sentido ao desconforto atual. O South Essex não compartilhava dessa visão. Fora desgraçado em Valdelacasa, sua bandeira fora perdida de modo vergonhoso, e os homens do batalhão não tinham coragem para outra luta. O South Essex estava carrancudo e amargurado. Cada homem nele desejaria tudo de bom para os desertores.

Harper reapareceu com seus homens, todos armados, todos olhando apreensivos para Sharpe. Um deles perguntou, nervoso, se os desertores deveriam ser mortos a tiros.

— Não sei — reagiu Sharpe, irritado. — Mostre o caminho, Kirby.

Desceram o morro em direção à parte mais pobre da cidade, um emaranhado de becos onde crianças semidespidas brincavam na imundície jogada dos penicos para a rua. Roupa lavada pendia entre as sacadas altas, obscurecendo a luz, e a proximidade das paredes parecia enfatizar o fedor. Era um cheiro que os homens haviam sentido pela primeira vez em Lisboa e tinham se acostumado a ele, mesmo que sua fonte tornasse a caminhada pelas ruas à noite um negócio arriscado e nauseabundo. Os homens estavam silenciosos e ressentidos, seguiam Sharpe com relutância para um serviço que não queriam fazer.

— Aqui, senhor. — Kirby apontou para uma construção que era pouco mais do que uma choupana. Havia desmoronado parcialmente e o resto parecia a ponto de cair a qualquer momento. Sharpe se virou para os homens. — Esperem aqui. Sargento, Peters, venham comigo.

Peters era do South Essex. Sharpe havia notado que ele era um homem sensato, mais velho do que a maioria, e precisava de alguém do batalhão dos desertores para que ninguém pensasse que os fuzileiros de casacos verdes haviam prejudicado o South Essex.

Empurrou a porta. Havia esperado que alguém talvez estivesse aguardando com uma arma, mas em vez disso pegou-se olhando um cômodo de imundície inimaginável. Os quatro homens estavam no chão, dois deitados, os outros sentados junto às brasas mortas de uma fogueira. A luz se filtrava através de buracos que já haviam sido janelas e pelo telhado e os andares superiores, destruídos. Os homens vestiam trapos.

Sharpe foi até os dois doentes. Agachou-se e olhou os rostos; estavam brancos e tremendo, a pulsação, quase desaparecida. Virou-se para os outros.

— Quem são vocês?

— Cabo Moss, senhor. — O homem tinha barba de 15 dias e as bochechas fundas. Obviamente não comiam. — Este é o soldado Ibbotson — ele apontou para o colega. — E aqueles são os soldados Campbell e Trapper, senhor.

— Moss estava sendo meticuloso e educado, como se isso pudesse salvá-lo de seu destino. A poeira pairava pesada no ar, o cômodo estava impregnado com o fedor de doença e excrementos.

— Por que estão em Oropesa?

— Viemos nos juntar de novo ao regimento, senhor — respondeu Moss, mas isso foi dito muito depressa. Houve silêncio. Ibbotson ficou sentado perto do fogo morto, olhando para o chão entre os joelhos. Era o único que tinha arma, uma baioneta à mão esquerda, e Sharpe achou que ele não aprovava o que acontecia.

— Onde estão as armas de vocês?

— Perdemos, senhor. E os uniformes. — Moss estava ansioso para agradar.

— Quer dizer que venderam.

Moss deu de ombros.

— Sim, senhor.

— E beberam o dinheiro?

— Sim, senhor.

Houve um barulho súbito no cômodo ao lado e Sharpe girou para a porta. Não havia nada ali. Moss balançou a cabeça.

— Ratos, senhor. Exércitos de ratos.

Sharpe se virou de novo para os desertores. Agora Ibbotson estava olhando-o, o olhar amedrontador de um fanático enlouquecido. Por um momento Sharpe se indagou se ele planejava usar a baioneta.

— O que está fazendo aqui, Ibbotson? Você não quer voltar para o regimento.

O homem não disse nada. Em vez disso levantou o braço direito, que estivera escondido atrás do outro braço. Não havia mão, apenas um cotoco enrolado em trapos ensanguentados.

— Ibbs entrou numa briga, senhor — disse Moss. — Perdeu a mão. Ele não tem mais utilidade para ninguém. Ele é destro, veja só — acrescentou debilmente.

— Quer dizer que ele não tem utilidade para os franceses.

Houve silêncio. A poeira pendia densa no ar.

— Isso mesmo. — Ibbotson havia falado. Tinha voz educada. Moss tentou silenciá-lo mas Ibbotson ignorou o cabo. — Nós estaríamos com os franceses há uma semana, mas esses idiotas decidiram beber.

Sharpe o encarou. Era estranho ouvir uma voz culta saindo dos trapos, da barba crescida e das bandagens encharcadas de sangue. O homem estava doente, provavelmente tinha gangrena, mas agora isso não importava. Ao admitir que estavam fugindo para o inimigo Ibbotson condenara todos os quatro. Se tivessem sido apanhados tentando chegar a um território neutro, poderiam ser mandados, como talvez acontecesse com Sharpe, para a guarnição das Índias Ocidentais, onde a febre os mataria de qualquer modo, mas havia apenas uma punição destinada a homens que desertavam indo para o inimigo. O cabo Moss sabia disso. Olhou para Sharpe e implorou:

— Honestamente, senhor, nós não sabíamos o que estávamos fazendo. Nós esperamos aqui, senhor...

— Fecha a matraca, Moss! — Ibbotson encarou-o irritado e depois se virou para Sharpe. A mão levantou a baioneta mais alto, mas apenas para enfatizar o que dizia. — Nós vamos perder essa guerra. Qualquer idiota pode ver isso! Há mais exércitos franceses do que a Inglaterra poderia juntar em cem anos. Olhe para o senhor! — Sua voz estava cheia de escárnio. — Vocês poderiam vencer um general, depois outro, mas eles continuarão vindo! E vão vencer! E sabe por quê? Porque eles têm um ideal. Ela se chama liberdade, justiça e igualdade! — Ele parou bruscamente, os olhos chamejando.

— Você é o quê, Ibbotson? — perguntou Sharpe.

— Um homem.

Sharpe sorriu do desafio dramático da resposta. O argumento não era novo, o fuzileiro Tongue podia ser ouvido desfiando-o na maioria das noites, mas Sharpe sentia curiosidade em saber por que um homem educado como Ibbotson seria um soldado raso do exército que prega os princípios franceses de liberdade.

— Você é educado, Ibbotson. De onde você veio?

Ibbotson não respondeu. Olhou para Sharpe, apertando a baioneta. Houve silêncio. Atrás, Sharpe ouviu Harper e Peters arrastarem os pés no chão duro de terra. Moss pigarreou e indicou Ibbotson.

— Ele é filho de um vigário, senhor — disse como se isso explicasse tudo.

Sharpe olhou para Ibbotson. Filho de um vigário? Talvez o pai tivesse morrido ou a família fosse grande demais, e a penúria podia estar no fim dessas duas estradas. Mas que destino havia levado Ibbotson a entrar para o exército? Colocar sua força minúscula contra os criminosos bêbados e endurecidos que eram a escória normal reunida pelos grupos de recrutamento? Ibbotson o encarou de volta e então, para nojo de Sharpe, começou a chorar. Soltou a baioneta e enterrou o rosto na dobra do cotovelo esquerdo, e Sharpe se perguntou se ele estaria pensando subitamente num jardim de vicariato ao lado de uma igreja e na mãe perdida havia muito, assando pão no auge do verão inglês. Virou-se para Harper.

— Eles estão presos, sargento. Vocês terão de carregar esses dois.

Saiu do pardieiro para o beco fétido.

— Kirby?

— Senhor?

— Você pode ir. — O sujeito saiu correndo. Sharpe não queria que ele encarasse os quatro desertores cuja prisão havia provocado. — Vocês outros, para dentro.

Olhou para o retalho de céu entre as paredes estreitas. Andorinhas voavam pela abertura, as cores se aprofundavam em direção à noite, e no dia seguinte aconteceriam execuções. Mas primeiro havia Josefina. Harper chegou à porta.

— Estamos prontos, senhor.

— Então, vamos.

CAPÍTULO XIII

Sharpe acordou com um susto, sentou-se, estendeu a mão instintivamente para uma arma e, percebendo onde se encontrava, afundou de novo no travesseiro. Estava coberto de suor, apesar da noite fresca e de uma pequena brisa agitando as bordas das cortinas dos dois lados da janela aberta, através da qual dava para ver uma lua cheia. Josefina estava sentada junto à cama, olhando-o, um copo de vinho na mão.

— Você estava sonhando.

— É.

— Com o quê?

— Minha primeira batalha. — Não disse mais, porém no sonho não podia carregar a Brown Bess, a baioneta não se encaixava no cano, e os franceses ficavam vindo e rindo do garoto apavorado nas planícies molhadas de Flandres. Boxtel, era como se chamava a batalha, e ele raramente pensava na luta confusa no campo molhado. Olhou para a jovem. — E você? — Sharpe deu um tapinha na cama. — Por que está acordada?

Ela encolheu os ombros.

— Não consegui dormir. — Josefina havia posto uma espécie de roupão escuro e só o rosto e a mão que segurava o copo eram visíveis no quarto sem luz.

— Por que não conseguiu dormir?

— Estava pensando no que você disse.

— Talvez não aconteça.

Ela sorriu.

— Não.

Em algum lugar da cidade um cão latiu, mas não havia outros sons. Sharpe pensou nos prisioneiros e imaginou se estariam passando a última noite acordados, ouvindo o mesmo cão. Pensou na noite depois de ter voltado da sala de guarda e na longa conversa com Josefina. Ela queria chegar a Madri, estava desesperada para chegar a Madri, e Sharpe lhe dissera que era improvável que os aliados chegassem até a capital da Espanha. Sharpe achava que Josefina tinha pouca ideia do motivo pelo qual queria chegar a Madri. Para ela era a cidade dos sonhos, o pote de ouro no fim de um arco-íris desbotado, e ele sentia ciúme do desejo que ela sentia de chegar lá.

— Por que não voltar a Lisboa?

— A família do meu marido não me receberia bem, principalmente agora.

— Ah, Edward.

— Duarte. — A correção dela foi automática.

— Então vá para casa. — Eles haviam tido essa conversa antes. Sharpe tentava obrigá-la a rejeitar qualquer opção que não fosse ficar perto dele, como se achasse que seria capaz de sustentá-la.

— Para casa? Você não entende. Vão me obrigar a esperar por ele, como os pais dele fazem. Num convento ou num quarto escuro, não importa. — Sua voz tinha um gume de desespero. Ela fora criada no Porto, filha de um mercador suficientemente rico para se misturar às importantes famílias inglesas na cidade que dominava o comércio do vinho do Porto. Aprendera inglês na infância porque esta era a língua dos ricos e poderosos em sua cidade natal. Depois havia se casado com Duarte, dez anos mais velho e Guardião dos Falcões do rei em Lisboa. Era um serviço de cortesão, longe de qualquer falcão, e ela adorou o brilho do palácio, os bailes, a vida glamourosa. Então, dois anos antes, quando a família real fugiu para o Brasil, Duarte levou uma amante, em vez da esposa, e ela foi deixada na casa grande com os pais e as irmãs dele. — Eles queriam que eu fosse para um convento. Dá para acreditar? Eu deveria esperar por ele num convento, como esposa obediente, enquanto ele gera bastardos naquela mulher?

Sharpe rolou para fora da cama e foi até a janela. Encostou-se na grade de ferro preta, sem perceber a própria nudez, e olhou para o leste como se, no céu noturno, pudesse ver o reflexo das fogueiras francesas. Elas estavam lá, a um longo dia de marcha, mas não havia nada a ser visto, a não ser o luar no campo e os telhados da cidade, cada vez mais abaixo. Josefina parou ao lado dele e passou os dedos pelas cicatrizes em suas costas.

— O que acontece amanhã?

Sharpe se virou e olhou para ela.

— Eles serão mortos a tiros.

— É rápido?

— É. — Não havia sentido em falar das vezes em que as balas erravam e os oficiais tinham de se aproximar e estourar as cabeças com uma pistola. Passou um braço por ela e puxou-a, sentindo o cheiro do cabelo. Ela pousou a cabeça em seu peito, os dedos ainda explorando as cicatrizes.

— Estou com medo. — Sua voz era muito pequena.

— Deles?

— É.

Gibbons e Berry haviam estado na sala de guarda quando os desertores foram levados para lá. Sir Henry também estava, esfregando as mãos, e em seu deleite pela captura dos fugitivos agradecera a Sharpe efusivamente, com toda a inimizade subitamente posta de lado. A corte marcial foi uma formalidade, uma questão de momentos, e então o papel foi mandado para o general assinar e selar o destino dos quatro homens. Por alguns instantes Sharpe fora deixado na sala com os dois tenentes, mas nada lhe foi dito. Eles haviam falado baixinho, ocasionalmente rindo, olhando-o como se quisessem provocar sua raiva, mas era a hora e o lugar errados. O momento viria mais tarde. Ele inclinou o rosto dela, puxando-o para perto.

— Você precisaria de mim se eles não estivessem aqui?

Ela assentiu.

— Você ainda não entende. Sou uma mulher casada e fugi. Ah, sei que ele fez coisa pior, mas isso não conta. No dia em que deixei os pais de

Duarte fiquei sozinha. Você vê? Não posso voltar para lá, meus pais não me perdoarão. Achei que em Madri... — Ela deixou a frase no ar.

— E Christian Gibbons disse que cuidaria de você em Madri?

Ela assentiu de novo.

— Outras moças foram para lá, você sabe disso. Há muitos oficiais. Mas agora... — Ela parou de novo. Ele sabia o que Josefina estava pensando.

— Agora você está preocupada. Nada de Madri e você está com alguém que não tem dinheiro, e está pensando em todas aquelas noites nos campos, em cabanas cheias de pulgas?

Ela sorriu e Sharpe sentiu a pontada de sua beleza.

— Um dia, Richard, você vai ser um coronel com um cavalo grande e um monte de dinheiro, e vai ser horrível com todos os capitães e tenentes.

Ele riu.

— Mas isso não vai acontecer suficientemente rápido para você. — Ele havia falado a verdade, e sabia, mas isso não a ajudou. Havia outras jovens, moças de boa família como Josefina, que tinham arriscado tudo e fugido com os soldados. Mas não eram casadas, e tinham encontrado refúgio num casamento rápido, e suas famílias haviam sido obrigadas a aceitar do melhor modo possível. Mas Josefina? Sharpe sabia que ela encontraria um homem mais rico do que ele, um oficial da cavalaria com dinheiro de sobra e bom olho para mulheres, e o afeto dela por Sharpe seria suplantado pela necessidade de conforto e segurança. Ele apertou-a com força contra o peito, sentindo o ar noturno se esfriando na pele.

— Vou cuidar de você.

— Promete? — A voz dela saiu abafada.

— Prometo.

— Então não vou ficar com medo. — Ela se afastou ligeiramente. — Está com frio?

— Não importa.

— Venha. — Ela guiou-o de volta para o quarto escuro. Ele sabia que ela era sua por pouco tempo, e só por pouco tempo, e ficou triste com isso. Lá fora o cão latiu para o céu vazio.

CAPÍTULO XIV

O batalhão desfilou em companhias formando três lados de um quadrado oco. O quarto lado, em vez do costumeiro triângulo de açoitamento, era composto por dois álamos inclinados que cresciam junto a um poço raso. As bordas do poço tinham sido pisoteadas pela cavalaria e a lama havia secado em calombos ocres marcados de espuma verde. Entre as árvores estava o tambor grave do batalhão e, em seu couro cinza esticado repousava uma bíblia aberta e um livro de orações. Não havia vento para agitar as páginas, apenas o sol continuando seu ataque implacável contra a planície e os homens que suavam em posição de sentido, com uniforme completo.

Sharpe estava diante da companhia ligeira, à esquerda da fila, e olhou por cima das cabeças da companhia de granadeiros do lado oposto do castelo de Oropesa. O castelo dominava a planície por quilômetros, com as muralhas erguendo-se como lajes de pedra acima dos telhados da cidade, e Sharpe se perguntou, em vão, como teria sido cavalgar com armadura de cavaleiro completa nos dias em que o castelo era um obstáculo real. Hoje a moderna artilharia de cerco arrebentaria as muralhas aparentemente sólidas e faria as pedras tombarem nas ruas íngremes em avalanches devastadoras. O suor ardia nos olhos, pingava no casaco verde, escorria pela coluna. Ele sentia o coração curiosamente leve, um estado muito pouco condigno para ver desertores sendo mandados para a eternidade, e enquanto olhava para o castelo, pensou em Josefina e, de algum modo, à luz da manhã, a barganha não parecia tão ruim. Ela era sua enquanto precisasse dele mas, em troca, oferecia-lhe felicidade e vivacidade. E quando o arranjo terminasse? Um bom soldado, ele sabia, sempre planejava a batalha depois da próxima, mas Sharpe não podia fazer planos para o momento em que Josefina partisse.

Olhou para Gibbons, em seu cavalo em formatura junto com a companhia ligeira. Simmerson estava montado, no centro do quadrado, perto do general "Papai" Hill, que, com seu estado-maior, viera cumprir o dever de assistir à execução. Gibbons, com rosto de pedra, olhava direto em frente. Assim que essa formatura terminasse, Sharpe sabia que ele retornaria à segurança do lado do tio, e o tenente não havia trocado qualquer palavra com Sharpe, apenas chegou com o cavalo perto da companhia, virou o animal e ficou imóvel. Não havia necessidade de palavras. Sharpe podia sentir o ódio quase se irradiando do sujeito, a determinação de se vingar, porque Sharpe não apenas obtivera a promoção que Gibbons queria mas, pior do que isso, o fuzileiro também tinha a jovem. Sharpe sabia que a questão não estava resolvida.

Quatorze homens, todos culpados de crimes menores, marcharam para dentro do quadrado e foram postos de pé, virados para as árvores. A punição era servir de pelotão de execução, e enquanto eles estavam ali, com os mosquetes apoiados no chão, olhavam com fascínio para as duas sepulturas recém-cavadas e os grosseiros caixões de madeira que esperavam por Ibbotson e Moss. Os outros dois prisioneiros tinham morrido durante a noite. Sharpe se perguntou se Parton, o médico do batalhão, os ajudara a partir, em vez de forçar o batalhão a assistir a dois homens desesperadamente doentes serem amarrados às árvores e feitos em pedaços pelos tiros. Sharpe vira muitas execuções. Quando criança tinha assistido a um enforcamento público e ouvido a empolgação da turba enquanto as vítimas se sacudiam e se retorciam nos cadafalsos. Tinha visto homens serem lançados dos canos de canhões de latão enfeitados, os corpos despedaçados na paisagem da Índia, vira companheiros torturados pelas mulheres de Tipu, dados como alimento aos animais selvagens, ele próprio havia enforcado homens junto de uma estrada comum, mas com mais frequência vira homens serem mortos a tiros com todo o aparato da execução ritual. Nunca gostara do espetáculo: supunha que nenhum homem sensato gostava, mas sabia que era necessário. De algum modo esta execução tinha uma diferença sutil. Não que Moss e Ibbotson não merecessem morrer, eles haviam desertado, planejado se juntar ao inimigo, e não poderia existir fim para eles que não fosse o pelotão de execução. No entanto, depois da luta na ponte, depois dos açoitamentos de Simmerson, da repetida condenação dos homens dele por ter perdido a bandeira, a execução era vista pelo batalhão como um resumo do desprezo e do ódio de Simmerson por eles. Sharpe raramente sentira tanto ressentimento vindo de uma tropa.

A distância, abrindo caminho em meio à multidão de espectadores britânicos e espanhóis, o grupo do chefe de polícia militar apareceu: prisioneiros e guardas. Forrest levou seu cavalo à frente de Simmerson.

— Batalhão! Calar baionetas!

Lâminas saíram raspando das bainhas e o aço ondulou nas fileiras das companhias. Os homens deviam morrer com a devida cerimônia. Sharpe viu Gibbons se abaixar para falar com o alferes Denny, de 16 anos.

— É sua primeira execução, senhor Denny?

O rapaz assentiu. Estava pálido e apreensivo como os soldados mais jovens das fileiras. Gibbons deu um risinho.

— É o melhor treinamento de tiro que os homens podem ter!

— Quietos! — Sharpe olhou-os irritado. Gibbons riu secretamente.

— Batalhão! — O cavalo de Forrest se desviou de lado. O major acalmou-o. — Ombro armas!

As fileiras de homens se encheram de pontas de baionetas. Houve silêncio. Os prisioneiros usavam calça e camisa, sem casacos, e Sharpe supôs que eles estariam cheios de conhaque ou rum vagabundo. Um capelão andava com eles, o murmúrio de suas palavras chegando fraco até Sharpe, mas os prisioneiros pareciam não ligar para ele enquanto marchavam até as árvores. O drama avançava inexoravelmente. Moss e Ibbotson foram amarrados aos troncos, vendados, e Forrest colocou o pelotão de execução em posição de sentido. Ibbotson, filho do vigário, estava mais perto de Sharpe, que podia ver os lábios do sujeito movendo-se freneticamente. Estaria rezando? Sharpe não podia escutar as palavras.

Forrest não deu nenhuma ordem. O grupo de execução fora ensaiado para obedecer a sinais e não a ordens, e os homens apresentaram as armas e apontaram seguindo movimentos da espada do major. De repente a voz de Ibbotson ficou clara e alta, os tons educados cheios de desespero, e Sharpe reconheceu as palavras.

— Nós erramos e nos desgarramos de vosso caminho como ovelhas perdidas... — Forrest baixou a espada, os mosquetes espocaram, os corpos se sacudiram maniacamente, e um bando de pássaros irrompeu dos galhos, gritando. Dois tenentes correram adiante com pistolas nas mãos, mas as balas de mosquetes haviam feito o serviço e os corpos pendiam com o peito esmagado e ensanguentado na frente da fumaça de mosquete que se demorava no ar.

Um murmúrio, quase inaudível, percorreu as fileiras do batalhão. Sharpe se virou para seus homens.

— Quietos!

A companhia ligeira ficou em silêncio. A fumaça do grupo de execução tinha um cheiro pungente no ar. O murmúrio ficou mais alto. Oficiais e sargentos gritavam ordens mas os homens do South Essex haviam encontrado seu protesto e o zumbido se tornou mais insistente. Sharpe manteve sua companhia em silêncio por meio da pura força, olhando furioso para eles com a espada desembainhada, mas não podia fazer nada com relação ao desprezo que eles mostravam no rosto. Não era destinado a ele, era para Simmerson, e o coronel sacudiu as rédeas no centro do quadrado e berrou por silêncio. O barulho cresceu. Sargentos corriam para dentro das fileiras e batiam em homens que eles suspeitavam de estar fazendo qualquer som, oficiais gritavam com as companhias, fazendo aumentar o barulho, e de trás do batalhão vinham os gritos de zombaria dos soldados britânicos de outras unidades que haviam saído da cidade para ver a execução.

Gradualmente os gemidos e zumbidos foram morrendo, tão lentamente quanto a fumaça da execução se esvaindo no ar, e o batalhão ficou quieto e imóvel. "Papai" Hill não havia se movido nem falado, mas agora sinalizou para seus ajudantes de campo e o pequeno grupo trotou delicadamente para longe, passando pelo esquadrão de execução que agora colocava os corpos nos caixões, e partiram para Oropesa. O rosto de Hill estava inexpressivo.

Sharpe jamais havia se encontrado com "Papai" Hill, mas sabia, como o resto do exército, que o general tinha a reputação de ser um oficial gentil e atencioso, e Sharpe se perguntou o que ele devia achar de Simmerson e seus métodos. Rowland Hill comandava seis batalhões, mas Sharpe tinha certeza de que nenhum lhe dava tantos problemas como o South Essex.

Montado em seu cavalo, Simmerson foi até as covas, girou o animal e se levantou nos estribos. Seu rosto estava totalmente vermelho, a fúria era óbvia e latejante, a voz esganiçada no silêncio.

— Haverá uma formatura de castigo às seis horas desta tarde. Equipamento completo! Vocês pagarão por isto! — Os homens ficaram em silêncio. Simmerson baixou o traseiro na sela. — Major Forrest! Vá em frente!

O batalhão marchou, companhia a companhia, passando pelos caixões, e os homens foram obrigados a olhar os corpos mutilados que esperavam perto das covas. Isto, dizia ao exército, é o que vai acontecer se você fugir; e mais do que isso, porque os nomes dos mortos serão mandados para casa, para ser postos nos quadros de avisos de suas paróquias de modo que a vergonha baixe sobre suas famílias também. As companhias marcharam em silêncio.

Quando o batalhão tinha ido embora e os outros espectadores haviam olhado os restos mortais, um grupo de trabalho pôs os caixões nas covas. A terra foi jogada nos buracos, as moitas de capim recolocadas com cuidado de modo que, para um olhar casual, não restasse sinais visíveis do enterro. O lugar foi deixado deliberadamente sem marcas, o insulto final, mas quando todos os soldados haviam saído, camponeses espanhóis encontraram as sepulturas e enfiaram cruzes de madeira na terra. Não era uma questão de respeito, apenas a precaução de homens sensatos. Os mortos eram protestantes, enterrados em terreno não santo, e as cruzes rústicas estavam ali para manter os espíritos inquietos firmemente embaixo do chão. O povo da Espanha tinha problemas suficientes com a guerra; os exércitos da França, da Espanha e agora da Grã-Bretanha cruzavam sua terra de um lado para o outro. Havia pouca coisa que um camponês pudesse fazer com relação a isso, ou com relação aos homens que lutavam na guerrilha, a pequena guerra. Mas os fantasmas dos pagãos ingleses eram outra coisa. Quem precisava deles para espantar o gado e percorrer os campos à noite? Cravaram as cruzes fundo e dormiram tranquilos.

CAPÍTULO XV

Um homem em cada dez seria açoitado. Sessenta homens do batalhão, seis de cada companhia. O capitão de cada companhia deveria entregar seus seis homens, despidos até a cintura, prontos para ser amarrados aos triângulos de açoitamento que Simmerson mandara os carpinteiros locais fazerem. O coronel fez seu anúncio e em seguida espiou com olhos vermelhos os oficiais ao redor. Algum comentário?

Sharpe respirou fundo. Era inútil dizer qualquer coisa, não dizer nada era covardia.

— Acho má ideia, senhor.

— O capitão Sharpe acha má ideia. — Simmerson pingou ácido em cada palavra. — O capitão Sharpe, cavalheiros, pode nos dizer como comandar homens. Por que é má ideia, capitão Sharpe?

— Acho que atirar em dois homens de manhã e açoitar sessenta à tarde é o mesmo que fazer o serviço dos franceses.

— Você acha. Bom, dane-se, Sharpe, e danem-se suas ideias. Se a disciplina neste batalhão fosse imposta tão rigidamente pelos capitães quanto eu exijo, esta punição não seria necessária. Eles serão açoitados! E isso inclui seus preciosos fuzileiros, Sharpe! Quero três deles entre os seus seis! Não haverá favoritismo.

Não havia nada a ser dito ou feito. Os capitães informaram às suas companhias e, como Sharpe, cortaram pedaços de palha e fizeram sorteio para determinar quem seriam as vítimas de Simmerson. Três dúzias de golpes para cada um dos sessenta homens. Às duas horas as vítimas estavam procurando o álcool que pudesse embotar a carne, e seus companheiros mal-humorados começaram a longa tarde limpando e polindo o kit para a inspeção de Simmerson. Sharpe deixou-os fazendo o trabalho e voltou à casa que servia de quartel-general do batalhão. Havia encrenca no ar, uma tensão que lembrava o peso antes de uma tempestade de raios. A felicidade que Sharpe sentira de manhã foi substituída pela apreensão, e ele se pegou imaginando o que poderia acontecer antes de retornar à casa onde Josefina o esperava e sonhava com Madri.

Passou a tarde preenchendo laboriosamente os livros da companhia. A cada mês o Livro-Dia precisava ser transcrito no Livro-Caixa, e o Livro-Caixa seria inspecionado por Simmerson dentro de uma semana. Ele encontrou tinta, afiou uma pena e, com a língua entre os dentes, começou a anotar os detalhes. Poderia ter delegado o trabalho ao sargento que cuidava dos livros, mas preferia fazer o serviço pessoalmente, assim ninguém poderia acusar o sargento de favoritismo. De Thomas Cresacre, soldado raso, foi debitado o custo de uma escova de sapatos nova. Cinco pence. Sharpe suspirou; a anotação nas colunas escondia uma pequena tragédia. Cresacre havia jogado a escova na mulher e a madeira se partira contra uma parede de pedra. O sargento McGivern vira isso acontecer e denunciara o sujeito, de modo que, além dos problemas conjugais, Thomas Cresacre perderia cinco pence do soldo diário de 12 pence. A anotação seguinte era de um par de sapatos para Jedediah Horrell. Sharpe hesitou. Horrell dizia que os sapatos tinham sido roubados e Sharpe estava inclinado a acreditar. Horrell era um bom homem, um trabalhador sério das Midlands, e Sharpe sempre encontrara o mosquete dele bem cuidado e seu equipamento em ordem. E Horrell já fora castigado. Durante dois dias havia marchado com botas emprestadas e seus pés estavam cheio de bolhas e feridos. Sharpe riscou a anotação em seu Livro-Dia e escreveu no Livro-Caixa: "Perdido em Ação". Havia economizado seis xelins e seis pence para o soldado Horrell. Puxou para perto o Livro de Equipamentos e copiou laboriosamente a informação do Livro-Caixa. Achou curioso ver que Lennox já listara todos os homens da companhia como tendo perdido um *stock* "em Ação", de modo que oficialmente os *stocks*, como as botas de Horrell, eram agora um gasto do governo e não do indivíduo que os perdera. Durante uma hora ficou copiando do Livro-Dia para o Livro-Caixa e daí para o Livro de Equipamentos, as ninharias do trabalho diário de soldado. Quando terminou, puxou o Livro do Rancho. Este era mais fácil. O sargento Read, que cuidava dos livros, já havia riscado os nomes dos homens que tinham morrido em Valdelacasa e escrito os novos, os fuzileiros de Sharpe e os seis homens convocados para a companhia ligeira quando Wellesley criou o novo Batalhão de Destacamentos. Diante de cada nome Sharpe anotou a quantia de três xelins e seis pence, que era debitada a cada semana para pagar a comida. Era injusto, ele sabia, porque os homens já estavam vivendo de meias rações, e o que se dizia era que a situação dos suprimentos estava piorando. Os oficiais do comissariado estavam revirando o vale do Tejo, havia choques frequentes entre patrulhas britânicas e francesas para decidir que lado revistaria uma cidade em busca de comida escondida. Havia até mesmo batalhas entre os britânicos e seus aliados espanhóis, que não haviam fornecido um centésimo dos suprimentos prometidos e, no entanto, guiavam rebanhos de porcos, ovelhas, bois ou cabras para seus próprios homens. Mas Sharpe não tinha poder para reduzir a quantia que os homens pagavam, ainda que as rações não fossem totalmente entregues. Em vez disso anotou no fim da página que a quantia representava o dobro da comida entregue e esperava receber a ordem de refazer o equilíbrio mais tarde. Na coluna seguinte anotou quatro pence em cada linha, o custo de ter as roupas dos homens lavadas pelas esposas alistadas. A lavagem de roupa de cada homem custava 17 xelins e quatro pence por ano, suas rações, mais de oito libras. Cada soldado raso ganhava um xelim por dia, 17 libras e 16 xelins por ano, mas depois de deduzido o preço da comida, da lavagem de roupa, do alvaiade, do fumo, dos consertos de solas e saltos, e do dia de pagamento a cada ano que era deixado junto com os "três setes". Sete libras, sete xelins e sete pence, e Sharpe sabia, pela experiência amarga, que eles teriam sorte se conseguissem ao menos isso. A maioria dos homens perdia quantias ainda maiores para substituir equipamento desaparecido e a verdade era que cada soldado raso recebia mais ou menos quatro pence e meio penny para lutar contra os franceses.

Como capitão, Sharpe recebia dez xelins e seis pence por dia. Parecia uma fortuna, porém mais da metade era deduzida para a alimentação, e além disso o rancho dos oficiais exigia mais um pagamento de dois xelins e oito pence por dia para pagar pelo vinho, comidas de luxo e os empregados do refeitório. Ele pagava mais pela limpeza, para os hospitais e conhecia a quantia de trás para a frente. Os números simplesmente não batiam. E agora Josefina lhe pedia dinheiro. Hogan havia emprestado e, além do conteúdo de sua sacola de couro, ele tinha o suficiente para os próximos 15 dias, mas e depois disso? Sua única esperança era encontrar um cadáver rico no campo de batalha. Um cadáver muito rico.

Terminou com os livros, fechou-os, pôs a pena na mesa e bocejou quando um relógio na cidade marcou quatro horas. Abriu de novo o Livro do Rancho Semanal e olhou os nomes, imaginando morbidamente quantos ainda estariam ali, dentro de uma semana, e como muitos teriam a palavra "falecido" anotada. Será que seu nome seria riscado? Será que algum outro oficial olharia o Livro-Caixa imaginando quem teria escrito "Cinco pence, uma escova de sapatos", diante do nome Thomas Cresacre? Fechou os livros de novo. Tudo isso era abstrato. O exército não recebia soldo havia um mês, e mesmo antes disso não estivera com o pagamento em dia. Ele daria os livros ao sargento Read, que os guardaria na mula da companhia. Quando, e se, o pagamento chegasse, Read faria as deduções dos livros e pagaria aos homens seus punhados de moedas. Houve uma batida na porta.

— Quem é?

— Eu, senhor. — Era a voz de Harper.

— Entre.

O rosto de Harper estava inexpressivo; seus modos, formais.

— E então, sargento?

— Problema, senhor. Ruim. Os homens estão se recusando a fazer a formatura.

Sharpe se lembrou de sua apreensão.

— Que homens?

— Toda a porcaria do batalhão, senhor. Até nossos garotos se juntaram. — Quando Patrick Harper falava de "nossos garotos" referia-se aos fuzileiros. Sharpe se levantou e pendurou a grande espada à cintura.

— Quem sabe disso?

— O coronel, senhor. Os homens mandaram uma carta para ele.

Sharpe xingou baixinho.

— Eles mandaram uma carta? Quem assinou?

Harper balançou a cabeça.

— Ninguém assinou, senhor. Ela só diz que eles não vão fazer forma e que, se ele chegar perto, eles estouram a porcaria da cabeça dele.

Sharpe pegou o fuzil. Havia uma palavra para o que estava acontecendo, e a palavra era "motim". A ideia de Simmerson, de açoitar um homem em cada dez, poderia facilmente se transformar em dizimação, e em vez de ser açoitados os homens seriam postos contra árvores e mortos a tiros. Olhou para Harper.

— O que está acontecendo?

— Muita conversa, senhor. Eles estão fazendo barricadas no pátio da madeira.

— Todos?

Harper balançou a cabeça.

— Não, senhor. Uns duzentos ainda estão no pomar. Sua companhia está lá, senhor, mas os rapazes no pátio estão tentando convencê-los a se juntar.

Sharpe assentiu. O batalhão fora acantonado num olival que os homens chamavam de pomar simplesmente porque as árvores eram plantadas em filas. O pomar ficava atrás de um pátio onde era depositada madeira, um pátio cercado e com apenas uma entrada.

— Quem entregou a carta?

— Não sei, senhor. Ela foi enfiada embaixo da porta da casa de Simmerson.

Sharpe saiu rapidamente pela porta. O pátio da casa estava sombreado e silencioso, a maioria dos oficiais aproveitava a chancc de olhar a cidade antes de marchar no dia seguinte para encontrar os franceses.

— Há algum oficial no pátio da madeira?
— Não, senhor.
— E os sargentos?

O rosto de Harper ficou inexpressivo. Sharpe achava que muitos sargentos eram simpáticos ao protesto mas, com o grande irlandês, sabiam melhor do que os homens qual seria o resultado caso o batalhão se recusasse a participar da formatura.

— Espere aqui.

Sharpe correu de volta para dentro da casa. Os cômodos estavam frescos e vazios. Uma mulher olhou da cozinha para ele, com uma fiada de pimentas na mão, e rapidamente fechou a porta ao ver seu rosto. Sharpe subiu a escada de dois em dois degraus, abriu a porta do cômodo onde os oficiais subalternos da companhia ligeira estavam aquartelados. O alferes Denny era o único ocupante, e o rapaz de 16 anos estava dormindo a sono solto num colchão de palha.

— Denny!

O rapaz acordou, apavorado.

— Senhor!
— Onde está Knowles?
— Não sei, senhor. Na cidade, acho.

Sharpe pensou por um segundo. O garoto olhava arregalado, do colchão. A mão de Sharpe apertava repetidamente o punho da espada.

— Encontre-me no pátio assim que estiver vestido. Depressa.

Harper estava esperando na rua, onde o calor do sol havia queimado as pedras a ponto de Sharpe sentir o calor mesmo através das solas das botas.

— Sargento, quero a companhia ligeira em forma dentro de cinco minutos na trilha atrás do pomar. Com equipamento completo.

O sargento abriu a boca para fazer uma pergunta, mas viu a expressão de Sharpe e em vez disso prestou continência. Foi andando. Denny saiu do pátio afivelando a espada que raspava nas pedras atrás dele. Parecia apreensivo quando Sharpe se virou em sua direção.

— Escute atentamente. Você vai descobrir para mim onde o coronel Simmerson está e o que ele está fazendo. Entendeu? — O rapaz assentiu.

— E não vai deixar que ele saiba o que você está fazendo. Tente no castelo.

Depois venha e me encontre. Vou estar na estrada atrás do pomar ou na praça diante do pátio da madeira. Se eu não estiver em nenhum dos dois lugares encontre o sargento Harper e espere com ele. Entendeu? — Denny assentiu de novo. — Repita para mim.

O garoto repetiu as instruções. Queria desesperadamente perguntar a Sharpe por que tanta agitação, mas não ousou. Sharpe assentiu quando ele acabou de falar.

— Mais uma coisa, Christopher. — Ele usou deliberadamente o nome próprio de Denny para tranquilizar o garoto. — Você não vai, em nenhuma circunstância, ao pátio da madeira. Agora ande. Se vir o tenente Knowles ou o major Forrest, ou o capitão Leroy, peça para me procurarem. Depressa!

Denny segurou sua espada e saiu correndo. Sharpe gostava dele. Um dia seria um bom oficial, se antes não fosse furado pela baioneta de um granadeiro francês. Sharpe desceu o morro em direção ao pátio da madeira e aos alojamentos dos homens. Ainda havia uma chance de evitar o desastre, e essa chance seria colocar o batalhão em formatura o mais cedo possível, antes que Simmerson tivesse tempo de reagir à ameaça de motim. Houve um estardalhaço de cascos atrás e ele se virou, viu um cavaleiro acenando. Era o capitão Sterritt, o oficial do dia, e parecia compreensivelmente nervoso.

— Sharpe!

— Sterritt?

Sterritt conteve seu cavalo.

— Há uma chamada para os oficiais no castelo. Agora. Todo mundo.

— O que está acontecendo?

Sterritt olhou freneticamente a rua deserta ao redor, como se alguém pudesse entreouvir mais esse desastre que havia dominado o batalhão de Simmerson. Sharpe mal vira Sterritt depois da luta na ponte. O sujeito tinha obviamente medo de Simmerson, dos homens, de Sharpe, de todo mundo, e deliberadamente se fazia insignificante como se não quisesse ser notado. Ele esboçou os acontecimentos no pátio da madeira. Sharpe o interrompeu.

— Sei disso. O que está acontecendo no castelo?

— O coronel pediu para ver o general Hill.

Ainda havia tempo. Olhou para o capitão apavorado.

— Escute. Você não me viu. Entendeu, Sterritt? Você não me viu.

— Mas...

— Sem mas. Quer ver aqueles sessenta homens serem mortos a tiros?

O queixo de Sterritt caiu. Ele olhou para a rua de novo, e de volta para Sharpe.

— A ordem do coronel é de que ninguém chegue perto do pátio da madeira.

— Você não me viu, então como eu posso ter ouvido a ordem?

— Ah... — Sterritt não sabia como reagir. Olhou Sharpe descer a rua e desejou de novo ter nascido quatro anos antes; assim seria o filho mais velho e agora seria um cavalheiro dono de fazenda. Como estava, sentia-se um boneco de trapos levado por uma enchente. Virou-se com tristeza na direção do castelo e se perguntou no que tudo aquilo daria.

Diante do pátio da madeira havia um enorme espaço aberto, como uma praça de povoado inglês, a não ser pela grama que ali era descorada, amarela, cinza e fina no solo raso. O espaço era usado para uma feira semanal, mas hoje era campo de futebol para soldados de uma dúzia de batalhões. Sharpe podia ver tropas do 48º, do 29º e uma companhia de Fuzileiros Americanos Reais, cujos casacos verdes o lembravam de dias mais felizes. Os homens aplaudiam e zombavam dos jogadores; logo, pensou Sharpe, teriam um espetáculo mais interessante para assistir.

Virou à esquerda, ao lado de um muro do pátio da madeira, e para o pomar mais embaixo. Não havia ninguém na trilha, como ele esperava, mas quando chegou mais perto gritou por Harper e foi recompensado ao ouvir um jorro de ordens enquanto os sargentos da companhia ligeira mandavam os homens para a trilha. Presumiu que os homens estariam relutantes em fazer forma, mas duvidava de que ousassem se opor a ele, e parou e ficou olhando enquanto Harper montava a companhia em quatro fileiras.

— Companhia em forma, senhor!

— Obrigado, sargento.

Sharpe foi até a frente da companhia, de costas para as árvores e para a multidão de espectadores formada pelas mulheres do batalhão misturadas a homens de outras companhias que tinham passado por cima do muro do pomar.

— Vamos fazer a formatura mais cedo. — Eles não se mexeram. Seus olhos estavam virados rigidamente para a frente. — Os seis homens destacados para o castigo deem um passo à frente.

Houve uma pequena hesitação. Os seis homens, três fuzileiros e três da companhia ligeira original, olharam à esquerda e à direita mas deram o passo. Houve um murmúrio nas fileiras.

— Silêncio!

Os homens ficaram quietos, mas de trás, do pomar, um grupo de mulheres começou a gritar insultos e a dizer para seus homens não serem covardes. Sharpe girou.

— Segurem a língua! Mulheres também podem ser açoitadas!

Fez a companhia marchar até a praça da feira e afastou os jogadores de futebol, relutantes, do gramado ralo. Os seis homens que seriam açoitados estavam na primeira fila, usando apenas calça e camisa. Foram sem grande resistência. Pelos rostos, Sharpe via que estavam aliviados porque ele os dominara e obrigara a fazer forma. Independentemente de qualquer palavra acalorada que tivesse sido dita na quente tarde espanhola, Sharpe sabia que nenhum homem realmente desejava passar pelo negócio inútil de contrariar toda a autoridade do exército. Isso parecia simples, pensou ele, e agora precisava convencer nove outras companhias. Aproximou-se dos seis homens na primeira fila, e olhou-os intensamente.

— Sei que é injusto. — Falava baixo. — Vocês não fizeram barulho hoje de manhã. — Ele parou. Não tinha certeza do que queria dizer, e ir mais longe seria parecer simpático demais ao protesto deles. Gataker, um dos fuzileiros azarados, deu um riso alegre.

— Está tudo bem, senhor. Não é sua culpa. E nós subornamos os garotos dos tambores.

Sharpe sorriu de volta. O suborno adiantaria pouco, Simmerson garantiria isso, mas sentiu-se grato pelas palavras de Gataker. Recuou cinco passos e levantou a voz.

— Esperem aqui! Se alguém se mexer vai substituir um desses seis homens!

Caminhou pela grama em direção ao portão duplo do pátio da madeira. Não havia se preocupado de fato com seus homens, sabia que eles iriam segui-lo, mas enquanto ia em direção ao portão fechado imaginou que tipo de problema estava se criando lá dentro. E, mais importante, que problema estava se criando atrás das paredes do castelo que mais pareciam lápides. Tateou o punho da espada e continuou andando.

CAPÍTULO XVI

— Senhor! Capitão! Senhor!

O alferes Denny estava correndo para ele, com a espada se arrastando, o rosto coberto de suor.

— Senhor?

— O que você descobriu?

— O coronel está no castelo. Acho que está com o general. Encontrei o capitão Leroy e o major Forrest. O capitão Leroy pediu para o senhor esperá-lo.

Por cima do ombro de Denny, Sharpe viu Leroy, a cavalo, vindo das ruas íngremes que levavam ao castelo. O americano, graças a Deus, não estava apressado. Guiava o cavalo como se não houvesse emergência; se os homens no pátio da madeira vissem pânico e preocupação entre os oficiais achariam que estavam vencendo e ficariam mais obstinados.

O cavalo de Leroy quase passeou nos últimos metros. O americano assentiu para Sharpe, tirou as mãos das rédeas e levantou um charuto comprido e preto.

— Sharpe.

Sharpe riu.

— Leroy.

Leroy desceu do cavalo e olhou para Denny.

— Sabe montar, meu jovem?

— Ah, sim, senhor!

— Bom, monte neste cavalo e o mantenha quieto para mim. Aí está. — Leroy fez um apoio com as mãos e ajudou o alferes a subir na sela.

— Espere por nós na companhia — disse Sharpe.

Denny se afastou. Leroy se virou para Sharpe.

— Está havendo um tremendo pânico lá em cima. Simmerson ficou verde e começou a berrar, pedindo a artilharia, "Papai" Hill está lhe dizendo para ficar calmo.

— Você esteve lá em cima?

Leroy assentiu.

— Encontrei o Sterritt. Ele está pisando em ovos, acha que tudo isso é culpa dele porque é o oficial do dia. Simmerson está berrando sobre um motim. O que está acontecendo?

Caminharam em direção ao pátio da madeira. Sharpe recusou a oferta de um charuto.

— Disseram que não vão entrar em forma. Mas ninguém ainda ordenou que fizessem isso. Meus rapazes obedeceram com facilidade. Pelo que vejo, temos de tirar o resto daí depressa.

Leroy soltou um fino jato de fumaça no ar.

— Simmerson vai conseguir a cavalaria.

— O quê?

— "Papai" não teve muita escolha, teve? O coronel disse a ele que as tropas estão amotinadas. Assim o general ordenou que a LAR descesse para cá. Mas vão demorar algum tempo; ainda nem puseram as selas.

A Legião Alemã do Rei era a melhor cavalaria do exército de Wellesley; rápida, eficiente, corajosa e uma boa escolha para acabar com um motim. Sharpe sentia pavor de pensar nos cavaleiros alemães limpando o pátio de madeira com seus sabres.

— Onde está o Forrest?

Leroy sinalizou para o castelo.

— Descendo para cá. Foi procurar o sargento-ajudante. Não creio que ele vá esperar sir Henry e seus pesos pesados. — Leroy riu. Estavam junto aos portões escancarados. Harper havia falado sobre barricadas, mas Sharpe não podia ver nenhuma. Leroy fez um gesto para ele. — Vá em frente, Sharpe. Vou deixar que você fale. Eles acham que você é uma espécie de milagreiro.

Sua primeira impressão foi de um pátio cheio de homens deitados, de pé, sentados, as armas empilhadas, os casacos e o equipamento descartados. Havia uma fogueira acesa no centro do pátio, o que lhe pareceu estranho por causa do calor do dia, e então se lembrou dos triângulos extras que Simmerson havia encomendado para o açoitamento do dia. O coronel devia ter ordenado que o serviço fosse feito nesse pátio e os homens tinham queimado a madeira que fora pregada grosseiramente, pronta para os castigos. Houve um silêncio momentâneo, quando os dois oficiais passaram pelo portão, seguido pelo chiado de conversas agitadas. Leroy se apoiou na entrada, Sharpe caminhou lentamente por entre os grupos de homens, indo em direção à fogueira que parecia ser o foco do pátio. Os homens estavam bebendo, alguns já estavam bêbados, e enquanto Sharpe andava lentamente em meio aos comentários em voz baixa e aos olhares hostis, um homem ofereceu-lhe ironicamente uma garrafa. Sharpe a ignorou, acertou o braço do homem com o joelho enquanto passava, e ouviu a garrafa se quebrar no chão. Chegou ao espaço à frente da fogueira e, quando se virou para encarar o grosso dos homens, os murmúrios pararam. Achou que não havia muita vontade de luta neles, nenhum líder havia protestado, houvera apenas alguns murmúrios mal-humorados.

— Sargentos!

Ninguém se mexeu. Tinha de haver sargentos no pátio. Ele gritou de novo:

— Sargentos! Rápido! Aqui!

Ainda assim ninguém se mexeu, mas com o canto dos olhos ele teve a impressão de ver um grupo de homens, de calça e camisa, se remexer inquieto. Apontou para eles.

— Venham. Depressa! Ponham seu equipamento!

Eles hesitaram. Por um momento Sharpe se perguntou se os sargentos seriam os líderes, então percebeu que provavelmente estavam com medo dos homens. Mas pegaram os casacos e os cintos. Houve alguns gritos contra eles, no entanto ninguém se moveu para impedi-los. Sharpe começou a relaxar.

— Não! — Um homem se levantou à esquerda. Houve um silêncio, todo o movimento parou, os sargentos olharam para o homem que havia falado. Era um sujeito grande, com rosto inteligente. Virou-se para os homens no pátio e falou com voz ponderada: — Nós não vamos. Decidimos isso e temos de ficar firmes! — Sua voz, como a do morto Ibbotson, era educada. Ele se virou para Sharpe. — Os sargentos podem ir, senhor, mas nós não vamos. Não é justo.

Sharpe o ignorou. Não era hora de discutir se a disciplina de Simmerson era justa ou injusta. Em momentos assim isso não estava aberto à discussão. Ela existia, e só. Virou-se de volta para os sargentos.

— Venham! Mexam-se!

Os sargentos, uma dúzia, vieram humildemente até a fogueira. De repente Sharpe percebeu o calor escaldante das chamas, somado ao sol que fazia suas costas suar e pinicar. Os sargentos pararam. Sharpe falou alto:

— Vocês têm dois minutos. Quero todo mundo em forma, neste pátio, vestido adequadamente. Os homens que serão açoitados devem usar apenas calça e camisa. A companhia de granadeiros perto do portão, o resto forme-se virado para ela. Andem!

Os sargentos hesitaram. Sharpe deu um passo em sua direção e de súbito eles começaram a agir. Sharpe se virou para os homens apinhados.

— De pé! Vocês estão em forma! Depressa!

O homem corpulento tentou um último protesto e Sharpe girou para ele bruscamente:

— Você quer mais porcarias de execuções? Ande!

Estava tudo acabado. Alguns homens mais bêbados precisaram ser chutados para ficar de pé, mas a pouca energia de luta sumira deles. Leroy se juntou a Sharpe e, com os sargentos, vestiram as companhias. Os homens estavam um horror. Os uniformes não escovados, sujos de serragem, os cintos manchados e os mosquetes sujos. Alguns homens estavam pálidos de tanta bebida. Sharpe raramente vira um batalhão em pior formação, mas isso era melhor do que uma ralé amotinada sendo perseguida pela eficiente cavalaria alemã.

Leroy abriu o portão, Sharpe deu a ordem, e o batalhão marchou em forma até se alinhar junto à companhia ligeira. Forrest estava lá fora. Ficou de queixo caído quando a primeira companhia emergiu. Estava com um punhado de oficiais e outros sargentos, e eles correram até suas companhias e gritaram ordens. O batalhão começou a marchar em formação rígida, o sargento-ajudante os colocou no lugar, ordenou posição de descanso e fez o mesmo com o resto das fileiras. Sharpe marchou até o cavalo de Forrest, ficou em posição de sentido e prestou continência.

— Batalhão em forma, senhor!

Forrest olhou-o.

— O que aconteceu?

— Aconteceu, senhor? Nada.

— Mas disseram-me que eles se recusaram a participar da formatura.

Sharpe apontou para o batalhão. Os homens estavam ajeitando os uniformes, espanando o pior da sujeira nos casacos, batendo nas barretinas para lhes dar forma. Forrest olhou-os e de volta para Sharpe.

— Ele não vai gostar disso.

— O coronel, senhor?

Forrest riu.

— Ele está vindo para cá com a cavalaria, Sharpe. E o general Hill. — Forrest conteve o riso, era inconveniente, mas Sharpe entendia a diversão. Simmerson ficaria furioso; havia incomodado um general, movimentado um regimento de cavalaria, e tudo isso por um motim que não acontecera. A ideia agradou a Sharpe.

O batalhão ficou parado no calor, os sinos da cidade marcaram cinco horas e 15 minutos, os homens espanaram os uniformes do melhor modo que puderam. Talvez metade dos oficiais estivesse presente, eles vieram lentamente da cidade, mas o resto se encontrava com Simmerson. Quando o relógio marcou a meia hora houve um trovão de cascos, uma nuvem de poeira e, numa demonstração de força calculada para desmoralizar as tropas supostamente amotinadas, a Legião Alemã do Rei galopou para dentro da praça da feira. Os cavalarianos estavam esplendidamente arrumados com seus paletós azuis, as pelíças com acabamento em pele e, na cabeça, chapéus altos, de pelo marrom. Os sabres estavam desembainhados e eles cavalgaram diretamente para o pátio da madeira. Lentamente perceberam que o lugar estava vazio, e que as cabeças que eles tinham vindo quebrar se encontravam organizadas em forma. Ordens foram gritadas, cavalos se viraram, a cavalaria parou num silêncio sem graça e olhou o bando de cavaleiros de casacas vermelhas acompanhá-la até a praça da feira; o coronel sir Henry Simmerson com o general de divisão Rowland Hill, ajudantes de campo, oficiais do batalhão como Gibbons e Berry, e atrás deles um bando de outros oficiais montados que tinham vindo assistir à agitação. Todos pararam e ficaram olhando. Simmerson espiou dentro do pátio da madeira, olhou de volta para o batalhão formado, e de novo para o pátio. O sargento-ajudante seguiu a deixa de Forrest.

— Batalhão! Sentido!

O Batalhão de Destacamentos ficou em posição de sentido. O sargento-ajudante encheu o peito.

— Batalhão! Ombro armas!

Os três movimentos aconteceram no tempo perfeito. Houve apenas o som de seiscentas palmas de mãos batendo em seiscentos mosquetes, em uníssono.

— O batalhão fará a saudação ao general! — Havia um general presente. — Apresentar armas!

Sharpe girou sua espada em saudação. Atrás dele as companhias bateram no chão com o pé direito, os mosquetes baixaram em precisão gloriosa, a formação estremeceu de orgulho. "Papai" Hill saudou de volta. O sargento-ajudante ordenou ombro armas, organizou o batalhão e o colocou em posição de descansar. Sharpe viu Forrest ir em seu cavalo até Simmerson e prestar continência. Podia ver os gestos mas não escutava nada. Hill parecia estar fazendo as perguntas, e Sharpe viu Forrest girar na sela e apontar na direção da companhia ligeira. O braço apontado se transformou num gesto de chamada.

— Capitão Sharpe!

Sharpe marchou atravessando o terreno como se fosse o sargento-ajudante do regimento num desfile para o rei. Simmerson desgraçado. Podia muito bem ter a cara esfregada na terra. Parou rigidamente, prestou continência e esperou. Hill olhou-o, o rosto redondo sombreado pelo grande chapéu de bicos.

— Capitão Sharpe?

— Senhor!

— O senhor formou o batalhão? Está correto?

— Senhor! — Quando era sargento Sharpe aprendera que repetir a palavra "senhor" com força e precisão suficientes podia fazer um homem passar pela maior parte dos encontros com os oficiais superiores. Hill também sabia disso. Olhou para o relógio e de volta para Sharpe. — A formatura está trinta minutos adiantada. Por quê?

— Os homens pareciam entediados, senhor. Achei que um pouco de exercício faria bem, de modo que o capitão Leroy e eu os pusemos para fora.

Hill deu um sorriso. Gostou da resposta. Olhou as fileiras imóveis ao sol.

— Diga, capitão, alguém se recusou a fazer forma?

— Recusou, senhor? — Sharpe pareceu surpreso. — Não, senhor.

Hill olhou-o atentamente.

— Nenhum homem, capitão?

— Não, senhor. Nenhum homem. — Sharpe não ousava olhar para Simmerson. De novo o coronel estava parecendo um idiota. Tinha berrado "motim" a um general de divisão e depois descobrira que um capitão novato havia posto os homens em forma. Sharpe sentiu Simmerson se remexendo inquieto na sela enquanto Hill olhava para baixo, astutamente. — Você me surpreende, capitão.

— Surpreendo, senhor?

Hill deu um sorriso. Havia lidado suficientemente com sargentos durante a vida para conhecer o jogo feito por Sharpe.

— Sim, capitão. Veja bem, o seu coronel recebeu uma carta dizendo que os homens estavam se recusando a participar da formatura. Isso se chama motim.

Sharpe virou os olhos inocentes para Simmerson.

— Uma carta, senhor? Recusando-se a participar da formatura? — Simmerson o encarou furioso, teria matado Sharpe ali mesmo se pudesse.

Sharpe olhou de volta para Hill e deixou a expressão mudar de surpresa inocente para uma lenta percepção. — Acho que deve ter sido uma brincadeira de mau gosto, senhor. Sabe como os rapazes ficam brincalhões quando estão se preparando para uma batalha.

Hill gargalhou. Fora vencido por sargentos em número suficiente para saber quando parar com o jogo.

— Ótimo! Bem, quanto barulho por nada! Parece que hoje é o dia do South Essex! É a segunda formatura à qual eu compareço em 12 horas. Acho que é hora de eu inspecionar seus homens, sir Henry. — Simmerson não disse nada. Hill se virou de novo para Sharpe. — Obrigado, capitão. Do 95º, não é?

— Sim, senhor.

— Ouvi falar de você, não ouvi? Sharpe. Deixe-me pensar. — Ele espiou o fuzileiro e depois estalou os dedos. — Claro! Sinto-me honrado em conhecê-lo, Sharpe! Sabia que os fuzileiros estão voltando?

Sharpe sentiu o coração pular de empolgação.

— Para cá, senhor?

— Talvez até já estejam em Lisboa. Não podemos nos virar sem os fuzileiros, não é, Simmerson? — Não houve resposta. — De que batalhão você é, Sharpe?

— Do segundo, senhor.

— Então você ficará desapontado. O primeiro é que está vindo. Mesmo assim será bom ver os velhos amigos de novo, não é?

— É, senhor.

Ele parecia genuinamente feliz em jogar conversa fora. Por cima do ombro do general, Sharpe viu Gibbons desconsolado sobre o cavalo. O general espantou uma mosca.

— O que dizem sobre os fuzileiros, hein, capitão?

— São os primeiros a chegar ao campo e os últimos a sair, senhor.

Hill confirmou com a cabeça.

— Esse é o espírito! Então você está emprestado ao South Essex, não é?

— É, senhor.

— Bom, fico feliz por você estar na minha divisão, Sharpe, muito feliz. Continue assim!

Sharpe prestou continência, deu meia-volta e marchou em direção à companhia ligeira. Enquanto ia, escutou Hill chamar o oficial comandante da cavalaria.

— Podem ir para casa! Não há o que fazer hoje!

O general fez o cavalo caminhar ao longo das fileiras do batalhão e falou afavelmente com os homens. Sharpe tinha ouvido muita coisa a respeito de "Papai" Hill e agora entendia por que ele recebera esse apelido. O general tinha o dom de fazer com que cada homem se sentisse especial, parecia genuinamente preocupado com eles, queria que ficassem felizes. Não tinha como não ver o estado do batalhão. Mesmo considerando três semanas de marcha e a luta na ponte, os homens pareciam trazidos às pressas e malvestidos, mas Hill fingiu que não via. Quando chegou à companhia ligeira assentiu com familiaridade para Sharpe, fez piada com a altura de Sharpe, fez os homens rirem. Deixou a companhia rindo e cavalgou com Simmerson e seu séquito até o centro da área de formação.

— Vocês foram maus garotos! Fiquei desapontado com vocês hoje cedo! — Ele falava devagar e nitidamente, de modo que as companhias nos flancos, como a de Sharpe, pudessem ouvi-lo com clareza. — Vocês merecem o castigo determinado por sir Henry! — Ele fez uma pausa. — Mas na verdade vocês agiram muito bem esta tarde! Entraram em formatura antes da hora! — Houve um farfalhar de risos nas fileiras. — Parecem muito ansiosos para receber o castigo! — O riso morreu. — Bom, vão ficar desapontados. Por causa do comportamento desta tarde sir Henry me pediu para cancelar a formatura de castigo. Acho que não concordo com ele, mas vou deixar que seja como ele quer. Portanto, não haverá açoitamentos. — Houve um suspiro de alívio. Hill respirou fundo de novo. — Amanhã vamos marchar com nossos aliados espanhóis em direção aos franceses! Vamos a Talavera e haverá uma batalha! Sinto orgulho de ter vocês em minha divisão. Juntos vamos mostrar aos franceses o que significa ser soldado! — Ele acenou com a mão benigna. — Boa sorte, rapazes, boa sorte!

Os homens gritaram e aplaudiram até ficarem roucos, tiraram as barretinas e acenaram para o general que sorriu de volta para eles como um pai indulgente. Quando o barulho morreu ele se virou para Simmerson.

— Dispense-os, coronel, dispense-os. Eles fizeram bem!

Simmerson não tinha alternativa senão obedecer. A formação foi dispensada, os homens saíram do campo num zumbido de conversas e risos. Hill trotou de volta para o castelo, e Sharpe viu Simmerson e seu grupo de oficiais seguirem atrás dele. O sujeito fora feito de idiota, e ele, Sharpe, seria culpado. O fuzileiro alto voltou lentamente para a cidade, de cabeça baixa para desencorajar qualquer conversa. Era verdade que tinha gostado de deixar Simmerson sem graça, mas o coronel havia pedido esse tratamento; nem mesmo se incomodara em verificar se os homens se recusariam a obedecer a uma ordem, simplesmente gritara pedindo a cavalaria. Sharpe sabia que provocara muitos insultos contra o coronel e seu sobrinho. Agora duvidava de que Simmerson se contentasse com a carta que nesse ponto já estaria em Lisboa, esperando um navio e vento bom para levar a correspondência até Londres. A carta acabaria com a carreira de Sharpe, e, a não ser que ele pudesse fazer um milagre na batalha que se aproximava a cada hora, Simmerson teria a satisfação de vê-lo derrubado. Mas agora havia mais ainda. Havia honra, orgulho e uma mulher. Ele duvidava de que Gibbons procuraria uma solução honrosa, duvidava de que o tenente se satisfizesse com a carta escrita pelo tio, e sentiu um tremor de apreensão com o que poderia acontecer. A jovem seria o alvo de Gibbons.

Um homem chegou correndo atrás dele.

— Senhor!

Sharpe se virou. Era o sujeito corpulento que tentara impedir o batalhão de fazer a formatura, no pátio da madeira.

— Sim?

— Queria agradecer, senhor.

— Agradecer? Por quê? — Sharpe falava com aspereza. O homem ficou embaraçado.

— Nós seríamos mortos a tiros, senhor.

— Eu mesmo daria essa ordem, com o máximo prazer.

— Então obrigado, senhor.

Sharpe ficou em silêncio. O sujeito poderia ter permanecido quieto.

— Qual é o seu nome?

— Huckfield, senhor. — Ele era educado, e Sharpe ficou curioso.

— Onde você recebeu sua educação, Huckfield?

— Eu era escriturário, senhor, numa fundição.

— Numa fundição?

— Sim, senhor. Em Shropshire. Nós fazíamos ferro, senhor, dia e noite. Era um vale de fogo e fumaça. Achei que isto aqui seria mais interessante.

— Você entrou como voluntário! — A perplexidade de Sharpe ressoava na voz.

Huckfield riu.

— Sim, senhor.

— Está desapontado?

— O ar é mais limpo, senhor. — Sharpe encarou-o. Ouvira homens falar da nova "indústria" que estava brotando na Inglaterra. Tinham descrito, como Huckfield, paisagens inteiras cobertas de tijolos e com fornalhas gigantescas produzindo ferro e aço. Tinha ouvido histórias de pontes lançadas sobre rios, pontes feitas totalmente de metal, barcos e motores que funcionavam com vapor, mas não tinha visto nenhuma dessas coisas. Uma noite, ao redor de uma fogueira de acampamento, alguém dissera que aquilo era o futuro e que os dias de homens a pé e a cavalo estavam contados. Isso era fantasia, claro, mas ali estava Huckfield, que tinha visto essas coisas, e a imagem de um campo entregue a grandes máquinas pretas com barrigas de fogo deixou Sharpe incerto. Assentiu para o homem.

— Esqueça esta tarde, Huckfield. Não aconteceu nada.

Ignorou os agradecimentos do sujeito. A incerteza com o futuro era o preço pago por um soldado. Sharpe não podia se imaginar num exército que não estivesse em guerra; não conseguia imaginar o que faria se de repente houvesse paz e ele não tivesse emprego. Mas antes disso havia uma batalha a travar, uma Águia a capturar e uma jovem por quem lutar. Subiu para as ruas de Oropesa.

CAPÍTULO XVII

Em 16 anos como soldado, Sharpe raramente sentira tamanha certeza de que a batalha iria acontecer. Os exércitos espanhol e britânico haviam se reunido em Oropesa e marchado para Talavera, 21 mil britânicos e 34 mil espanhóis, um vasto exército inchado por mulas, serviçais, esposas, crianças, padres, derramando-se para o leste, até onde as montanhas quase encontravam o rio Tejo e a planície vasta e árida terminava junto à cidade de Talavera. As rodas das 110 peças de campanha moíam as estradas brancas até formar uma poeira fina, os cascos de mais de 6 mil animais da cavalaria lançavam o pó no ar, onde se grudava à infantaria que caminhava com dificuldade no calor e ouvia os estalos distantes à medida que os primeiros escaramuçadores espanhóis empurravam de lado a fina barreira de *voltigueurs* franceses. À esquerda e à direita Sharpe podia ver outras plumas de poeira onde as patrulhas de cavalaria seguiam paralelas à linha da marcha; mais perto, nos campos, o batalhão via pequenos grupos de soldados espanhóis que haviam saído da marcha e agora estavam, aparentemente sem preocupação, conversando com suas mulheres, fumando, olhando as longas colunas da infantaria britânica passar.

Os homens estavam famintos. Por mais que Wellesley tentasse, por mais que o comissário pudesse ser meticuloso, simplesmente não havia comida suficiente para todo o exército. A área entre Oropesa e Talavera já fora esgotada pelos franceses, agora era revirada por espanhóis e britânicos, e o batalhão só havia comido *Tommies*, panquecas feitas de farinha e água, desde que tinha deixado Oropesa na véspera. Era um momento de apertar os cintos, mas a perspectiva de ação animara o espírito dos homens, e quando o batalhão passou marchando pelos corpos de três escaramuçadores franceses os soldados esqueceram a fome diante da primeira visão da infantaria francesa. Sharpe disse à sua companhia ligeira que os mortos, com suas dragonas franjadas, eram os famosos *voltigueurs* franceses, os escaramuçadores, os homens com quem a companhia ligeira encontraria sua batalha particular entre as linhas, antes que os grandes batalhões entrassem em choque. Os homens do South Essex, que não tinham visto infantaria inimiga antes, olharam curiosamente os corpos com casacos azuis que haviam sido derrubados junto a uma parede de igreja. Manchas escuras marcavam os uniformes, as cabeças estavam dobradas para trás na típica posição dos mortos; num homem faltava um dedo, e Sharpe supôs que teria sido cortado para tirarem um anel valioso. O alferes Denny olhou-os com fascínio, aqueles faziam parte da famosa infantaria francesa que havia marchado por toda a extensão da Europa. Olhou os rostos bigodudos e se perguntou como se sentiria ao ver rostos semelhantes, mas animados, olhando-o por cima do cano marrom do mosquete francês.

Os franceses não apresentaram qualquer resistência a oeste de Talavera ou na cidade propriamente dita. Os exércitos marcharam através da cidade ou ao redor, e seguiram por mais um quilômetro e meio até parar ao crepúsculo na margem de um pequeno rio que desaguava no Tejo. O batalhão marchou para o norte da cidade e Sharpe se perguntou como Josefina encontraria um quarto lá. Hogan havia prometido cuidar dela e Sharpe olhou para a multidão que se comprimia nas ruas estreitas, como se pudesse vislumbrá-la. Os homens resmungavam. Estavam cansados e com fome, e se ressentiam por não poderem ter os prazeres da cidade. Podiam ver os oficiais a cavalo indo na direção das velhas muralhas, suas esposas e filhos andavam até lá, mas as tropas foram para o Alberche e acamparam nos bosques de sobreiros que desciam a encosta até o rio raso. No dia seguinte deveriam lutar. Se sobrevivessem, chegaria a hora de comprar bebida em Talavera, mas primeiro tinham de cruzar o rio Alberche e derrotar o exército do marechal Victor. Fogueiras foram acesas em meio às árvores, os batalhões se acomodando rapidamente para passar a noite, olhando apreensivos para a outra margem, onde centenas de nuvens de fumaça se misturavam e estremeciam por cima do acampamento francês. Finalmente os exércitos haviam se reunido, britânicos, espanhóis e franceses, e no dia seguinte deveriam lutar. A companhia de Sharpe estava agachada junto às suas fogueiras e se perguntava sobre os homens do outro lado do rio, sentados junto a fogueiras semelhantes e fazendo as mesmas piadas numa língua diferente.

Sharpe e Harper caminharam até a beira do rio, onde os primeiros piquetes do batalhão estavam se preparando para uma noite de guarda. Dois homens da companhia ligeira, vestindo sobretudos, assentiram para Sharpe e apontaram o polegar para o outro lado do rio. Um piquete francês estava de pé, olhando-os, três homens fumavam cachimbos, enquanto outro francês enchia o cantil à beira d'água. O homem levantou os olhos, viu os fuzileiros e levantou a mão. Gritou algo mas eles não entenderam. Sharpe tremeu ligeiramente. O sol havia perdido o calor, estava se avermelhando no oeste, e o frio da noite já se fazia sentir. Acenou de volta para o francês e se virou para o bosque de sobreiros.

Agora era a hora dos rituais antes da batalha. Sharpe caminhou entre as árvores e conversou com homens que se preparavam com as obsessões pelos detalhes que todos os soldados acham que irão protegê-los no caos da luta. Os fuzileiros haviam desmontado os fechos das armas, prendido as enormes molas principais do fuzil com pregos e esfregavam cada grão de poeira do maquinário. Homens colocavam novas pederneiras em seus mosquetes ou fuzis, desatarraxavam-nas e colocavam de novo, procurando o ajuste perfeito que jamais se soltasse, se virasse de lado ou se despedaçasse na caçoleta. Potes de água fervente eram carregados cuidadosamente das fogueiras e derramados nos canos das armas para tirar qualquer resto de pólvora porque no dia seguinte a vida do homem podia depender da velocidade com que conseguisse recarregar o mosquete. Juntando-se ao barulho dos insetos havia o som de centenas de pedras sendo esfregadas interminavelmente nas baionetas, os camponeses afiando as lâminas como costumavam fazer com as foices e os podões. Homens consertavam uniformes, prendiam botões, faziam novos cadarços, como se ficar confortável fosse o mesmo que ficar mais seguro. Sharpe passara pelo ritual uma centena de vezes; passaria por ele de novo esta noite, como um cavaleiro nos tempos antigos, que precisava prender cada peça da armadura, apertar cada peça, esperar até que a anterior estivesse segura, para então colocar a próxima. Alguns fuzileiros esvaziavam toda a pólvora fina dos chifres e espalhavam os grãos pretos em um pano branco e limpo, para garantir que não houvesse calombos úmidos que poderiam entupir o bico de medida durante a batalha. Havia as mesmas piadas: "Não use chapéu amanhã, sargento, os franceses podem ver sua cara e morrer de rir." Essa sempre funcionava, desde que o sargento não visse quem tinha gritado das sombras; outros homens eram mandados para dormir com os franceses, para que seus roncos mantivessem o inimigo acordado, as velhas piadas faziam parte da batalha tanto quanto as balas que começariam a voar às primeiras luzes.

Sharpe passou pelas fogueiras, trocando piadas, aceitando goles de bebidas escondidas, testando o gume das baionetas, dizendo aos homens que o dia seguinte não seria tão ruim. E não deveria ser mesmo. Os britânicos e espanhóis juntos estavam em número muito maior do que os franceses; os aliados tinham a iniciativa, a batalha deveria ser curta, rápida, e a vitória era quase uma certeza. Ouviu os homens alardeando os feitos que executariam no dia seguinte e sabia que as palavras cobriam o medo; estava certo sentirem medo. Outros homens, em voz mais baixa, perguntavam como seria. Ele sorria e dizia que veriam de manhã, mas que não seria tão ruim quanto temiam, e afastava o conhecimento do caos que todos teriam de controlar quando a infantaria no ataque andasse em direção à tempestade de metralha e tiros de mosquete. Deixou as fogueiras para trás, rodeou o fogo maior, onde os empregados dos oficiais preparavam o cozido ralo de carne seca que era o resto dos suprimentos guardados, e foi para o meio das árvores. Na última luz do crepúsculo podia ver uma casa de fazenda a uns quinhentos metros, para onde anteriormente vira o 16º Regimento de Dragões Ligeiros ir com seus cavalos. Atravessou os campos e entrou no pátio. Uma fila de soldados com uniformes azuis e vermelhos aguardava perto do armeiro. Sharpe esperou que eles terminassem e depois desembainhou a espada enorme e levou-a até a roda. Isso fazia parte de seu ritual: ter a espada afiada por um armeiro da cavalaria porque eles faziam um gume mais fino. O armeiro olhou para seu uniforme de fuzileiro e riu. Era um velho soldado, velho demais para cavalgar em batalha, mas tinha visto de tudo, feito de tudo. Pegou a espada com Sharpe, testou-a com o polegar largo e depois encostou-a à pedra movida a pedal. As fagulhas voaram da roda, a lâmina cantou, o homem passou-a amorosamente para cima e para baixo ao longo do gume e depois afiou os 15 centímetros de cima da lâmina preta. Em seguida limpou a espada com um pedaço de couro cheio de óleo.

— Arranje uma alemã, capitão. — Era uma velha disputa, se as lâminas Kligenthal seriam ou não melhores do que as inglesas. Sharpe balançou a cabeça.

— Já comi espadas alemães com esta.

O armeiro deu um riso desdentado e espiou ao longo do fio.

— Aí está, capitão. Cuide dela.

Sharpe colocou algumas moedas na estrutura da roda e levantou a espada à última luz do céu no oeste. Havia um brilho novo no gume, ele sentiu-o com o polegar e sorriu para o armeiro.

— Você nunca verá uma Kligenthal tão afiada quanto esta.

O armeiro não disse nada, mas apanhou um sabre atrás dele e entregou a Sharpe. Sharpe embainhou sua espada e pegou a lâmina curva. Era como se tivesse sido feita para ele, o equilíbrio era um milagre, como se o aço nem estivesse ali, apesar de brilhar à luz vermelha. Tocou a lâmina. Ela teria cortado seda tão facilmente quanto devia cortar o peitoral de um cavalariano francês.

— Alemão? — perguntou Sharpe.

— É, capitão. Pertence ao nosso coronel. — O armeiro pegou o sabre de volta. — E ainda nem comecei a afiar!

Sharpe riu. Aquele sabre devia custar duzentos guinéus. Um dia, prometeu a si mesmo, um dia teria uma espada assim, não tirada dos mortos, mas uma espada que tivesse seu nome gravado, forjada segundo sua altura, equilibrada para sua mão. Voltou às árvores e, no céu por cima do rio, pôde ver o brilho das fogueiras inimigas onde 22 mil franceses afiavam suas lâminas e se perguntavam como seria a manhã. Não seriam muitos que dormiriam. A maior parte iria cochilar durante a noite, a vigília temperada de apreensão, examinando o céu do leste em busca de uma alvorada que poderia ser a última que veriam. Sharpe ficou acordado durante parte da noite e ensaiou na cabeça o dia seguinte. O plano era bastante simples. O Alberche corria fazendo uma curva para se juntar ao Tejo e os franceses estavam no lado interno da curva. De manhã as trombetas espanholas soariam, seus trinta canhões seriam disparados e a infantaria começaria a espadanar pelo riacho raso para atacar os franceses em menor número. E enquanto os franceses recuassem, como certamente fariam, Wellesley jogaria os britânicos contra seu flanco. E o marechal Victor seria destruído, seu exército partido entre o martelo dos espanhóis e a bigorna dos britânicos, e enquanto a infantaria azul recuasse, a cavalaria atravessaria a água e transformaria a retirada numa carnificina. E assim que isso estivesse feito, talvez antes que cidadãos de Talavera fossem para a missa da manhã de domingo, haveria apenas os 20 mil homens do rei José Bonaparte entre os aliados e Madri. Era tudo muito simples. Sharpe dormiu com seu sobretudo, enrolado perto das brasas de uma fogueira, com uma águia de bronze pisando em seu sonho.

Não houve cornetas para acordá-los de manhã, nada que pudesse alertar os franceses para o ataque no alvorecer, em vez de na hora mais civilizada do meio da manhã, quando a maioria dos homens esperaria lutar. Sargentos e cabos sacudiam os soldados que xingavam o orvalho e o ar gélido que raspavam nas gargantas. Cada homem olhava para o rio mas a margem oposta estava envolta em névoa e escuridão, não se enxergava nada, não se ouvia nenhum som. Eles tinham sido proibidos de acender de novo as fogueiras, para a luz súbita não alertar os franceses, mas de algum modo conseguiram esquentar água e jogar dentro folhas de chá. Sharpe aceitou, agradecido, uma caneca de estanho com o líquido escaldante oferecida por seus sargentos. Harper estava chutando terra na fogueira, os homens haviam se arriscado a fazer um fogo pequeno, para não ficar sem chá, e ele olhou para Sharpe e riu.

— Permissão para ir à igreja, senhor?

Sharpe riu de volta. Era domingo. Tentou deduzir a data. Haviam saído de Plasencia no dia 17, uma segunda-feira, e ele contou nos dedos. Domingo, 23 de julho de 1809. Ainda não havia luz no céu a leste, as estrelas brilhavam fortes, faltavam duas horas para o alvorecer. Atrás deles, numa trilha que corria em meio ao bosque de sobreiros e os campos, houve um estrondo, sons metálicos e xingamentos enquanto uma bateria de artilharia desengatava. Sharpe se virou, com o chá aninhado nas mãos, e olhou as formas indistintas dos cavalos sendo levados para longe e as peças de campanha apontadas para o outro lado do rio. Elas anunciariam o ataque, atirando suas balas redondas contra as linhas francesas, abrindo buracos nos batalhões franceses enquanto Sharpe guiava seus escaramuçadores para o outro lado do rio. Estava frio, frio demais para sentir qualquer empolgação, que viria mais tarde. Agora era hora de sentir-se apreensivo, de apertar cintos e fivelas, sentir fome. Sharpe estremeceu ligeiramente em seu sobretudo, assentiu para Harper, agradecendo, e desceu pelo bosque por entre as fileiras de seus homens que batiam os pés, balançavam os braços e ressuscitavam as piadas mais bem-sucedidas da noite anterior. De algum modo não eram mais tão engraçadas nas primeiras horas antes do amanhecer.

Deixou as árvores e caminhou pelo trecho de capim ao lado do rio. Suas botas chapinhavam no orvalho e alertavam sua chegada às sentinelas. Ele foi interpelado, deu a senha e cumprimentou enquanto pulava nos seixos à beira d'água.

— Alguma coisa acontecendo?

— Não, senhor.

A água deslizava negra por baixo dos fiapos de névoa. Acontecia um estalo e um redemoinho ocasional no rio quando um peixe se retorcia e perturbava a superfície. Sharpe espiou por cima das mãos em concha e soprou nos dedos. Havia um ponto fraquíssimo de luz vermelha, na outra margem, que subitamente ficou mais forte. A sentinela francesa estava fumando um charuto ou um cachimbo. Sharpe olhou à esquerda. No céu a leste surgiu finalmente uma suspeita de cor, o primeiro sinal do alvorecer. Deu um tapa no ombro de uma sentinela.

— Agora não falta muito.

Subiu o barranco pequeno entre o cascalho e o capim e voltou para as árvores. Nas linhas francesas pôde ouvir um cão latindo, o relincho de um cavalo, e depois o som de cornetas. Eles começariam a acender suas fogueiras, começariam a preparar o desjejum e Sharpe esperava que ainda estivessem comendo quando as baionetas espanholas viessem do oeste. De repente sentiu uma vontade de comer rins condimentados com café, qualquer comida que não fosse o cozido ralo, os *Tommies* e as velhas bolachas de bordo que alimentavam o batalhão havia uma semana. Lembrou-se daquela salsicha com alho que haviam pegado com os inimigos mortos em Rolica, e esperou encontrar um pouco nesta manhã, nos corpos dos homens que estavam resmungando ao redor de suas fogueiras do outro lado do rio.

De volta ao bosque, tirou o sobretudo, enrolou-o bem apertado e amarrou-o à mochila. Estremeceu. Tirou do fecho do fuzil o trapo que o havia protegido do orvalho e testou a tensão da mola com o polegar. Pendurou-o no ombro, bateu na espada e começou a mover a companhia ligeira em direção ao início das árvores, embaixo. Os escaramuçadores iriam primeiro, a fina linha de fuzileiros e casacas-vermelhas vadeando o Alberche para expulsar as sentinelas e interceptar os *voltigueurs* franceses de modo a não poderem atrapalhar o ataque dos batalhões britânicos reunidos, que partiriam para o flanco francês. Fez os homens se deitarem logo no interior do bosque, onde se fundiram às sombras das árvores enquanto atrás podia ver as outras nove companhias do batalhão se formando para o assalto que não podia estar muito distante no tempo.

O alvorecer se esgueirou por cima das montanhas, inundando o vale com uma luz cinza-prateada, fazendo encolher os poços de sombra e revelando as formas das árvores e dos arbustos na margem oposta. Ainda faltavam alguns instantes, decidiu Sharpe, antes de os espanhóis romperem o silêncio e começarem o ataque. Caminhou ao longo da linha de árvores, assentiu para o capitão da companhia ligeira do 29º, que estava no seu flanco direito, trocou amenidades educadas, desejando sorte, e depois voltou para perto de Harper. Os dois não falaram, mas Sharpe soube que o grande irlandês estava pensando na promessa que Lennox extraíra deles junto à ponte. Mas para Sharpe a Águia tinha mais urgência. Se ele não pudesse tirá-la do poleiro hoje, talvez não houvesse outra chance em meses, e isso significava chance nenhuma. Em algumas semanas, se não conseguisse anular o valor da carta de Simmerson, ele poderia estar num navio para as Índias Ocidentais e para a febre inevitável que tornava o posto uma virtual sentença de morte. Pensou em Josefina, dormindo na cidade, seu cabelo preto espalhado no travesseiro, e se perguntou por que de repente sua vida fora misturada numa série de problemas que, um mês antes, ele nem suspeitava existirem.

Mosquetes espocaram erráticos a distância. Os homens viraram os ouvidos, murmuraram uns para os outros, ouviram os disparos esporádicos que soavam num lado e no outro das linhas francesas. O tenente Knowles veio até Sharpe e levantou as sobrancelhas interrogativamente. Sharpe balançou a cabeça.

— Estão limpando os mosquetes, só isso. — As sentinelas francesas tinham sido trocadas, e os homens que saíam de serviço se livraram das cargas que poderiam ter ficado úmidas no ar noturno. Não era o fogo de mosquetes que anunciaria o ataque. Sharpe estava esperando os clarões vermelhos que iluminariam o céu do oeste como relâmpagos de verão, mostrando que a artilharia espanhola estava abrindo a batalha. Não podia faltar muito.

Houve gritos vindos do rio. De novo os homens forçaram os ouvidos, esticaram-se adiante, mas de novo era alarme falso. Um grupo de inimigos apareceu, perseguindo-se e gritando uns com os outros, divertindo-se, carregando baldes para a beira d'água. Um deles levantou o balde e gritou alguma coisa para a margem inglesa, todos os seus companheiros riram, mas Sharpe não fazia ideia de qual fosse a piada.

— Vão dar água aos cavalos? — perguntou Knowles.

— Não. — Sharpe conteve um bocejo. — São baldes de artilharia. Deve haver canhões virados para nós. — Isso era má notícia. Uma dúzia de homens carregava baldes onde estavam mergulhadas as esponjas que apagavam as fagulhas dos canhões disparados. A água nos baldes ficaria preta como nanquim depois de alguns tiros, e se os canhões estivessem logo à frente Sharpe sabia que o South Essex poderia marchar para uma tempestade de fragmentos de metralha. Sentia-se cansado, a ponto de doer, queria começar a luta, queria a Águia de seus sonhos.

Simmerson e Forrest apareceram, ambos a pé, e olharam os artilheiros enchendo os baldes. Sharpe deu bom dia, e Simmerson, com o antagonismo embotado pelo nervosismo, assentiu de volta.

— Aqueles tiros de mosquete?
— Só estavam limpando as cargas, senhor. Nada mais.

Simmerson grunhiu. Estava se esforçando ao máximo para ser educado, como se percebesse nesse momento que precisava da habilidade de Sharpe ao seu favor. Pegou um relógio enorme, abriu a tampa e balançou a cabeça.

— Os espanhóis estão atrasados.

A luz começou a perder o tom cinza. Houve uma fagulha na margem oposta e atrás deles Sharpe pôde ver a fumaça das centenas de fogueiras de cozinhar francesas.

— Permissão para substituir os piquetes, senhor?
— Sim, Sharpe, sim. — Simmerson estava fazendo um esforço gigantesco para parecer normal e Sharpe imaginou se, subitamente, o coronel estaria se arrependendo da carta que havia escrito. Às vezes a iminência da batalha fazia com que disputas supostamente insolúveis parecessem coisas sem importância. Simmerson parecia a ponto de falar mais, porém em vez disso balançou a cabeça de novo e foi com Forrest mais adiante, pela fileira.

As sentinelas foram trocadas, os minutos passaram, o sol subiu acima da névoa e os últimos vestígios da noite desapareceram como fumaça de canhão se desfazendo no céu do oeste. Espanhóis desgraçados, pensou Sharpe, enquanto ouvia as cornetas chamando os regimentos franceses a se formarem. Um grupo de cavaleiros apareceu na margem oposta e inspecionou com telescópios o lado britânico. Agora não haveria surpresas. Os oficiais franceses poderiam ver as baterias de canhões, os cavalos selados, as fileiras de soldados de infantaria junto às árvores. Toda a surpresa se fora, desaparecia junto com as sombras e o frio. Pela primeira vez os franceses saberiam quantos homens se opunham a eles, onde o ataque era planejado e como deveriam enfrentá-lo.

O som dos sinos das igrejas veio da cidade e Sharpe pensou no que Josefina estaria fazendo; será que os sinos a teriam acordado? Imaginou seu corpo se espreguiçando entre os lençóis, um corpo que só seria dele após a batalha. O som dos sinos lembrou-o da Inglaterra, e ele pensou em todas as igrejas de povoados que estariam se enchendo de gente. Estariam pensando em seus exércitos na Espanha? Duvidava. Os ingleses não gostavam de seu exército. Eles celebravam as vitórias, claro, mas não aconteciam celebrações havia muito tempo. A marinha era festejada, os capitães de Nelson eram nomes conhecidos, mas Trafalgar era uma lembrança e Nelson estava em seu túmulo, e os ingleses seguiam seu caminho sem pensar na guerra. A manhã ficou quente, os homens sonolentos encostavam-se nos sobreiros e dormiam com os mosquetes apoiados nos joelhos. De algum lugar, no acampamento francês, veio o som áspero de um sino de almocreve, fazendo Sharpe se lembrar da normalidade.

— Senhor! — Um sargento estava chamando-o de uma das companhias mais acima no bosque. — Oficiais da companhia, senhor. Ao coronel!

Sharpe acenou respondendo, pegou o fuzil, deixou Knowles no comando e subiu pelo bosque. Chegou com atraso. Os capitães estavam em grupo, ouvindo um tenente do estado-maior de Hill. Sharpe captou trechos das palavras dele.

— Dormindo a sono solto... nada de batalha... rotina usual.

Houve um zumbido de perguntas. O tenente, glorioso no uniforme cheio de prata dos dragões, parecia entediado.

— O general requisita que permaneçamos a postos, senhor. Mas não esperamos que os franceses façam coisa alguma.

Ele se afastou a cavalo, deixando os oficiais perplexos. Sharpe foi até Forrest e descobriu o que havia perdido, quando viu uma figura familiar cavalgando a toda velocidade pela estrada. Era o tenente-coronel Lawford, furioso. Viu Sharpe, puxou as rédeas e xingou:

— Que inferno, Richard! Que inferno, inferno, inferno! Espanhóis desgraçados!

— O que aconteceu?

Lawford mal conseguia conter a raiva.

— Os espanhóis desgraçados se recusaram a acordar! Consegue acreditar nisso?

Outros oficiais se aproximaram. Lawford tirou o chapéu e enxugou a testa, tinha olheiras fundas.

— Nós acordamos às duas da porcaria da madrugada para salvar a porcaria do país deles e eles nem se incomodam em sair da cama! — Lawford olhou em volta, como se esperasse ver um espanhol contra quem soltar sua fúria. — Nós fomos para lá às seis. Cuesta está na porcaria da carruagem dele, deitado em almofadas, e diz que seu exército está cansado demais para lutar! Acredita nisso? Nós tínhamos a vitória garantida. Assim! — Ele apertou um indicador e um polegar. — Teríamos acabado com eles esta manhã! Poderíamos ter apagado Victor do mapa! Mas não, é *mañana, mañana*, amanhã e amanhã! Não haverá nenhuma porcaria de amanhã! Victor não é idiota, ele vai marchar hoje. Merda, merda, merda! — O honorável William Lawford olhou para Sharpe. — Sabe o que vai acontecer agora?

— Não.

Lawford apontou para o leste.

— Jourdan está lá, com José Bonaparte. Eles vão se juntar a Victor e teremos o dobro de homens contra quem lutar. O dobro! E há boatos de que Soult montou um exército e está vindo do norte. Meu Deus! A chance que perdemos hoje! Sabe o que eu acho? — Sharpe balançou a cabeça. — Acho que o desgraçado não quer lutar porque é domingo. Ele tem padres murmurando orações ao redor da porcaria da cama sobre rodas. Católicos desgraçados! E ainda não temos nenhuma comida!

Sharpe sentiu o cansaço percorrer o corpo.

— O que faremos agora?

— Agora? Vamos esperar, merda. Cuesta diz que vamos atacar amanhã. Não vamos, porque os franceses não estarão lá. — Lawford baixou os ombros e deu um suspiro. — Sabe onde Hill está?

Sharpe apontou ao longo da estrada e Lawford se afastou. Danem-se os espanhóis, pensou Sharpe, dane-se tudo. Ele era o oficial do dia e teria de organizar os piquetes, inspecionar as linhas, arranjar algum suprimento com o comissário, que não teria nenhum. Não poderia ver Josefina. Não haveria batalha, nem Águia, nem mesmo um gosto de salsicha com alho. Desgraça.

CAPÍTULO XVIII

Eu vi um homem hoje...
— É? — Sharpe olhou para Josefina. Ela estava sentada nua na cama, com os joelhos dobrados e tentando cortar as unhas dos pés com o gume da espada dele. Ria das tentativas, depois largou a espada e olhou-o. — Ele era lindo. Usava uma casaca azul com enfeites brancos aqui. — Ela roçou as mãos nos seios. — E um monte de cadarços dourados.

— A cavalo?

Ela assentiu.

— E havia uma bolsa pendurada...

— A *sabretache*. E uma espada curva? — Ela assentiu de novo e Sharpe riu. — Parece dos Dragões do Príncipe de Gales. Muito rico.

— Como você sabe?

— Todos os cavalarianos são ricos. Não inteligentes, mas ricos.

Ela inclinou a cabeça com seu gesto característico e franziu a testa um pouquinho.

— Não inteligentes?

— Como todos os oficiais da cavalaria. O cavalo tem todo o cérebro e eles têm todo o dinheiro.

— Ah, bem. — Ela encolheu os ombros nus. — Não importa. Tenho cérebro suficiente por dois. — Em seguida olhou para ele e riu. — Você está com ciúme.

— Estou. — Ele havia percebido a queda de Josefina pela honestidade. Ela assentiu, séria.

— Estou entediada, Richard.

— Eu sei.

— Não com você. — Ela afastou o olhar das unhas e o encarou séria. — Você é bom para mim. Mas estamos aqui há uma semana e nada acontece.

Sharpe se inclinou para a frente e puxou a bota por cima do macacão.

— Não se preocupe. Alguma coisa vai acontecer amanhã.

— Tem certeza?

— Amanhã lutaremos. — Mas desta vez, pensou ele, estaremos em menor número.

Ela puxou os joelhos contra o corpo, apertou-os e pousou o queixo neles.

— Você está com medo?

— Estou.

Ela ergueu as sobrancelhas.

— Quem vai vencer?

— Não sei.

— Você vai conseguir sua Águia?

— Não sei.

Ela sorriu.

— Terei um presente para você depois da batalha.

— Não quero presente. Quero você.

— Você já me tem. — Ela sabia o que ele queria dizer, mas deliberadamente fingiu que não entendia. Olhou-o se levantar. — Quer sua espada?

— Quero. — Sharpe afivelou o cinto bem apertado, puxando a bainha para o lugar.

Ela riu.

— Venha pegá-la. — Em seguida se deitou na cama ao lado da grande espada e, rolando, pôs o corpo nu em cima do aço gelado.

Sharpe se aproximou.

— Entregue-a.

— Pegue você.

O corpo dela era quente e forte, os músculos endurecidos pelo exercício, e ela se grudou a ele. Sharpe empurrou o rosto de Josefina e encarou seus olhos.

— O que vai acontecer? — perguntou.

— Você vai conseguir sua Águia. Você sempre consegue o que quer.

— Quero você.

Ela fechou os olhos e beijou-o com força, depois se afastou e sorriu.

— Nós não passamos de desgarrados, Richard. Juntamo-nos por acaso, mas os dois estamos numa viagem.

— Não entendo.

— Entende, sim. Vamos por caminhos diferentes. Você quer um lar. Quer alguém que o ame e o queira, alguém para tirar o fardo dos seus ombros.

— E você?

Ela sorriu.

— Quero vestidos de seda e música. Velas ao amanhecer. — Ele começou a dizer alguma coisa, mas ela pôs um dedo em seus lábios. — Sei o que você pensa. Que isso é bobagem, mas é o que eu quero. Talvez um dia queira alguma coisa sensata.

— Eu sou sensato?

— Há ocasiões, meu amor, em que você leva as coisas um pouco a sério demais. — Ela beijou-o rapidamente, na ponta do nariz. — Venha depois da batalha. Ganhe seu presente.

Ele baixou a mão para o punho da espada.

— Mexa-se. Não quero cortar você.

Josefina ficou de lado e tocou a lâmina com o dedo.

— Quantos homens você matou com ela?

— Não sei. — A espada entrou na bainha, e o peso fez bem ao seu quadril. Ele se agachou perto da cama e segurou a cintura nua de Josefina. Olhou o corpo dela como se tentasse guardá-lo na memória: a plenitude, a beleza, o mistério que o fazia parecer inalcançável. Ela tocou seu rosto com um dedo.

— Vá e lute.

— Eu volto
— Eu sei.

Tudo parecia irreal para Sharpe. Os soldados nas ruas de Talavera, as pessoas que evitavam sua passagem, a tarde em si. Amanhã haveria uma batalha. Centenas morreriam, mutilados por balas de canhão, partidos por sabres de cavalaria, furados por tiros de mosquete, no entanto a cidade estava movimentada. Pessoas se apaixonavam, desapaixonavam-se, compravam comida, faziam piadas, mas no dia seguinte haveria uma batalha. Ele queria Josefina. Mal podia pensar na batalha, na Águia — apenas no rosto provocador de Josefina. Ela iria embora, ele sabia, no entanto não podia aceitar. A batalha era quase uma irrelevância diante da necessidade avassaladora de prendê-la, de torná-la sua, e sabia que isso não poderia acontecer.

Foi até a porta da cidade, que dava para a planície a oeste. A companhia ligeira montava guarda junto à passagem. Sharpe assentiu para Harper e em seguida subiu os degraus íngremes até o parapeito, onde Hogan olhava para os olivais e bosques cheios de soldados espanhóis preenchendo as posições que Wellesley preparara cuidadosamente para eles. Cuesta, depois de se recusar no domingo anterior, havia marchado impetuosamente atrás dos franceses que se retiravam. Agora, quatro dias depois, seu exército estava retornando com o rabo entre as pernas, e trazendo atrás um exército francês que havia mais do que dobrado de tamanho. Amanhã, refletiu Sharpe, os espanhóis teriam de lutar, os franceses iriam acordá-los, o exército aliado, que poderia ter obtido a vitória no domingo anterior, agora travaria uma batalha gigantesca contra as forças unidas de Victor, Jourdan e José Bonaparte.

Não que os espanhóis fossem ter grande participação na matança, pensou Sharpe amargamente. Wellesley havia recuado seu exército para formar uma linha defensiva perto da própria Talavera. A extremidade direita da linha era composta pelas muralhas da cidade, os olivais, os campos e bosques emaranhados, tudo isso tornado inexpugnável através do trabalho duro de Hogan. Ele havia derrubado árvores, levantado barreiras de terra, reforçado muralhas, e no emaranhado de barricadas e obstáculos as tropas espanholas assumiram posições. Nenhuma infantaria francesa poderia atravessar a obra de Hogan lutando, desde que os defensores se mantivessem em seus postos; em vez disso o exército francês giraria para o norte, para o lado esquerdo da linha de Wellesley, onde os britânicos esperariam o ataque. Sharpe olhou para a planície norte. Ali não havia obstáculos que um engenheiro pudesse tornar mais formidáveis, apenas o rio Portina, que um homem podia atravessar sem que a água chegasse acima do cano das botas, e um pasto ondulado que era um convite aos batalhões franceses reunidos e suas longas fileiras de cavalaria esplêndida. A distância estava a colina Medellín, que dominava a planície, e Sharpe havia caminhado pelo capinzal com frequência suficiente para saber o que aconteceria no dia seguinte. As colunas francesas cruzariam o riacho e atacariam as encostas suaves da Medellín. Aquele era o local de matança. As tropas espanholas, 30 mil homens, poderiam ficar em segurança atrás de suas defesas baixas e olhar as Águias caírem como uma tempestade sobre os britânicos na planície aberta do norte, e a fumaça cobrir a colina Medellín.

— Como você está? — perguntou Hogan.

— Bem. — Sharpe riu.

O irlandês se virou para olhar os espanhóis ocupando as posições que ele havia preparado. Da planície mais além, escondidos pelas árvores onde o rio Alberche desaguava no Tejo, veio o som de mosquetes. Isso havia acontecido durante toda a tarde, como um distante incêndio florestal, e Sharpe vira dezenas de britânicos feridos ser carregados para dentro da cidade. Os britânicos tinham coberto o último quilômetro e meio da retirada espanhola e os feridos diziam que os escaramuçadores franceses haviam ganhado o dia. Dois batalhões britânicos foram tremendamente mutilados, corria até mesmo um boato de que o próprio Wellesley escapara por pouco de ser capturado. Os espanhóis pareciam nervosos, e Sharpe se perguntou que tipo de tropas os franceses haviam encontrado para lançar contra o exército aliado. Olhou para Harper, embaixo. O sargento, com uma dúzia de homens, estava guardando o portão da cidade, não contra o inimigo, mas para impedir qualquer soldado britânico ou espanhol que pudesse ficar tentado a se perder nas ruas escuras de Talavera e escapar da luta inevitável. O batalhão propriamente dito estava na colina Medellín, e Sharpe esperou as ordens que mandariam sua companhia subir pelo raso riacho Portina até encontrar um trecho de capim que eles defenderiam de manhã.

— E como vai a garota? — Hogan estava sentado na pedra coberta de pó

— Feliz. Entediada.

— As mulheres são assim. Nunca se contentam. Você vai precisar de mais dinheiro?

Sharpe olhou para o engenheiro de meia-idade e viu preocupação em seus olhos. Hogan já havia lhe emprestado mais de vinte guinéus, uma quantia impossível de ser paga a não ser que Sharpe tivesse sorte no campo de batalha.

— Não. Por enquanto estou bem.

Hogan sorriu.

— Você tem sorte. — Ele deu de ombros. — Deus sabe, Richard, ela é uma criatura linda. Você está apaixonado?

Sharpe olhou por cima do parapeito, vendo onde os espanhóis haviam ocupado a fortaleza improvisada de Hogan.

— Ela não deixa.

— Então é mais sensata do que eu pensava.

A tarde passou lentamente. Sharpe pensou na jovem, entediada em seu quarto, e olhou os soldados espanhóis cortarem faias e carvalhos para montar as fogueiras da noite. Então, com uma brusquidão que ele estivera esperando, houve clarões de luz ao longe, em meio às árvores e arbustos enevoados que ficavam na borda da planície a leste. Era o sol, ele sabia, refletindo-se em mosquetes e placas peitorais. Sharpe cutucou Hogan e apontou.

— Os franceses.

Hogan se levantou e olhou-os.

— Meu Deus — disse ele baixinho. — Há um bom bocado deles.

A infantaria marchava para a planície distante como uma mancha escura se espalhando no capim. Sharpe e Hogan viram batalhão após batalhão marchar para os campos pálidos, esquadrão após esquadrão de cavalaria, as pequenas formas atarracadas de canhões espalhados em meio às formações, o maior exército que Sharpe já vira no campo. As figuras galopantes dos oficiais podiam ser vistas enquanto direcionavam as colunas para seus lugares, a postos para o avanço e a batalha da manhã seguinte. Sharpe olhou para as linhas britânicas à esquerda, que esperavam ao lado da Portina. A fumaça de centenas de fogueiras serpenteava no ar da tarde, multidões de homens agrupados perto do riacho e na colina Medellin para ter um vislumbre distante do inimigo, mas a força britânica parecia lamentavelmente pequena ao lado da gigantesca maré de homens, cavalos e canhões que enchia a planície a leste e crescia a cada minuto. O irmão de Napoleão estava lá, o rei José, e com ele dois marechais de França, Victor e Jourdan. Comandavam 66 batalhões de infantaria, uma enorme força dos homens que tinham transformado a Europa em propriedade de Napoleão, e tinham vindo esmagar esse pequeno exército britânico e mandá-lo de volta para o mar. Planejavam destruí-lo para sempre, garantindo que a Inglaterra jamais ousasse desafiar as Águias em terra.

Hogan assobiou baixinho.

— Será que vão atacar esta tarde?

— Não. — Sharpe examinou as linhas mais distantes. — Vão esperar a artilharia.

Hogan apontou para o leste que ia escurecendo.

— Eles têm canhões. Olhe, dá para ver.

Sharpe balançou a cabeça.

— Aqueles são só os pequenos, que eles juntam a cada batalhão de infantaria. Não, os desgraçados grandes estão em algum ponto na estrada. Vão chegar à noite.

E de manhã, pensou ele, os franceses vão abrir com uma das suas canhonadas prediletas, a artilharia maciça lançando balas de ferro contra as linhas inimigas antes que as colunas densas, instigadas pelos tambores, seguissem as Águias através do riacho. As táticas francesas não eram nem um pouco sutis. Não eram para eles as manobras espertas para virar um flanco inimigo. Em vez disso, repetidamente, juntavam os homens e canhões e lançavam um terrível golpe de marreta contra a linha inimiga. E repetidamente isso dava certo. Sharpe encolheu os ombros. Quem precisava ser sutil? Os canhões e os homens da França haviam derrubado cada exército mandado contra eles.

Houve gritos vindo de trás. Sharpe atravessou a muralha e espiou para baixo, para o portão onde Harper e seus homens estavam de guarda. O tenente Gibbons estava ali com Berry, ambos montados, ambos gritando com Harper. Sharpe se inclinou sobre o parapeito.

— Qual é o problema?

Gibbons se virou lentamente. Sharpe percebeu que o tenente estava ligeiramente bêbado e tinha alguma dificuldade de se manter no cavalo. Gibbons prestou continência a Sharpe com sua ironia usual.

— Não o vi aí, senhor. Lamento muito. — Ele fez uma reverência. O tenente Berry deu um risinho. Gibbons se empertigou. — Eu estava dizendo ao seu sargento, aqui, que vocês podem voltar agora, certo?

— Mas parou no caminho para se refrescar?

Berry deu um risinho alto. Gibbons olhou para ele e explodiu numa gargalhada. Fez outra reverência.

— Pode-se dizer que sim, senhor.

Os dois tenentes instigaram seus cavalos passando pelo portão e foram pela estrada em direção às linhas britânicas ao norte. Sharpe ficou olhando.

— Desgraçados.

— Eles lhe causam problema? — Hogan estava sentado no parapeito de novo.

Sharpe balançou a cabeça.

— Não. Só insolência, falas no refeitório, o senhor sabe. — Ele pensou em Josefina. Hogan pareceu ler os pensamentos.

— Está pensando na moça?

Sharpe assentiu.

— É. Mas ela deve estar bem. — Estava pensando alto. — Ela mantém a porta trancada. Nós estamos no andar de cima e não vejo como eles nos encontrariam. — Em seguida se virou para Hogan e riu. — Pare de se preocupar com isso. Eles não fizeram nada até agora; são covardes. Desistiram!

Hogan balançou a cabeça.

— Eles matariam você, Richard, com tanto pesar quanto se matassem um cavalo aleijado. Com menos pesar ainda. E quanto à moça? Tentariam machucá-la também.

Sharpe se virou de volta para o espetáculo na planície. Sabia que Hogan estava certo, sabia que muita coisa permanecia sem ser resolvida, mas o jogo não se encontrava em suas mãos; tudo deveria esperar pela batalha. As tropas francesas haviam inundado a extremidade da planície, fluíam ao redor de bosques, árvores, fazendas, avançando cada vez mais na direção do riacho e da colina Medellin. Escureciam a planície, enchiam-na com uma maré de homens pintalgada de aço e continuavam chegando; hussardos, dragões, lanceiros, *chasseurs*, granadeiros e *voltigueurs*, os seguidores das Águias, os homens que haviam criado um império, o velho inimigo.

— Amanhã será um trabalho quente. — Hogan balançou a cabeça enquanto olhava os franceses.

— Será. — Sharpe se virou e chamou Harper. — Venha cá! — O grande sargento irlandês subiu na muralha partida e parou ao lado dos dois oficiais. A primeira das milhares de fogueiras relampejou nas linhas francesas. Harper balançou a cabeça grande.

— Talvez eles se esqueçam de acordar amanhã.

Sharpe riu.

— É com a manhã seguinte que eles terão de se preocupar.

Hogan protegeu os olhos.

— Imagino quantos exércitos assim teremos de encontrar antes que a coisa acabe.

Os dois fuzileiros não disseram nada. Haviam estado com Wellesley no ano anterior, quando ele derrotou os franceses em Rolica e Vimieiro, no entanto este exército era dez vezes maior do que a força francesa em Rolica, três vezes maior do que o exército de Junot em Vimieiro, e tinha o dobro do tamanho da força que eles haviam expulsado de Portugal na primavera. Era como se, para cada francês morto, mais dois ou três marchassem para fora dos depósitos, e quando você os matava surgia mais uma dúzia, e assim a coisa ia. Harper riu.

— Não adianta a gente se preocupar em olhar para eles. O sujeito sabe o que está fazendo.

Sharpe assentiu. Wellesley não estaria esperando atrás do riacho de Portina se pensasse que o dia seguinte pudesse trazer a derrota. De todos os generais britânicos, era o único que tinha a confiança dos homens que carregavam as armas, eles sentiam que ele sabia como lutar contra os franceses e, mais importante, quando não lutar contra eles. Hogan apontou.

— O que é aquilo?

A 1.200 metros dali, cavaleiros franceses estavam disparando suas carabinas. Sharpe não conseguia ver nenhum alvo. Olhou os sopros de fumaça e ouviu os estalos fracos.

— Dragões.

— Sei disso — respondeu Hogan. — Mas estão atirando em quê?

— Cobras? — Durante suas caminhadas junto ao Portina Sharpe havia notado pequenas cobras pretas que se retorciam misteriosamente no capim úmido perto do riacho. Tinha evitado-as mas supunha ser possível que elas vivessem também na planície e que os cavaleiros estivessem meramente se divertindo treinando tiro. Era tarde, e as chamas dos canos das carabinas reluziam fortes no crepúsculo. Era estranho, pensou Sharpe, com que frequência a guerra podia parecer bonita.

— Olá. — Harper apontou para baixo. — Eles acordaram nossos bravos aliados. Parece uma porcaria de um formigueiro.

Abaixo da muralha, a infantaria espanhola tinha ficado agitada. Homens saíam de perto das fogueiras e se alinhavam atrás das proteções de terra e pedras e punham mosquetes por cima dos troncos derrubados e empilhados que Hogan pusera nas passagens. Oficiais estavam em cima da muralha, com as espadas nas mãos, havia gritos e empurrões, homens apontando para os dragões distantes e seus mosquetes reluzentes.

Hogan deu uma gargalhada.

— É bom ter aliados.

Os dragões, longe demais para serem vistos com clareza, continuavam disparando contra seus alvos invisíveis. Sharpe achava que era só brincadeira. Os franceses não percebiam o pânico que causavam nas fileiras espanholas. Todos os soldados espanhóis de infantaria haviam apinhado as barreiras de proteção, com as costas iluminadas pelas fogueiras e os mosquetes apontados para o campo vazio. Os oficiais gritaram ordens e, para seu horror, Sharpe viu que as centenas de mosquetes iam sendo carregados.

— Que diabo eles estão fazendo? — Ouviu o barulho das varetas sendo enfiadas em canos, viu os oficiais levantarem as espadas.

— Veja isso — disse Hogan. — Talvez você aprenda uma ou duas coisas.

Nenhuma ordem foi dada. Em vez disso um único mosquete disparou, sua bala acertou inutilmente o capim, e foi seguido pela maior saraivada que Sharpe jamais ouvira. Milhares de mosquetes dispararam, cuspiram chamas e fumaça, um trovão longo os golpeou, o som pareceu durar para sempre e, misturado com ele, vieram os gritos dos espanhóis. O fogo e o chumbo se derramaram no campo vazio. Os dragões levantaram os olhos, espantados, mas nenhuma bala de mosquete chegaria a um terço da distância de onde estavam, por isso acalmaram os cavalos e ficaram olhando a franja de fumaça de mosquetes se esvair no ar.

Por um segundo Sharpe achou que os espanhóis estavam aplaudindo sua vitória contra o capim inocente, mas de súbito percebeu que os gritos não eram de triunfo, e sim de alarme. Eles haviam morrido de pavor de sua própria saraivada, do trovão de 10 mil mosquetes, e agora corriam em busca da segurança. Milhares se enfiavam entre as oliveiras, jogavam longe mosquetes, pisoteavam as fogueiras no pânico, gritavam por socorro, cabeças para cima, braços girando, corriam de seu próprio barulho. Sharpe gritou para seus homens no portão:

— Deixem que eles passem!

Não havia sentido em tentar impedir o pânico. A dúzia de homens de Sharpe seria esmagada pelas centenas de espanhóis que se apinhavam no portão e jorravam para dentro da cidade. Outros circulavam para o norte, em direção às estradas que levavam ao leste, para longe dos franceses. Eles saqueariam os depósitos das bagagens, atacariam as casas da cidade, espalhariam o pânico e a confusão, mas não havia o que fazer. Sharpe viu a cavalaria espanhola usar suas espadas contra a infantaria fugitiva. Ela impediria alguns, talvez de manhã tivesse recolhido a maioria, mas o grosso da infantaria espanhola tinha se evaporado, apavorada, derrotada por um punhado de dragões a 1.200 metros de distância. Sharpe começou a rir. Era engraçado demais, idiota demais, de algum modo era bem adequado para esta campanha. Viu a cavalaria espanhola golpear furiosamente a infantaria, obrigando grupos de soldados a voltar para a fileira, e a distância ouviu as cornetas chamando mais cavalarianos espanhóis para a caçada. Na planície as fogueiras francesas formavam linhas de luz, milhares e milhares de chamas marcavam as fileiras inimigas, e nenhum homem em volta dessas fogueiras saberia que tinham acabado de debandar vários milhares de soldados espanhóis. Sharpe se apoiou na muralha e olhou para Harper.

— O que acha, sargento?

— Senhor?

— Deus salve a Irlanda? Sem chance. Ele está muito ocupado cuidando dos espanhóis.

O barulho e o pânico foram diminuindo. Restava um punhado de homens no bosque, outros estavam sendo impelidos de volta pela cavalaria espanhola, mas Sharpe achou que os cavaleiros demorariam a noite toda para arrebanhar os fugitivos e obrigá-los a retornar às proteções de terra e pedra, e mesmo então milhares escapariam para espalhar boatos de uma grande vitória francesa nos arredores de Talavera. Sharpe ficou de pé.

— Venha, sargento, é hora de voltarmos ao batalhão.

Uma voz gritou da rua.

— Capitão Sharpe! Senhor!

Um dos fuzileiros estava gesticulando e perto dele encontrava-se Agostino, o empregado de Josefina. Sharpe sentiu seu humor despreocupado desaparecer, sendo substituído por um pavor medonho. Desceu correndo a muralha quebrada, com Harper e Hogan logo atrás, e foi na direção dos dois homens.

— O que é?

Agostino começou a falar rapidamente em português. Era um homem minúsculo que normalmente falava pouco, mas observava tudo com seus olhos grandes e castanhos. Sharpe estendeu a mão pedindo silêncio.

— O que ele está dizendo?

Hogan sabia um pouco de português. O engenheiro lambeu os lábios.

— É Josefina.

— O que é que tem? — Sharpe estava intuindo o desastre, com uma sensação fria de algo maligno. Deixou Hogan pegar seu cotovelo e puxá-lo, com Agostino, para longe dos ouvidos dos fuzileiros. Hogan fez mais perguntas, deixou o pequeno empregado falar, e finalmente se virou para Sharpe. Sua voz saiu baixa.

— Ela foi atacada. Eles trancaram Agostino num armário.

— Eles? — Sharpe já sabia a resposta. Gibbons e Berry.

O sargento Harper foi até eles, com os modos formais e corretos.

— Senhor?

— Sargento? — Sharpe forçou para baixo as centenas de medos que se acotovelavam, para poder ouvir Harper.

— Eu levo os homens de volta, senhor.

Sharpe assentiu. Ocorreu-lhe que Patrick Harper sabia mais sobre o que estava acontecendo do que Sharpe imaginava. Atrás das palavras cuidadosas havia uma preocupação que fez Sharpe se arrepender de não ter confidenciado mais a Harper. Além disso havia no irlandês uma raiva contida. Seus inimigos, estava dizendo ele, são meus inimigos.

— Faça isso, sargento.

— Sim, senhor. E, senhor... — O rosto de Harper estava inexpressivo. — O senhor vai me informar sobre o que acontecer?

— Sim, sargento.

Sharpe e Hogan correram para as ruas escuras, escorregando na imundície, abrindo caminho entre os fugitivos que forçavam as portas de tavernas e casas particulares. Hogan ofegava para acompanhar o fuzileiro. Seria uma noite ruim em Talavera, uma noite de saques, destruição e estupro. No dia seguinte 100 mil homens marchariam para uma tempestade de fogo. E Hogan, vislumbrando o rosto de Sharpe que rosnava ao empurrar dois soldados espanhóis para fora do caminho, temeu pelo mal que parecia estar crescendo na preparação do dia seguinte. Logo chegaram à rua calma onde Josefina morava, e Hogan espiou as janelas silenciosas, fechadas, e rezou para que Richard Sharpe não se destruísse com sua raiva gigantesca.

CAPÍTULO XIX

As botas de Sharpe faziam barulho no gesso quebrado, ele escutou as vozes murmurando no cômodo do outro lado da porta rachada e olhou por uma janela pequena, sem ver, as nuvens altas e esgarçadas que corriam pela frente da lua. Hogan sentou-se no degrau de cima da escada íngreme, perto dos lençóis que eles haviam tirado da cama de Josefina. À meia-luz das velas que escorria pela porta os lençóis pareciam estampados de vermelho e branco. Veio um grito do quarto. Sharpe girou, irritado.

— O que estão fazendo com ela?

Hogan silenciou-o.

— O doutor está sangrando-a, Sharpe. Ele sabe o que faz.

— Como se ela já não tivesse perdido sangue suficiente!

— Eu sei, eu sei. — Hogan falava tentando tranquilizá-lo. Não havia nada que pudesse dizer para aliviar o tumulto na cabeça de Sharpe, para suavizar o golpe ou desviar a vingança que Hogan sabia estar sendo tramada silenciosamente, enquanto o fuzileiro andava de um lado para o outro pelo patamar minúsculo. O engenheiro suspirou e pegou uma pequenina cabeça de gesso. A casa pertencia a um vendedor de estátuas religiosas e a escada e os corredores tinham pilhas dessas mercadorias. Quando Gibbons e Berry forçaram a entrada no quarto da jovem, pisotearam vinte ou trinta imagens de Cristo, cada uma com um coração sangrando, e os cacos das estátuas ainda cobriam o patamar. Hogan era um homem pacífico. Gostava de seu trabalho, gostava dos novos desafios de cada dia, estava feliz com a cabeça cheia de ângulos e reentradas, jardas e pesos imperiais; gostava de companheiros que rissem fácil, bebessem generosamente e passassem o tempo com histórias de um passado de felicidade. Não era lutador. Sua guerra era travada com picaretas, pás e pólvora, no entanto, quando entrara com Sharpe no quarto do sótão, sentiu uma raiva borbulhante e um desejo intenso de vingança. Essa raiva passara. Agora estava sentado, triste e quieto, mas enquanto olhava o alto fuzileiro sabia que em Sharpe o ódio estava sendo destilado e alimentado. Pela vigésima vez Sharpe parou.

— Por quê?

Hogan deu de ombros.

— Eles estavam bêbados, Richard.

— Isso não é resposta!

— Não. — Hogan colocou a cabeça quebrada de volta no chão, cuidadosamente, fora do alcance dos passos de Sharpe. — Não há resposta. Eles queriam se vingar de você. Nem você nem a garota eram importantes. É mais o orgulho... — Ele deixou no ar. Não havia o que dizer, só a tristeza enorme e o medo do que Sharpe faria. Hogan se arrependeu da primeira reação que tivera diante da jovem, havia pensado que ela era calculista e fria, mas enquanto a acompanhava de Plasencia a Oropesa, e de lá a Talavera, ficara cativado pelo charme, o riso fácil e a honestidade com que ela planejava um futuro longe de um passado sufocante e de um marido fugitivo.

Sharpe estava olhando pela janela, para as nuvens que criavam imagens na lua.

— Eles acham que eu não vou fazer nada?

— Eles estão aterrorizados. — Hogan falava em tom chapado; tinha medo do que Sharpe poderia fazer. Pensou no verso de Shakespeare: "a beleza provoca os tolos". Sharpe se virou para ele de novo.

— Por quê?

— Você sabe por quê. Eles estavam bêbados. Santo Deus, homem, estavam tão bêbados que nem conseguiram fazer a coisa direito. Por isso bateram nela. Foi tudo uma coisa de momento. E agora...? Eles estão aterrorizados, Richard. Aterrorizados. O que você vai fazer?

— Fazer? Não sei — respondeu Sharpe, irritado, e Hogan soube que ele estava mentindo.

— O que você pode fazer, Richard? Chamá-los para um duelo? Isso arruinaria sua carreira, você sabe. Vai acusá-los de estupro? Pelo amor de Deus, Richard, quem acreditaria em você? Esta noite a cidade está cheia dessas porcarias de espanhóis, estuprando qualquer coisa que se mexa! E todo mundo sabe que a moça estava com Gibbons antes de estar com você. Não, Richard, você precisa pensar. Precisa pensar antes de fazer qualquer coisa.

Sharpe se virou para ele e Hogan soube que não havia como argumentar com aquele rosto implacável.

— Vou matar os dois.

Hogan suspirou e esfregou o rosto com as duas mãos.

— Não ouvi isso. Para você ser enforcado? Executado a tiros? Arranque a pele deles se for necessário, mas não mais do que isso, Richard. Não mais.

Sharpe não respondeu e Hogan soube que ele estava repassando, na mente, o corpo que os dois tinham encontrado junto com os lençóis encharcados de sangue. Ela fora estuprada e espancada, e quando eles chegaram a senhoria estava gritando com a jovem. Fora preciso mais do que dinheiro para silenciar a mulher, encontrar um médico, e agora eles esperavam. Agostino olhou para o topo da escada, viu o rosto de Sharpe e voltou à porta da frente, onde recebera a ordem de esperar. Novos lençóis tinham sido levados para o quarto, água, e Sharpe escutara a senhoria arrumando o chão, e se lembrou da jovem, machucada e sangrando, engatinhando no meio dos santos quebrados e lençóis manchados.

A porta se abriu, raspando nos cacos, e a senhoria chamou-os. O médico estava ajoelhado perto da cama e seus olhos se viraram cautelosos na direção dos dois oficiais. Josefina estava deitada, o cabelo preto espalhado no travesseiro, mas com os olhos totalmente fechados. Sharpe sentou-se ao lado dela, viu a mancha amarela se espalhando na pele de uma palidez pouco natural, e segurou uma das mãos de Josefina, que apertava o lençol limpo. Ela tentou puxá-la, mas ele segurou firme, e os olhos dela se abriram.

— Richard?

— Josefina. Como você está? — Parecia uma pergunta idiota, mas ele não conseguiu pensar em mais nada. Ela fechou os olhos e um sorriso minúsculo veio e foi embora.

Ela abriu os olhos de novo.

— Vou ficar bem. — Houve um clarão da antiga Josefina, mas enquanto ela falava, uma lágrima rolou do olho e ela soluçou e se virou para o outro lado. Sharpe se voltou para o médico.

— Como ela está?

O médico deu de ombros e olhou desamparado para a senhoria. Hogan interveio e falou em espanhol com o médico. Sharpe escutou as vozes e, enquanto isso, acariciou o rosto de Josefina, virado para o outro lado. Só conseguia pensar que havia fracassado com ela. Tinha prometido protegê-la, e agora acontecera isso, o pior, o impensável. Hogan sentou-se ao lado dele.

— Ela vai ficar bem. Perdeu um pouco de sangue.

— Como?

Hogan fechou os olhos e respirou fundo antes de abri-los.

— Ela foi espancada, Richard. Eles não foram gentis. Mas ela vai se curar.

Sharpe confirmou com a cabeça. Houve silêncio no quarto, mas na rua lá fora Sharpe podia ouvir os gritos dos soldados espanhóis bêbados. A jovem se virou de novo para ele. Tinha parado de chorar. Sua voz saiu muito baixa.

— Richard?

— Sim?

— Mate-os. — Ela falou em tom chapado. Hogan balançou a cabeça, mas Sharpe se curvou e beijou-a perto da orelha.

— Vou fazer isso.

Enquanto se empertigava ele viu outra tentativa de sorriso no rosto de Josefina, e depois ela se esforçou para transformá-lo num sorriso de verdade que combinava estranhamente com as lágrimas. Ela apertou sua mão.

— Haverá uma batalha amanhã?

— Haverá. — Sharpe falou como se o assunto pudesse ser desconsiderado, como se não tivesse importância.

— Boa sorte.

— Virei vê-la depois. — Ele sorriu para ela.

— Sim. — Mas não havia convicção na voz de Josefina. Sharpe se virou para Hogan.

— Você fica?

— Até o amanhecer. Até lá não serei necessário. Mas você deve ir.

Sharpe concordou com a cabeça.

— Eu sei. — Beijou-a de novo, levantou-se e pendurou o fuzil e a mochila às costas. Hogan achou que o rosto dele não poderia estar mais cruel. O engenheiro foi com ele até a escada.

— Tenha cuidado, Richard.

— Terei.

Hogan pôs a mão no ombro dele para impedi-lo de se mover.

— Lembre-se do que você tem a perder.

Sharpe assentiu de novo.

— Quando puder, me mande notícias.

Sharpe abriu caminho até a rua, ignorando os espanhóis, e enquanto caminhava para o norte não viu o homem alto, de casaca azul com enfeites brancos, que olhava de uma porta do lado oposto à casa onde Josefina estava. O homem olhou para Sharpe com simpatia, depois para as janelas no alto, e se acomodou de novo junto à porta, onde tentou ficar confortável apesar do braço quebrado — com as talas e a tipoia — que iria mantê-lo fora da batalha no dia seguinte. Imaginou o que estaria acontecendo no segundo andar, mas logo saberia; Agostino iria contar, em troca de uma moeda de ouro.

Sharpe seguiu rapidamente pela estradinha que saía da cidade, entre o riacho Portina e as fileiras espanholas. Os soldados de infantaria cheios de pavor estavam sendo obrigados a voltar às suas posições, mas enquanto ele seguia depressa por entre as árvores podia ouvir tiros de mosquetes ocasionais na cidade, gritos, a cunhagem da noite de medo e estupros em Talavera. A lua havia desaparecido atrás de um banco de nuvens mas as luzes das fogueiras espanholas mostravam o caminho, e ele corria para o norte, para a colina Medellin. À direita o céu luzia num vermelho profundo onde as milhares de fogueiras francesas eram refletidas no ar. Deveria estar preocupado com a manhã; sabia que seria a maior batalha que jamais havia travado, no entanto sua mente estava dominada pela necessidade de encontrar Berry e Gibbons. Chegou ao Pajar, o morro minúsculo que marcava o fim das linhas espanholas e o lugar onde o Portina se dobrava à sua direita, e, depois de correr por trás das tropas espanholas, o riacho agora fluía diante da posição britânica. Viu as formas das peças de campanha que Wellesley havia posto na pequena colina, e parte da mente registrou como o fogo daqueles canhões varreria de modo protetor diante das linhas espanholas e desviaria o ataque maciço dos franceses contra as linhas britânicas. Mas amanhã era outra batalha.

A estradinha se fundiu no capim. Ele podia ver as fogueiras espalhadas dos britânicos, mas não fazia ideia de quais eram do South Essex. O batalhão estava posicionado na colina Medellin, disso ele sabia, por isso correu ao longo do riacho, tropeçando em moitas de capim, espirrando lama em trechos de pântano, mantendo o prateado Portina como guia até a Medellin. Estava sozinho no escuro. As fogueiras britânicas ficavam longe, à esquerda, os franceses, mais longe ainda, à direita, os dois exércitos parados e silenciosos. Algo estava errado. O velho instinto o espicaçou e ele parou, abaixou-se sobre um dos joelhos e examinou a escuridão adiante. À noite a colina Medellin parecia uma planície longa e baixa apontando para o exército francês. Era a chave para o flanco esquerdo de Wellesley, se os franceses atacassem a colina poderiam se virar e esmagar os britânicos entre a Medellin e Talavera. No entanto não havia fogueiras no topo da planície. Podia ver uma clara mancha de chamas na extremidade oeste, mais longe do inimigo, mas no lado virado para a cidade e na metade do cume plano mais perto do inimigo não havia luzes. Pensara que o South Essex estaria acampado na encosta suave voltada para ele, mas o lugar se encontrava preto e vazio. Prestou atenção. Havia os sons da noite, os ruídos da cidade que tinham diminuído até um murmúrio surdo, o vento no capim, insetos, o chapinhar do riacho e os sons distantes de 100 mil homens agachados junto às fogueiras esperando a manhã. Atrás dele a pequena colina Pajar estava iluminada de fogos, os canhões em silhueta contra a parede branca da casa de fazenda no cume, mas na frente estava escuro e silencioso. Sharpe se levantou e continuou andando com cuidado, os instintos vivos para um perigo que não podia definir, a mente procurando pistas na escuridão e nos sons murmurados da noite. Por que não fora interpelado? Deveria haver piquetes na linha do Portina, sentinelas encolhidas por causa do vento frio, olhando para o inimigo, mas ninguém o havia parado e perguntado o que estava fazendo. Manteve-se perto do riacho até que o volume escuro da colina Medellin estivesse acima dele, depois virou à esquerda e começou a subir a encosta. De dia parecia uma encosta suave, mas enquanto ele subia com a mochila e o fuzil o chão pareceu íngreme e cada passo fazia os músculos das panturrilhas doerem. No dia seguinte, pensou, é exatamente por ali que as colunas francesas virão. Vão marchar subindo esta encosta, de cabeça baixa, enquanto os canhões mandam balas de ferro em meio às suas fileiras e os mosquetes esperam em silêncio no topo.

Na metade da encosta parou e se virou. Do outro lado do riacho havia outro morro, de forma semelhante à Medellin, porém mais baixo e menor. Em seu topo plano Sharpe podia ver as fogueiras dos franceses, as sombras móveis do inimigo, e se virou e subiu correndo o morro. Sua mente continuava alerta ao perigo, a uma ameaça que não entendia, mas não parava de pensar no cabelo preto da jovem espalhado no travesseiro, na mão dela apertando o lençol, nas manchas de sangue, no terror dela no sótão quando os dois homens entraram violentamente. Não tinha ideia do que poderia fazer. Gibbons e Berry provavelmente estavam em segurança na companhia de Simmerson e seus lacaios. De algum modo precisava tirá-los de lá, levá-los para a escuridão, e se obrigou a ir mais rápido.

A encosta se nivelou chegando ao platô. Longe podia ver as fogueiras dos britânicos e correu devagar para elas, com a mochila batendo desajeitada, o fuzil balançando ao lado do corpo. Ainda não fora interpelado. Estava se aproximando do exército vindo da direção do inimigo e não havia sentinelas, nem linhas de piquetes no escuro, como se o exército tivesse se esquecido dos franceses do outro lado do Portina. A duzentos metros da linha de fogueiras ele parou e se agachou no capim. Havia encontrado os homens do South Essex. Estavam na beira da colina e ele podia ver os acabamentos amarelos dos uniformes iluminados pelas chamas. Examinou as fogueiras, viu os uniformes verdes dos fuzileiros e continuou olhando como se, dessa distância, pudesse identificar as figuras de seus inimigos. Sua raiva estava se transformando em frustração. Tinha andado e corrido mais de um quilômetro e meio para encontrar o batalhão, no entanto sabia que não podia fazer nada. Gibbons e Berry estariam em segurança com o coronel e seus lacaios, sentados em volta de uma fogueira com os oficiais, a salvo de sua vingança. Hogan estava certo. Sharpe jogaria a carreira fora se lutasse com eles, no entanto havia feito uma promessa a Josefina; e não sabia como cumprir a promessa. E no dia seguinte deveria tentar manter a promessa anterior, feita a Lennox. Tirou a grande espada da bainha e colocou-a no capim à frente. A lâmina tinha um brilho fraco à luz das fogueiras. Olhou para a extensão do aço e sentiu a ardência das lágrimas enquanto se lembrava do corpo da jovem deitada, provocadora e nua, ao longo da lâmina chata. Isso fora apenas esta tarde. Agora ele xingava o destino que o levara a esta noite, às promessas que não podia cumprir. Pensou na jovem, nos homens agarrando-a, olhou para as fogueiras e sentiu a impotência. Era melhor, sabia, desistir de tudo, ir para a luz das fogueiras e se concentrar no dia seguinte, mas como iria encarar Gibbons e Berry e ver o triunfo no rosto deles sem golpeá-los com a espada?

Girou e olhou para o horizonte distante e para o brilho vermelho das fogueiras francesas que delineavam o morro com uma luz fraca. Havia coelhos se movendo no cume da colina que ele havia subido, dava para ver suas pequenas formas saltitando, e, de repente, ele se imobilizou. Seriam sentinelas ali, que ele não percebera? Não eram coelhos. Dava para ver as silhuetas de homens. Havia confundido as cabeças com coelhos, mas enquanto eles subiam pelo cume Sharpe pôde ver uma dúzia de homens, carregando armas de fogo, vindo em sua direção. Deitou-se chapado no capim, segurando a espada com força, e olhou para o brilho fraco do horizonte. Pôs o ouvido no chão e escutou o que temia ouvir, o som fraco de pés marchando. Levantou a cabeça e continuou olhando enquanto os 12 homens se transformavam numa massa informe. Lembrou-se de ter dito a Hogan que os franceses não atacariam à noite, no entanto suspeitava estar vendo exatamente isso; um ataque noturno à colina Medellin. Os 12 homens seriam alguns dos escaramuçadores, os *voltigueurs* franceses, e a massa sólida era uma coluna francesa subindo o morro no silêncio da noite. Mas como ter certeza? Podia facilmente ser um batalhão britânico movendo-se no escuro, encontrando um novo lugar para acampar, mas tão tarde da noite? Arrastou-se de quatro, à frente, mantendo o corpo perto da terra de modo que quem viesse na escuridão não visse sua silhueta contra as fogueiras. A espada farfalhava no capim, ele parecia estar fazendo um ruído ensurdecedor, mas os homens continuavam andando em sua direção. Parou quando eles pararam e olhou-os se ajoelhar. Tinha quase certeza de que eram *voltigueurs*, a linha de escaramuça que fora mandada à frente para espantar as sentinelas, e agora que estavam à vista de seus alvos esperavam a coluna de modo que o ataque fosse feito ao mesmo tempo. Sharpe prendeu o fôlego. Os homens ajoelhados estavam falando baixo uns com os outros e ele queria saber em que língua falavam.

Francês. Virou a cabeça e olhou para as fogueiras que marcavam a linha britânica. Ninguém se movia ali, os homens estavam sentados olhando para as chamas, esperando a manhã, sem saber que o inimigo encontrara o platô da colina Medellin sem defesas e estava prestes a atacar. Sharpe precisava avisar os ingleses. Mas como? Um tiro de fuzil seria considerado uma reação nervosa de uma sentinela, vendo sombras na noite; ele não podia gritar de tão longe, e caso se virasse e corresse não chegaria às fogueiras britânicas muito antes dos franceses. Só havia um modo. Provocar os franceses a disparar uma saraivada, um estardalhaço de mosquetes que espantasse os britânicos, alertasse sobre o perigo e os obrigasse a formar uma grosseira linha de batalha. Apertou a espada, notou a sombra mais próxima, de um *voltigueur* ajoelhado, depois se levantou e correu na direção do inimigo. O homem levantou a cabeça quando Sharpe se aproximou e pôs uma mão nos lábios. Sharpe berrou, um grito de raiva e desafio, capaz de gelar o sangue, e golpeou de lado com a espada. Não esperou para ver se ela havia causado algum dano e continuou correndo, liberando a lâmina, gritando para o homem seguinte. Este se levantou, gritou uma pergunta e morreu com a lâmina na barriga. Sharpe continuou gritando. Soltou a espada, girou-a no ar fazendo-a cantar, viu movimento à esquerda e correu para mais um *voltigueur*. A brusquidão de seu ataque os havia espantado, eles não faziam ideia de quantos homens estavam em seu meio, ou de onde vinham. Sharpe viu dois escaramuçadores juntos, as baionetas apontadas para ele, mas gritou, eles hesitaram, e ele cortou um homem enquanto passava e desaparecia na noite.

Jogou-se no chão. Ninguém havia disparado. Ouviu os franceses correndo pelo mato, os gemidos de um ferido, mas ninguém havia atirado contra ele. Ficou imóvel, olhou para o horizonte e esperou até que seus olhos vissem as formas débeis da coluna que se aproximava. Perguntas foram gritadas, ele podia ouvir os *voltigueurs* sussurrando as respostas, mas eles continuavam sem ser notados, os britânicos estavam sentados junto às fogueiras e esperando um amanhecer que talvez nunca acontecesse. Sharpe precisava provocar a saraivada.

Pousou a espada no chão e tirou o Baker do ombro. Deslizou-o à frente, abriu a caçoleta da escorva e sentiu que a pólvora continuava no lugar. Os franceses estavam quietos de novo, o atacante havia desaparecido tão rapidamente quanto surgira.

— Batalhão! Batalhão, disparar por companhias! Apresentar!

Gritava ordens sem sentido para os franceses. Podia ver a forma da coluna a apenas cinquenta metros de distância. Os escaramuçadores haviam recuado de volta para se juntar na marcha final, quando a massa de homens cairia sobre os britânicos insuspeitados.

— Batalhão! — Ele estendeu a espada. — Fogo!

O Baker cuspiu sua bala na direção dos franceses e ele ouviu um grito agudo. Eles teriam visto o cano soltar fogo, mas Sharpe rolou à direita e pegou a espada.

— *Tirez!* — Gritou a ordem para a coluna. Uma dúzia de soltados nervosos puxou os gatilhos, e ele ouviu as balas zumbindo acima do capim.

Finalmente! Os britânicos deviam ter acordado e ele se virou e viu homens de pé junto às fogueiras, sinais de movimento, até mesmo de pânico.

— *Tirez! Tirez! Tirez!* — gritou para a coluna, e mais mosquetes espocaram na noite. Oficiais gritavam para os homens pararem de atirar, mas o dano estava feito. Os britânicos tinham ouvido os disparos, visto os clarões dos mosquetes, e Sharpe viu homens pegando armas, calando baionetas, esperando por quem quer que estivesse agachado no escuro. Era hora de ir. Os franceses se moviam de novo e Sharpe correu na direção das linhas britânicas. A silhueta de seu corpo em movimento aparecia contra as fogueiras; ele ouviu um estalo de mosquetes e sentiu as balas passarem. Gritou enquanto corria.

— Os franceses! Formar fileira! Os franceses!

Viu Harper e os fuzileiros correndo pela fileira, longe do centro onde os franceses atacariam, e perto da borda mal iluminada do platô. Isso era sensato. Os fuzis não serviam para combater de perto, e o sargento estava escondendo seus homens nas sombras onde poderiam mirar contra o inimigo. A respiração ofegante de Sharpe ecoava nos ouvidos, a corrida havia se transformado numa luta contra o cansaço e o peso da mochila. Viu o South Essex formar pequenos grupos nervosos que ficavam se dividindo e se formando de novo. Ninguém sabia o que estava acontecendo. À direita deles, outro batalhão estava igualmente desorganizado, e atrás Sharpe podia ouvir o som constante dos franceses avançando numa corrida.

— Os franceses! — Ele não tinha mais fôlego. Harper havia desaparecido. Sharpe atravessou uma fogueira e trombou contra um sargento que se agarrou a ele e sustentou-o enquanto ele tentava recuperar o fôlego.

— O que está acontecendo, senhor?

— Coluna francesa. Vindo para cá.

O sargento estava perplexo.

— Por que a primeira linha não os parou?

Sharpe olhou-o atônito.

— Vocês são a primeira linha!

— Ninguém nos disse isso!

Sharpe olhou em volta. Homens corriam de um lado para o outro procurando seus sargentos ou oficiais, um oficial montado passou em meio às fogueiras. Sharpe não pôde ver quem era, e desapareceu em direção à coluna. Sharpe ouviu um grito, o relincho de um cavalo, enquanto mosquetes disparavam, e o ruído surdo do animal caindo. Os clarões de mosquetes mostravam onde os franceses estavam, e Sharpe, com uma pontada de satisfação, ouviu o som nítido dos Bakers na borda da colina.

Então a coluna ficou visível, as calças brancas aparecendo à luz das fogueiras, vindo em ângulo reto e apontando para o centro da linha britânica. Sharpe gritou as ordens.

— Apresentar. Fogo!

Alguns mosquetes espocaram, a fumaça branca foi engolida imediatamente na escuridão, e Sharpe estava sozinho. Os homens haviam fugido ao ver a grande coluna. Sharpe correu atrás deles, batendo nos soldados com sua espada.

— Vocês estão seguros aqui! Fiquem parados!!! — Mas não adiantava. O South Essex, como o batalhão perto deles, havia se rompido e entrado em pânico, e escorria de volta na direção das fogueiras à retaguarda, onde Sharpe podia ver homens se formando em companhias, as fileiras cheias de pontas de baionetas.

Era o caos. Sharpe atravessou em meio aos fugitivos, indo para o limite da colina e para a escuridão onde seus fuzileiros haviam se escondido. Encontrou Knowles, com um grupo da companhia, e empurrou-os para se juntarem a Harper, mas a maior parte do batalhão estava retrocedendo. Os franceses dispararam sua primeira saraivada, um enorme trovão ribombante de tiros que rasgaram a noite com fumaça e chamas e fizeram um enorme rasgo nas tropas adiante. O batalhão corria às cegas em busca da segurança da próxima linha de fogueiras. Sharpe trombava nos fugitivos, empurrava-os para o lado, lutava indo para a relativa paz do limite do morro. Uma voz gritou:

— O que está acontecendo?

Sharpe se virou. Berry estava ali, com o paletó desabotoado, a espada desembainhada, o cabelo preto caído sobre o rosto carnudo. Sharpe parou, agachou-se e resmungou. Lembrou-se da jovem, do terror dela, da dor, e ficou de pé, andou os poucos passos e agarrou o colarinho de Berry. Olhos apavorados se viraram para ele.

— O que está acontecendo?

Ele puxou o tenente por cima do cume, descendo para a escuridão da encosta. Podia escutar Berry balbuciando, perguntando o que acontecia, mas puxou até que os dois estivessem bem abaixo do cume e escondidos das fogueiras. Sharpe ouviu os últimos fugitivos passarem, os estalos dos mosquetes, os gritos diminuindo enquanto os homens corriam de volta. Soltou o colarinho de Berry. Viu o rosto branco se virar para ele na escuridão, houve um som ofegante.

— Meu Deus. Capitão Sharpe? É o senhor?

— Você não estava me esperando? — A voz de Sharpe era fria como uma lâmina no inverno. — Eu estava procurando você.

CAPÍTULO XX

Uma bala de mosquete perdida passou zumbindo sobre a cabeça de Sharpe, os sons da batalha eram mais fracos, agora que ele estava abaixo do cume e a única luz vinha dos reflexos fantasmagóricos das fogueiras abandonadas, na parte inferior da fumaça da batalha que flutuava sobre o platô da colina Medellin.

— Sharpe! — Berry continuava balbuciando. Estava deitado de costas e tentou se arrastar morro acima, para longe da forma alta e escura do fuzileiro. — Nós não deveríamos ir, Sharpe, os franceses? Eles estão no morro!

— Eu sei. Matei pelo menos dois. — Sharpe segurou a espada junto ao peito de Berry e impediu as tentativas de se arrastar. — Logo vou voltar para matar mais alguns.

A fala de Sharpe silenciou Berry. Sharpe podia ver o rosto olhando-o mas estava escuro demais para entender a expressão. Precisou imaginar os lábios molhados, o rosto carnudo, o olhar de medo.

— O que você fez com a garota, Berry?

O tenente continuou em silêncio. Sharpe conseguia ver a espada frágil caída, esquecida, no capim; não havia vontade de luta no sujeito, nem vontade de resistir, só uma esperança patética de que Sharpe pudesse ser aplacado.

— O que você fez, Berry? — Sharpe chegou mais perto e a lâmina saltou rapidamente para a garganta de Berry. Sharpe viu o rosto girar de um lado para o outro, ouviu a respiração subindo e descendo na garganta do tenente.

— Nada, Sharpe, eu juro. Nada!

Sharpe girou o punho de modo que a lâmina beliscou o queixo de Berry. Estava afiada como navalha e ele ouviu o som ofegante.

— Me solte! Por favor! Me solte!

— O que você fez? — Sharpe ouviu o som característico de disparo de fuzis à direita. Os estalos trovejantes dos mosquetes estavam à esquerda e ele achou que a coluna francesa havia mandado seus escaramuçadores para os flancos, com o objetivo de tirar do caminho os grupos espalhados que ainda ofereciam resistência. Não tinha muito tempo; queria estar com seus homens e ver o que acontecia no topo do morro, mas primeiro queria que Berry sofresse como a garota havia sofrido, que sentisse medo como ela sentira.

— Josefina implorou a vocês? — A voz era como um vento noturno vindo do mar do Norte. — Ela pediu para vocês a soltarem?

Berry ficou em silêncio. Sharpe torceu a lâmina de novo.

— Pediu?

— Pediu. — Foi um mero sussurro.

— Ela estava apavorada? — Ele moveu a ponta para a carne no pescoço de Berry.

— Estava, estava, estava.

— Mas mesmo assim vocês a estupraram?

Berry estava apavorado demais para falar. Fazia sons incoerentes, revirava a cabeça, olhava a lâmina que subia até o vulto escuro e vingativo acima dele. Sharpe podia sentir o cheiro pungente da fumaça de mosquetes na colina. Precisava ser rápido.

— Está me ouvindo, Berry?

— Estou, Sharpe. Estou ouvindo. — Havia uma levíssima sugestão de esperança na voz de Berry. Sharpe esmagou-a.

— Vou matar você. Quero que você saiba disso, para ficar tão apavorado quanto ela ficou. Entendeu?

O sujeito balbuciou de novo, implorou, balançou a cabeça e juntou as mãos como se rezasse a Sharpe. O fuzileiro olhou para baixo. Lembrou-se de uma frase estranha que tinha escutado uma vez numa procissão de igreja na distante Índia. Um capelão havia surgido e parou, vestido com sua sobrepeliz branca, e do meio dos murmúrios sem significado uma frase se alojou de algum modo na mente de Sharpe, uma frase do livro de orações, que lhe voltou agora enquanto perguntava se realmente poderia matar um homem por ter estuprado sua mulher. "Livrai minha alma da espada, minha querida do poder do cão." Sharpe havia pensado em deixar o sujeito se levantar, pegar sua espada e lutar pela vida. Mas pensou no terror da jovem, deixou a imagem do sangue dela nos lençóis alimentar a raiva de novo, viu o rosto carnudo balbuciando abaixo, e como se estivesse exausto e simplesmente quisesse descansar, inclinou-se à frente com as duas mãos sobre o punho da espada.

O balbucio quase se transformou num grito, o corpo se sacudiu uma vez, a lâmina atravessou pele, músculo e gordura, penetrou na garganta de Berry, e o tenente morreu. Sharpe continuou curvado sobre a espada. Era assassinato, ele sabia, um crime capital, mas de algum modo não sentia culpa. O que o perturbava era saber que deveria sentir culpa e no entanto não sentia. Tinha vingado sua querida contra o cão. Suas mãos estavam molhadas e, enquanto soltava a lâmina, ele sabia que cortara a jugular de Berry. Pareceria alguém saindo de um matadouro, mas sentiu-se melhor e riu no escuro enquanto se abaixava sobre um dos joelhos e passava a mão rapidamente pelos bolsos e bolsas de Berry. A vingança, decidiu ele, era boa, e tirou moedas da túnica do morto e enfiou-as nos bolsos. Afastou-se do corpo em direção aos sons dos fuzis, subiu lentamente o morro até onde os clarões cuspiam balas para os franceses e se abaixou ao lado de Harper. O sargento olhou-o e depois se virou para olhar o topo do morro, e puxou o gatilho. A fumaça subiu da caçoleta, arrotou para fora do cano, e Sharpe viu um *voltigueur* cair para trás, em cima de uma fogueira. Harper riu satisfeito.

— Esse aí estava me irritando, estava mesmo. Pulava de um lado para o outro que nem um napoleãozinho.

Sharpe olhou o topo do morro. Era como nas pinturas do inferno que vira em igrejas espanholas e portuguesas. A fumaça rolava avermelhada em retalhos estranhos sobre o topo da colina, mais densa, onde a coluna estava penetrando mais fundo por entre as fogueiras que marcavam as linhas britânicas, e mais rala, onde pequenos grupos lutavam contra os escaramuçadores que tentavam limpar o topo. Centenas de pequenas fogueiras iluminavam a batalha, mosquetes sopravam fumaça e chamas para a noite, tudo isso ao som dos gritos dos feridos. Os escaramuçadores franceses sofreram tremendamente com os fuzileiros. Harper os havia alinhado nas sombras da borda da colina e eles escolhiam as figuras azuis que corriam por entre as fogueiras muito antes que os franceses chegassem suficientemente perto para usar seus mosquetes com alguma precisão. Sharpe puxou seu fuzil para a frente e baixou a mão em busca de um cartucho.

— Algum problema?

Harper balançou a cabeça e riu.

— Treino de tiro ao alvo.

— E o resto da companhia?

O sargento virou a cabeça para trás.

— A maioria está lá embaixo com o senhor Knowles. Eu lhe disse que eles não eram necessários aqui.

Por um instante Sharpe se perguntou se alguém o vira assassinar Berry, mas descartou a ideia. Confiava em seu instinto, um instinto que o alertava contra o inimigo, e nesta noite todo homem fora seu inimigo, até que Berry morreu. Ninguém o vira. Harper resmungou enquanto socava outra bala no fuzil.

— O que aconteceu, senhor?

Sharpe deu um riso lupino e não disse nada. Estava revivendo o instante da morte de Berry, sentindo a satisfação, o alívio da dor pelo sofrimento de Josefina. Quem dissera que a vingança era amarga e sem lucro? Estava errado. Escorvou o fuzil, engatilhou-o e o deslizou à frente, mas nenhum *voltigueur* estava à vista. A batalha havia passado para a esquerda, onde relampejava e trovejava na escuridão.

— Senhor?

Ele se virou e olhou para o sargento. Contou a ele, de modo direto e simples, o que acontecera, e viu o rosto largo do irlandês ficar chapado de raiva.

— Como ela está?

Sharpe balançou a cabeça.

— Perdeu muito sangue. Eles bateram nela.

O sargento examinou o terreno à frente, procurando em meio à luz das fogueiras e às sombras encolhidas os distantes clarões de mosquetes que poderiam ser franceses ou ingleses. Quando falou, sua voz saiu suave:

— E os dois? O que o senhor vai fazer?

— O tenente Berry morreu na batalha desta noite.

Harper se virou e olhou para seu capitão, para a lâmina vermelha ao lado dele, e deu um sorriso lento.

— E o outro?

— Amanhã.

Harper assentiu e se virou de novo para a batalha. Os franceses haviam sido contidos, a julgar pela posição dos clarões de mosquetes, como se ao pressionar mais fundo para as linhas tivessem marchado para uma oposição mais densa, que finalmente não conseguiam romper. Sharpe procurou na escuridão à direita. Os franceses deveriam ter mandado mais tropas, mas não havia sinal delas. O terreno adiante estava sem movimento. Ele girou.

— Tenente Knowles!

— Senhor! — A voz vinha do escuro mas foi seguida pelo rosto ansioso de Knowles subindo a encosta. — Senhor? O senhor está bem?

— Como um cão com um osso, tenente. — Knowles não conseguia entender o aparente contentamento de Sharpe. Boatos haviam corrido pela companhia desde que Harper e os fuzileiros voltaram sem o capitão. — Diga aos homens para calar baionetas e vir para cá. É hora de participarmos.

Knowles riu.

— Sim, senhor.

— Quantos homens temos?

— Vinte, senhor, sem contar os fuzileiros.

— Bom! Ao trabalho, então.

Sharpe se levantou e foi até o topo da colina. Acenou para os fuzileiros avançarem e esperou que Knowles e seu grupo subissem para a luz. Sharpe acenou à esquerda e à direita com a espada.

— Ordem de escaramuça! Depois, devagar à frente. Não vamos tentar atacar a coluna, mas vamos espantar os escaramuçadores deles.

As baionetas brilhavam rubras à luz das fogueiras, a linha caminhou firme adiante, mas os escaramuçadores inimigos tinham desaparecido. Sharpe levou-os até cem metros da coluna inimiga e sinalizou para os homens se abaixarem. Não havia nada que pudessem fazer, além de assistir a uma demonstração da infantaria britânica em sua melhor forma. Os franceses haviam aberto caminho quase até o fim da colina mas foram contidos por um batalhão que Sharpe supôs que devia ter marchado do pé do morro e agora se estendia à frente dos franceses como uma barreira intransponível. O batalhão estava alinhado e disparava em controladas saraivadas de pelotões. Era soberbo. Nenhuma infantaria podia sustentar os melhores da Grã-Bretanha, e o batalhão estava despedaçando a coluna com fogo de mosquete que rolava de um lado para o outro pela linha do batalhão, as varetas surgiam em uníssono, os pelotões disparavam em sequência, golpes irresistíveis de fogo de mosquete à queima-roupa, que se derramavam nas fileiras francesas. O inimigo hesitou. Seu comandante tentou organizá-lo em linha mas era tarde demais. Os homens na retaguarda da coluna não podiam avançar naquela chuva de chumbo que ondulava metodicamente e de modo assassino, saindo dos mosquetes britânicos. Grupos de franceses com casacas azuis começavam a se dissolver no escuro, um oficial inglês montado viu isso e levantou a espada, as fileiras vermelhas gritaram comemorando e avançaram com baionetas apontadas e, tão subitamente quanto havia começado, a batalha terminou. Os franceses iam para trás, pisando nos mortos, recuando cada vez mais rápido para longe da lâminas. O inimigo tinha se saído bem. Uma única coluna havia quase dominado a colina, mesmo sem as outras duas colunas que jamais haviam chegado, mas agora o coronel francês precisava voltar, precisava tirar seus homens do fogo de mosquetes que os esmagava. Quando se aproximaram da linha de escaramuça, alguns fuzileiros de Sharpe levantaram as armas, mas Sharpe gritou para eles os deixarem ir. Haveria matança suficiente no dia seguinte.

Sharpe se agachou perto de uma fogueira, e limpou o sangue pegajoso da lâmina usando o paletó de um francês. Era hora de recolher os mortos e contar os vivos. Queria que Gibbons se preocupasse com Berry, que sentisse medo da noite, e sentiu empolgação de novo com o golpe mortal. Da cidade vieram os sinos da meia-noite e ele pensou brevemente na jovem deitada à luz da vela, e imaginou se ela pensaria nele. Harper se agachou ao seu lado, o rosto preto com fumaça de pólvora, e estendeu uma garrafa de bebida.

— Durma um pouco, senhor. O senhor precisa. — Harper riu brevemente. — Temos de cumprir uma promessa amanhã.

Sharpe levantou a garrafa na direção do sargento, como se brindasse.

— Uma promessa e meia, sargento. Uma promessa e meia.

CAPÍTULO XXI

Foi uma noite curta, ruim. Depois de repelir os franceses, o exército resgatou os feridos e, à luz fraca das fogueiras, revistou e empilhou os mortos que puderam ser encontrados. Batalhões que se pensavam seguros numa segunda linha imaginária agora postavam sentinelas. A noite breve foi quebrada por frequentes saraivadas de mosquetes, quando os piquetes nervosos imaginavam novas colunas inimigas no escuro. As cornetas soaram às duas da madrugada, as fogueiras foram reavivadas, e homens famintos estremeciam em volta das chamas e ouviam as distantes cornetas francesas acordando o inimigo. Às três e meia, quando uma luz prateada tocou os flancos da colina Medellin, o corpo de Berry foi encontrado e carregado para a fogueira onde Simmerson e seus oficiais tomavam chá escaldante. Gibbons, pasmo diante do grande ferimento que desfigurara a garganta do amigo, espiou Sharpe com olhos pálidos e cheios de suspeita. Sharpe olhou de volta e sorriu, notara a suspeita, e então Gibbons se virou abruptamente e gritou para seu empregado tirar os cobertores. Simmerson lançou um olhar para os oficiais ao redor.

— Ele teve uma morte corajosa, senhores, uma morte corajosa.

Todos murmuraram as palavras corretas, mais preocupados com a fome e com o que viria do que com a morte de um tenente gordo, e ficaram olhando inexpressivos enquanto os objetos de valor eram tirados antes que o corpo fosse empilhado junto com as dezenas de mortos que seriam enterrados antes que o sol subisse alto e os tornasse ofensivos. Ninguém achou estranho o corpo de Berry ser encontrado tão longe dos outros mortos. Os acontecimentos da noite tinham sido turvos, diziam que os alemães abaixo da colina Medellin tinham travado uma rápida escaramuça com outra coluna, e grupos de fugitivos franceses haviam se perdido no escuro e caminhado em meio às linhas britânicas. E foi presumido que Berry teria encontrado um grupo desses.

Às quatro horas o exército estava em posição. As brigadas de Hill se encontravam na colina Medellin e os majores de brigadas alinharam os batalhões para trás da crista do morro, de modo a ficarem invisíveis aos artilheiros franceses. O South Essex estava no flanco do rio, voltado para os alemães e os guardas que defenderiam a planície entre a colina Medellin e a colina Pajar. Sharpe olhou para a cidade, meio escondida em névoa, e se perguntou o que estaria acontecendo com Josefina. Estava impaciente pelo começo da batalha, querendo levar sua companhia ligeira para longe de Simmerson, até a linha de escaramuça que iria se formar no vale enevoado do Portina. Ficou surpreso porque Simmerson não dissera nada ao batalhão. Em vez disso o coronel montou em seu cavalo cinza e ficou olhando mal-humorado para a infinidade de riscas de fumaça do acampamento francês, que subia e se misturava diante do sol nascente. Ignorou Sharpe, sempre ignorava, como se o fuzileiro fosse um pequeno incômodo que seria espanado de sua vida quando sua carta fosse recebida em Londres. Gibbons estava ao lado de Simmerson, e de repente ocorreu a Sharpe que os dois estavam apavorados. Diante deles a bandeira solitária pendia frouxa no mastro, coberta pela umidade da madrugada, uma lembrança solitária da desgraça do batalhão. Simmerson não conhecia a guerra e estava olhando para a névoa ao longo do Portina, imaginando o que emergiria daquela brancura para desafiar seu batalhão. Não era somente o futuro de Sharpe que dependia desta batalha. Se o batalhão se saísse mal, permaneceria como um batalhão de destacamentos e iria minguar, sob o ataque da doença e da morte, até simplesmente desaparecer da listagem do exército; o batalhão que nunca existiu. Simmerson sobreviveria. Voltaria para sua propriedade no campo, ocuparia sua cadeira no Parlamento, iria se tornar um especialista em guerra na segurança de seu escritório, mas onde quer que os soldados se encontrassem, os nomes de Simmerson e do South Essex seriam escarnecidos. Simmerson precisava dos fuzileiros muito mais do que Sharpe precisava do coronel.

Por fim chegou o sinal e as companhias ligeiras avançaram, espalhando-se numa fina barreira de escaramuçadores para se tornar os primeiros homens a enfrentar o ataque. Enquanto descia a encosta em direção à névoa, Sharpe olhou para a colina Cascajal, encimada por canhões franceses, praticamente com as rodas encostadas nas outras rodas, os canos apontando para a Medellin. Em algum lugar atrás dos canhões os batalhões franceses estariam formando as colunas gigantescas, que seriam lançadas contra a linha britânica; atrás deles estaria a cavalaria, esperando para se derramar pela abertura; mais de 50 mil franceses preparando-se para castigar os ingleses pela ousadia em mandar o pequeno exército de Wellesley contra seu império. A companhia ligeira andou para dentro da névoa, para o mundo particular onde escaramuçador lutaria contra *voltigueur*, e Sharpe empurrou para longe os pensamentos na derrota. Seria impensável que Wellesley perdesse, que o exército fosse despedaçado e mandado de volta para o mar, que os problemas de Sharpe, os problemas de Simmerson, o destino do South Essex, tudo se afogasse na enchente desastrosa da derrota. Harper correu até ele e assentiu animado enquanto tirava o tampão do cano de seu fuzil.

— O tempo está quente para nós, senhor.

Sharpe fez uma careta.

— Vai ficar limpo em uma hora, mais ou menos. — A névoa escondia tudo para além de cem passos e tirava a vantagem dos fuzis de longo alcance. Sharpe viu o riacho à frente. — A distância está boa. Veja se o senhor Denny está bem.

Harper foi para a direita, onde Denny deveria estar se juntando aos escaramuçadores alemães. Sharpe caminhou rio acima, para onde suspeitava que o ataque aconteceria, e encontrou Knowles no fim da linha. Para além, na névoa, podia ver as casacas vermelhas do 66º e alguns fuzileiros dos Americanos Reais.

— Tenente?

— Senhor? — Knowles estava nervosamente alerta; ora apavorado, ora gostando de seu primeiro dia de batalha verdadeira. Sharpe riu animado para ele.

— Algum problema?

— Não, senhor. Vai demorar muito? — Knowles olhava constantemente para a margem oposta do Portina, vazia, como se esperasse ver todo o exército francês se materializar de repente.

— Primeiro você vai ouvir os canhões. — Sharpe bateu com os pés para afastar o frio. — Que horas são?

Knowles pegou seu relógio, gravado com a inscrição do pai, e abriu a tampa.

— Quase cinco, senhor. — Ele continuou a olhar o mostrador ornamentado, com seu ponteiro de filigrana. — Senhor? — Ele parecia sem graça.

— O quê?

— Se eu morrer, senhor, pode ficar com isto? — Ele estendeu o relógio.

Sharpe empurrou o relógio de volta. Queria rir, mas balançou a cabeça, sério.

— Você não vai morrer. Quem assumiria o comando, se eu partisse desta para a melhor?

Knowles olhou-o com medo e Sharpe assentiu.

— Pense nisso, tenente. A promoção pode ser rápida em batalha. — Ele riu, tentando afastar o humor sombrio de Knowles. — Quem sabe? Se for um dia suficientemente bom, todos nós podemos virar generais.

Um canhão estrondeou na colina Cascajal. Os olhos de Knowles se arregalaram quando ele ouviu, pela primeira vez, o som trovejante do ferro sendo lançado ao ar. Sem ser vista pelos escaramuçadores, a bola de três quilos e meio acertou o cume da Medellin, ricocheteou por cima das tropas, num jorro de terra e pedras, e rolou inofensiva até descansar quatrocentos metros adiante no platô. O som do tiro ecoou nos morros, foi abafado pela névoa e morreu no silêncio. Cem mil homens ouviram, alguns fizeram o sinal da cruz, alguns rezaram, e alguns só pensaram intermitentemente na tempestade que despencaria sobre o Portina. Knowles esperou outro som de canhão, mas houve silêncio.

— O que foi aquilo, senhor?

— Um sinal para as outras baterias francesas. Eles devem estar recarregando o canhão. — Sharpe imaginou a esponja sibilando ao ser enfiada no canhão, o vapor subindo pelo ouvido da peça, e em seguida a nova carga e a bala sendo enfiadas. — Acho que vai ser agora.

O silêncio acabou. A partir desse instante Sharpe contaria a história da batalha pelos sons, enquanto ouvia os disparos de ferro de setenta ou oitenta canhões franceses gritando e trovejando no ar. Podia ouvir o estrondo dos canhões, imaginava-os lançando seu peso enorme para trás sobre as conteiras, saltando no ar e batendo de volta sobre as rodas, enquanto a vareta era mergulhada em água e os homens preparavam o próximo tiro. Atrás havia um barulho diferente, o som abafado da bala redonda acertando a colina Medellin, o ruído oco de ferro batendo na terra. Virou-se de novo para Knowles.

— Este é o meu dia de azar.

Knowles virou o rosto preocupado para ele. O capitão deveria ser "sortudo". Sharpe e a companhia dependiam dessa superstição.

— Por que, senhor?

Sharpe riu.

— Eles estão atirando à nossa esquerda. — Sharpe estava gritando acima do som dos canhões. — Vão atacar por lá. Achei que eu seria o orgulhoso dono de um relógio, se fosse do outro modo! — Ele deu um tapa no ombro do aliviado Knowles e apontou para o outro lado do riacho. — Espere que eles apareçam em uns vinte minutos, um pouco à esquerda. Já volto!

Caminhou pela linha de homens, verificando pederneiras, fazendo as velhas piadas e procurando Harper. Sentia-se desesperadamente cansado, não somente o cansaço do sono escasso e perturbado, mas o cansaço de problemas que pareciam não ter fim. A morte de Berry era como um sonho meio esquecido e não resolvia nada, a não ser meia promessa, e ele tinha pouca ideia de como resolver a outra metade ou a promessa com relação à Águia. As promessas eram como barreiras que ele havia erguido em sua vida, e a honra dependia de que elas fossem suplantadas, mas seu bom senso lhe dizia que a tarefa era impossível. Acenou para Harper, e enquanto o sargento andava até ele o som da batalha mudou. Havia um certo gemido no estrondo do tiro que passou acima, e Harper olhou para a névoa.

— Obuses?

Sharpe confirmou com a cabeça quando o primeiro explodiu na colina Medellin. O som cresceu em intensidade, o estrondo dos obuses ecoando o trovão dos canhões, e junto à balbúrdia havia o som agudo dos longos canhões britânicos de seis libras disparando de volta. Harper apontou um polegar para a colina Medellin, que estava invisível.

— É uma pancadaria rara, senhor.

Sharpe prestou atenção.

— As bandas ainda estão tocando.

— Eu prefiro ficar aqui embaixo.

Distante, em meio aos estrondos incessantes que se fundiam num longo ribombar, Sharpe ouvia o som das bandas dos regimentos. Enquanto as bandas estivessem tocando, os batalhões britânicos não estariam sofrendo muito com o bombardeio francês. Se Wellesley não tivesse posto a linha britânica atrás do cume, os artilheiros franceses estariam despedaçando os batalhões, fileira por fileira, e os músicos estariam fazendo seu outro serviço, o de pegar os feridos e levá-los para a retaguarda. Sharpe sabia que Harper, como ele, estava pensando na promessa feita a Lennox, a promessa da Águia. Olhou para o capim vazio do outro lado do riacho, ouviu a canhonada como se fosse a batalha de outra pessoa, e se virou para o sargento.

— Haverá outros dias, você sabe. Outras batalhas.

Harper deu um sorriso lento, agachou-se e jogou uma pedra na água límpida.

— Veremos o que acontece, senhor. — Ele ficou imóvel, escutando, depois apontou adiante. — Ouviu isso?

Era o barulho que Sharpe estivera esperando, fraco mas inconfundível, o som que ele não escutava desde Vimeiro, o som do ataque francês. As colunas inimigas não estavam à vista, não ficariam visíveis durante minutos, mas através da névoa podia escutar os tambores batendo o ritmo hipnótico do ataque. Bum-bum, bum-bum, bumabum, bumabum, bum-bum. Continuaria assim, até que o ataque fosse vencido ou perdido, os meninos sovando as peles apesar das saraivadas de balas, o ritmo interminável que levava os franceses a uma vitória depois da outra. Havia uma ameaça implacável nas batidas dos tambores, cada frase repetida trazia os franceses dez passos mais perto, cada vez mais, cada vez mais.

Sharpe sorriu para Harper.

— Cuide do garoto. Ele está bem?

— Denny, senhor? Tropeçou três vezes na espada, mas afora isso está bem. — Harper riu. — Cuide-se, senhor.

Sharpe caminhou de novo rio acima, com os toques de tambor mais próximos, a linha de escaramuça espiando com apreensão a bruma vazia. Seu serviço iria começar. Os canhões franceses não tinham conseguido romper os batalhões britânicos e, na frente dos tambores, espalhados numa vasta nuvem, os *voltigueurs* estavam chegando. O objetivo deles era se aproximar o máximo possível dos batalhões britânicos e acertar a linha com seus mosquetes, afinar as fileiras, enfraquecer a linha, de modo que quando a coluna animada pelos tambores chegasse, os britânicos estivessem arrasados e abrissem caminho. Os escaramuçadores de Sharpe, com as outras companhias ligeiras, teriam de impedir os *voltigueurs*, e sua batalha particular, travada na névoa, começaria logo. Ele encontrou Knowles parado junto ao riacho.

— Está vendo alguma coisa?

— Não, senhor.

O som dos tambores estava mais alto, competindo com o estrondo dos obuses, e no fim de cada frase tocada Sharpe podia ouvir um novo som quando os tocadores paravam para deixar milhares de vozes cantarem "Vive L'Empereur". Era o ruído da vitória que havia aterrorizado os exércitos da Europa, o som de Marengo, de Austerlitz, de Jena, as vozes e os tambores da vitória francesa. Então, rio acima e fora das vistas, as tropas ligeiras se encontraram e Sharpe ouviu os primeiros estalos dos mosquetes; não as saraivadas longas das fileiras em massa, mas os estalos espaçados, deliberados, dos tiros com objetivo. Knowles olhou para Sharpe com as sobrancelhas erguidas. O fuzileiro balançou a cabeça.

— É só uma coluna. Deve haver pelo menos mais uma, provavelmente duas, e mais perto. Espere.

E então ali estavam, figuras malvistas correndo na névoa, dezenas de homens vestindo casacas azuis com dragonas vermelhas que vinham em ângulo à frente deles. Os homens levantaram seus mosquetes.

— Não atirem! — Sharpe empurrou um mosquete para baixo. Os *voltigueurs* correram para dentro do fogo do 66º e dos Americanos Reais, estavam a cem passos rio acima, e Sharpe esperou para ver se a linha de escaramuça francesa chegaria ao South Essex. — Esperem!

Viu os primeiros franceses caírem no capim. Outros se ajoelharam e miraram com cuidado, mas esta não era a luta dele. Achou que o ataque francês, apontado contra a colina Medellin, iria passar direto pelo South Essex, mas estava satisfeito em deixar que suas tropas cruas vissem uma verdadeira escaramuça antes de terem de fazer isso pessoalmente. Os franceses, como os britânicos, lutavam em pares. Cada homem tinha de proteger seu parceiro, disparando alternadamente e gritando alertas, constantemente vigiando o inimigo para ver se as armas estavam apontadas para ele ou para o parceiro. Sharpe podia escutar os gritos, os apitos que passavam ordens, e, ao fundo, insistente como um toque de alarme, o som de tambores e gritos. Knowles era como um cão preso à guia, querendo subir rio acima em direção à luta, mas Sharpe o conteve.

— Eles não precisam de nós. Nossa vez chegará. Espere.

A linha britânica estava se sustentando. Os franceses tentavam atravessar o rio mas caíam quando chegavam à água. Os pares britânicos se moviam em corridas curtas, mudando de posição, confundindo o inimigo, esperando que os *voltigueurs* chegassem ao alcance e então disparando seus tiros. Os fuzileiros de casacos verdes dos Americanos Reais procuravam os oficiais e sargentos franceses, e Sharpe escutava o estalo dos fuzis destruindo os líderes inimigos. O som estava subindo até o primeiro clímax, o rugido dos canhões, os estrondos dos obuses, os tambores e as vozes da coluna, e o som das cornetas se misturando ao dos mosquetes. A névoa ia se adensando com a fumaça das baterias francesas que se desviava para o oeste, em direção às linhas britânicas, mas logo, Sharpe sabia, a névoa seria dissipada. Sentiu uma brisa leve e viu um grande redemoinho de brancura estremecer e se mover, e ouviu Knowles respirar fundo, de espanto, antes que a névoa se fechasse. Na abertura havia uma massa de homens, fileiras densamente unidas, marchando, cobertas de pontas de aço, uma das colunas vindo em direção ao riacho. Era hora de recuar e, sem dúvida, Sharpe ouviu os apitos e as cornetas e viu os escaramuçadores à esquerda começarem a voltar na direção da colina Medellin. Deixaram para trás corpos azuis, vermelhos e verdes.

Soprou seu apito, balançou um braço e ouviu os sargentos repetirem o sinal. Seus homens ficariam desapontados. Não haviam disparado um único tiro, mas Sharpe suspeitava que eles teriam oportunidade bem antes do que imaginavam. Os tambores e os cantos prosseguiam, os tiros de canhão trovejavam no alto, mas enquanto a companhia subia o morro a névoa os separou da batalha. Ninguém estava atirando neles, nenhum obus caía com pavios soltando perdigotos em seu trecho de colina, e Sharpe continuou com a estranha sensação de ouvir uma batalha que não tinha nada a ver com ele. A ilusão se desvaneceu quando a fileira subiu acima da névoa, na encosta iluminada pelo sol matinal. Sharpe conteve a fileira, virou-se e ouviu seus homens ofegarem e xingarem com a visão que encontraram subitamente.

A crista da colina Medellin estava deserta. Apenas os projéteis franceses continuavam a rasgar a terra em grandes jorros de solo e chamas. Os escaramuçadores à frente do ataque francês subiam atabalhoadamente a encosta, cada vez mais perto dos obuses que explodiam, e se viravam para atirar nas colunas que se arrastavam para fora da névoa como grandes animais estranhos emergindo do mar. A coluna mais próxima estava a duzentos metros à esquerda, e para as tropas novatas de Sharpe a coisa devia parecer avassaladora. Os *voltigueurs* juntavam suas fileiras, inchando-as, os tambores os instigavam com sua batida implacável, hipnótica, e os gritos profundos de "Vive L' Empereur" pontuavam o avanço esmagador. Havia três colunas subindo a encosta; cada uma, Sharpe supôs, teria quase 2 mil homens, e acima de cada uma delas pairavam, brilhando ao novo sol, três Águias douradas indo em direção ao cume.

Sharpe virou sua linha de escaramuça de frente para a coluna e depois sinalizou para os homens se abaixarem. Havia pouco que poderiam fazer a essa distância. Decidiu não se juntar de novo ao batalhão; a companhia sofreria menos ficando na encosta e olhando o ataque do que se tentasse atravessar a barreira de obuses, e enquanto se ajoelhavam, olhando a formação gigantesca marchar encosta acima, Sharpe viu os homens da Legião Alemã do Rei se juntar à sua linha inexperiente. Eles seriam espectadores privilegiados na borda do ataque francês. O alferes Denny veio e se ajoelhou perto de Sharpe, e seu rosto traía a preocupação e o medo engendrados pela massa impelida pelos tambores e cantos. Sharpe olhou-o.

— O que acha?
— Senhor?
— Dá medo. — Denny assentiu. Sharpe gargalhou. — Você estudou matemática?
— Sim, senhor.
— Então avalie quantos franceses podem usar de fato os mosquetes.

Denny olhou para a coluna e Sharpe viu a percepção chegar ao rosto dele. A estrutura de coluna francesa era uma experiente vencedora de batalhas, mas contra tropas boas era uma armadilha mortal. Apenas a fila da frente e as duas dos flancos podiam usar suas armas, e das centenas de homens na coluna mais próxima apenas os sessenta da primeira fila e os homens nas extremidades das cerca de trinta outras filas podiam disparar contra os inimigos. A massa de homens no centro estava ali apenas para fazer número, parecer impressionante, gritar e preencher as falhas deixadas pelos mortos.

O som da batalha mudou abruptamente. Os obuses pararam. Os grandes quadrados em marcha estavam perto do cume da colina Medellín, e os artilheiros franceses tinham medo de acertar seus próprios homens. Por um momento havia apenas os tambores, o som de milhares de botas batendo na encosta em uníssono e de repente um grito enorme quando a infantaria francesa achou que tinha vencido. Era fácil ver por que pensavam que a vitória estava ao alcance. Não existia inimigo à frente deles, só o horizonte vazio, e a linha de escaramuça havia passado por cima do cume para se juntar aos seus batalhões. Tinham feito seu serviço. Haviam mantido os *voltigueurs* longe da linha britânica. Mas os gritos de comemoração franceses morreram quando as ordens britânicas ressoaram e, de repente, havia duas fileiras de homens esperando no topo da colina. Ainda parecia ridículo. Três grandes punhos, massas enormes, apontando para uma tênue fileira dupla, mas a visão era enganadora; nessa situação, a matemática era tudo.

A coluna mais próxima de Sharpe ia em direção ao 66º e ao 3º. Os dois batalhões britânicos estavam em menor número, numa relação de dois para um, mas cada casaca-vermelha no cume podia disparar seu mosquete. Das centenas de franceses que subiam na coluna, apenas pouco mais de cem podiam disparar de volta, e Sharpe já vira isso acontecer com muita frequência para ter dúvida quanto ao resultado. Viu a ordem ser dada, viu a linha britânica parecer dar um quarto de volta para a direita enquanto os homens levavam os mosquetes aos ombros, e olhou a coluna francesa parar instintivamente diante de tantas armas. Os tambores soaram, os oficiais franceses gritaram, uma espécie de rosnado baixo veio das colunas, cresceu até um rugido, gritos de comemoração, e os franceses correram em direção ao cume.

E pararam. As finas lâminas de aço dos oficiais britânicos baixaram e as saraivadas implacáveis começaram. Nada podia ficar no caminho daquele fogo de mosquetes. Da direita à esquerda, ao longo dos batalhões, as saraivadas dos pelotões chamejavam e estalavam, um fogo em movimento que jamais parava, a regularidade mecânica de tropas treinadas derramavam quatro tiros por minuto contra a densa massa de franceses. O barulho subiu até o verdadeiro clímax da batalha — o som espantoso das saraivadas ordenadas misturado ao curioso tilintar das balas que acertavam as baionetas francesas. Sharpe olhou à esquerda e viu o South Essex assistindo. Eles estavam muito longe para que seus mosquetes tivessem alguma utilidade, mas ficou feliz porque as tropas novatas de Simmerson podiam ver uma demonstração de como o poder de fogo treinado vencia batalhas.

O som de tambores continuou, os meninos batiam freneticamente nos instrumentos para forçar a coluna a subir a encosta e, incrivelmente, os franceses tentavam. O clima de vitória era forte demais, entranhado demais, e enquanto as primeiras filas eram destruídas pelo fogo assassino, os homens de trás lutavam passando por cima dos corpos até serem lançados para trás pelas balas implacáveis. Estavam diante de uma tarefa impossível. A coluna estava travada, encolhida contra a tempestade, absorvendo um castigo incrível mas recusando-se a ceder; a aceitar a derrota. Sharpe ficou pasmo, como ficara em Vimeiro, ao ver que tropas podiam aguentar uma punição tamanha, mas elas absorviam, e ele ficou olhando enquanto os oficiais tentavam reorganizar um novo ataque. Tarde demais, os franceses tentaram se formar em linha, e ele podia ver os oficiais balançando as espadas comandando as filas de trás para ocuparem os flancos abertos. Sharpe levantou seu fuzil.

— Venham!

Seus homens gritaram, comemorando, e o seguiram atravessando a encosta. Havia pouco perigo de os franceses conseguirem formar uma linha, mas o surgimento de duzentos escaramuçadores no flanco iria impedi-los. Os alemães da legião foram com a companhia de Sharpe e todos pararam a cem passos da massa confusa de franceses e começaram a disparar suas saraivadas, mais irregulares do que o fogo organizado do cume, mas suficientemente eficazes para repelir os franceses que tentavam corajosamente formar uma linha. Os alemães começaram a calar baionetas, sabiam que a coluna não suportaria o fogo por muito mais tempo, e Sharpe gritou para seus homens calarem baionetas. O som dos tambores foi sumindo. Apenas um menino tocou mais um rufo decidido com as baquetas, mas o ritmo característico da carga parou e o ataque estava acabado. O topo do morro ondulou de luz enquanto o 66º calava baionetas, as saraivadas morriam, os britânicos gritavam em comemoração e os franceses se acabavam. Partidos e esmagados pelo fogo de mosquetes, não esperaram a carga de baionetas. A massa se dividiu em pequenos grupos de fugitivos, as Águias baixaram, as fileiras azuis se partiram e correram em direção ao riacho.

— Avante! — gritaram Sharpe, os oficiais alemães e, da encosta, os oficiais das companhias do 66º, comandando a fileira vermelha encosta abaixo, eriçada de pontas de aço. Sharpe procurou as Águias mas elas estavam muito longe, sendo levadas para a segurança, e esqueceu-as e comandou seus homens diagonalmente morro abaixo, para interceptar os grupos de franceses em fuga. Era hora de fazer prisioneiros e, enquanto os escaramuçadores penetravam na massa azul, os franceses largavam as armas e levantavam as mãos. Um oficial se recusou a render-se, e brandiu a espada na direção de Sharpe, mas a enorme espada de cavalaria empurrou-a de lado. O homem caiu de joelhos e estendeu as mãos cruzadas na direção do fuzileiro. Sharpe ignorou-o. Queria chegar ao riacho e impedir que seus homens perseguissem os franceses até a outra margem, onde batalhões de reserva esperavam para castigar os britânicos vitoriosos. A névoa havia quase se dissipado.

Alguns franceses pararam junto ao riacho e viraram seus mosquetes para os ingleses. Uma bala acertou de raspão a manga de Sharpe, outra passou quase queimando o rosto, mas o pequeno grupo se rompeu e fugiu enquanto ele balançava a espada na direção deles. Suas botas pisaram no riacho, ele podia ouvir os tiros e viu as balas acertando a água, mas virou-se e gritou para seus homens pararem. Guiou-os de volta para longe do riacho, arrebanhou-os junto com os prisioneiros, afastando-se das tropas francesas de reserva que esperavam com mosquetes carregados na margem oposta.

Estava feito. O primeiro ataque fora rechaçado e a encosta da colina Medellin estava coberta de corpos que formavam uma mancha azul desde o riacho até quase o cume que eles não tinham conseguido alcançar. Haveria outro ataque, mas primeiro cada lado deveria contar os vivos e recolher os mortos. Sharpe procurou Harper e viu, agradecido, que o sargento estava vivo, o tenente Knowles estava ali, dando um riso largo, e com a espada ainda sem sangue.

— Que horas são, tenente?

Knowles enfiou a espada embaixo do braço e abriu o relógio.

— Seis e cinco, senhor. Não foi incrível?

Sharpe riu.

— Espere só. Isso não foi nada.

Harper desceu a encosta correndo na direção deles e estendeu um embrulho.

— Desjejum, senhor?

— Não é salsicha com alho?

Harper riu.

— Só para o senhor.

Sharpe cortou um pedaço e mordeu a carne de cheiro forte e deliciosa. Espreguiçou-se, relaxou os músculos e começou a sentir-se melhor. O primeiro *round* estava terminado e ele olhou para a encosta coberta de corpos, viu a cor única do batalhão. Abaixo dele estava Gibbons, montado ao lado do tio, e Sharpe esperava que o tenente tivesse visto os escaramuçadores e sentisse medo. Harper viu para onde ele estava olhando e percebeu a expressão no rosto do capitão. O sargento se virou para os homens da companhia, guardando os prisioneiros e alardeando os feitos.

— Certo, isso não é uma porcaria de festa da colheita! Recarreguem suas armas. Eles vão voltar.

CAPÍTULO XXII

A batalha havia chamejado brevemente e depois morrido no silêncio e, à medida que o sol subia mais alto e a fumaça se esvaía no nada, o vale do Portina se encheu de homens, britânicos e franceses, que vieram resgatar os feridos e enterrar os mortos. Homens que uma hora antes haviam lutado desesperadamente para matar uns aos outros agora batiam papo e trocavam fumo por comida e vinho por conhaque. Sharpe levou uma dúzia de homens rio abaixo para encontrar quatro soldados da companhia ligeira que estavam desaparecidos. Não tinham morrido na escaramuça; todos foram mortos enquanto subiam a encosta de volta com os prisioneiros. Os canhões franceses haviam aberto fogo, mas desta vez com os canos abaixados, e os obuses explodiam nas fileiras espalhadas dos britânicos que subiam o morro. Os homens começaram a correr, os prisioneiros franceses se viraram e correram em direção às suas fileiras, mas não havia como se proteger dos obuses. Sharpe tinha visto uma bola de ferro acertar um buraco de coelho e ricochetear no ar enquanto a fumaça do pavio espiralava loucamente. O projétil, suficientemente pequeno para ser apanhado com uma das mãos, pousou perto de Gataker. O fuzileiro havia se abaixado para apagar o pavio mas era tarde demais, o obus explodiu, cobrindo-o com o invólucro despedaçado e arrotando fumaça e chamas enquanto lançava o cadáver dele para trás. Sharpe havia se ajoelhado perto dele, mas Gataker estava morto; o primeiro dos fuzileiros de Sharpe a morrer desde a luta nas montanhas do norte no inverno anterior.

Quando os canhões pararam eles receberam a ordem de enterrar os mortos rapidamente, e os homens abriram covas rasas na terra macia junto ao riacho. Os franceses também vieram. Durante alguns minutos as tropas evitaram umas às outras, mas logo alguém fez uma piada, estendeu a mão, e em instantes os inimigos se apertavam as mãos, experimentavam as barretinas uns dos outros, compartilhavam a comida escassa e tratavam-se como amigos perdidos havia muito, e não como inimigos jurados. O vale estava coberto pelos restos da batalha; projéteis não explodidos, armas, mochilas saqueadas, o lixo usual da derrota.

— Sharpe! Capitão! — Sharpe se virou e viu Hogan abrindo caminho entre os mortos e feridos. — Estava procurando você! — O engenheiro desceu do cavalo e olhou ao redor. — Você está bem?

— Estou. — Sharpe aceitou a garrafa d'água oferecida por Hogan. — Como está Josefina?

Hogan deu um sorriso.

— Dormiu.

Sharpe espiou os círculos escuros embaixo dos olhos do irlandês.

— Mas o senhor, não?

Hogan balançou a cabeça e depois indicou os corpos.

— Uma noite insone não é muito que reclamar.

— E Josefina?

— Acho que está bem. Verdade, Richard. — Hogan balançou a cabeça. — Está desanimada; infeliz. Mas o que você esperaria, depois da noite passada?

Depois da noite passada, pensou Sharpe. Santo Deus, era apenas a noite passada. Virou-se e olhou a água ensanguentada do riacho Portina e os franceses na margem oposta, cavando um buraco largo e raso onde seus mortos despidos iam sendo jogados. Virou-se de novo para Hogan.

— O que está acontecendo na cidade?

— Na cidade? Ah, você está preocupado com a segurança dela? — Sharpe assentiu. Hogan pegou sua caixa de rapé. — Tudo está calmo. Eles arrebanharam a maioria dos espanhóis, que voltaram para as fileiras. Há uma guarda na cidade para impedir mais saques.

— Então ela está em segurança?

Hogan espiou os olhos vermelhos de Sharpe, as sombras escuras no rosto, e assentiu.

— Ela está em segurança, Richard. — Hogan não disse mais nada. O rosto de Sharpe o amedrontava; um rosto sinistro, pensou, como de um aventureiro desesperado que arriscaria tudo num único lance de dados. Os dois começaram a andar junto ao riacho, entre os corpos, e Hogan pensou no dragão do Príncipe de Gales, um capitão de braço quebrado que havia aparecido na casa de manhã cedo. Josefina ficara surpresa ao vê-lo, mas satisfeita, e disse a Hogan que havia conhecido o oficial da cavalaria na cidade, no dia anterior. O dragão assumira a vigília de Hogan, mas o engenheiro achava que esta não era a hora de contar a Sharpe sobre o capitão Claud Hardy. Hogan havia gostado do sujeito, aceitara imediatamente a explicação risonha de Hardy sobre como tinha caído do cavalo, e o irlandês podia ver como Josefina estava aliviada por ter alguém ao lado contando anedotas, falando animadamente em bailes e banquetes, caças e cavalos, mas que habilmente entendia quaisquer horrores que ainda espreitavam nas lembranças que ela guardava da noite anterior. Hardy era bom para Josefina, Hogan sabia, mas esta não era a hora de contar isso a Sharpe. — Richard?

— O quê?

— Você fez alguma coisa sobre...? — Hogan parou.

— Gibbons e Berry?

— É. — Hogan ficou de lado e guiou o cavalo para longe de um francês que arrastava um cadáver nu por cima do capim. Sharpe esperou até o sujeito ter ido embora.

— Por quê?

Hogan deu de ombros.

— Eu estava pensando. — Ele falou com hesitação. — Esperava que depois de uma noite para pensar você fosse cuidadoso. Isso poderia destruir sua carreira. Um duelo, uma luta. Tenha cuidado. — Hogan estava praticamente implorando. Sharpe parou e se virou para ele.

— Prometo uma coisa: não farei nada com o tenente Berry.

Hogan pensou um momento. O rosto de Sharpe era indecifrável, mas por fim o irlandês assentiu devagar.

— Acho que é uma coisa boa. Mas você ainda está decidido com relação ao Gibbons?

Sharpe sorriu.

— O tenente Gibbons vai logo se juntar ao tenente Berry. — Ele se virou e começou a subir a encosta. Hogan correu atrás.

— Quer dizer...?

— É. Berry está morto. Diga isso a Josefina, está bem?

Hogan sentiu uma tristeza imensa, não por Berry, que provavelmente merecera tudo que Sharpe lhe havia feito, mas por Sharpe, que via a vida como uma batalha imensa e se preparara para lutá-la com uma ferocidade sem paralelos.

— Tenha cuidado, Richard.

— Terei. Prometo.

— Quando verei você? — Hogan morria de medo de que Sharpe entrasse no quarto de Josefina e encontrasse Hardy.

— Não sei. — Sharpe indicou o exército francês que o esperava. — Há uma luta infernal pela frente e suspeito que todos teremos de ficar no campo até que um dos lados vá para casa. Talvez esta noite. Provavelmente amanhã. Não sei.

Cornetas rachavam o vale, chamando as tropas de volta para suas posições, e Hogan pegou as rédeas. Os dois ficaram olhando os soldados britânicos e franceses apertando-se as mãos e dando tapinhas nas costas antes que a matança recomeçasse. Hogan subiu na sela.

— Vou contar a ela sobre Berry, Richard. Tenha cuidado, não queremos perder você. — Ele esporeou o cavalo e seguiu a meio-galope junto ao riacho, de volta para Talavera.

Sharpe subiu a encosta da colina Medellin com seus homens enquanto eles contavam os espólios que haviam recolhido dos mortos. Ele próprio não havia encontrado nada, mas enquanto subia o morro sabia que haveria colheitas mais ricas no campo antes que o sol caísse: havia uma Águia a ser apanhada.

A manhã continuou se esgueirando. Os dois exércitos se encaravam, a cavalaria reclamava porque não houvera infantaria rompida, para ser trucidada, a artilharia empilhava a munição para romper a infantaria, enquanto a infantaria ficava sentada no capim, organizando a munição e limpando os fechos dos mosquetes. Ninguém parecia ter pressa. O primeiro ataque fora repelido, e agora os franceses estavam duplamente decididos a derrubar o pequeno exército britânico à frente deles. Com seu telescópio Sharpe observava os batalhões azuis arrumando-se lentamente, regimento após regimento, brigada após brigada, até que entre as colinas Pajar e Cascajal pôde ver mais de trinta Águias reunindo-se para o ataque. Forrest juntou-se a ele e deu um sorriso nervoso enquanto pegava o telescópio que era oferecido.

— Eles estão se aprontando, Sharpe?

Forrest examinou a linha francesa. Era óbvio o que iria acontecer. Na Cascajal os artilheiros estavam girando as peças para dispararem contra as tropas à direita do South Essex, contra a Legião e os Guardas. Diante desses regimentos estava se juntando uma vasta horda de batalhões inimigos. Os franceses haviam fracassado em tomar a colina Medellin, à noite ou de dia, e agora planejavam um golpe de marreta com tamanho peso que nenhuma tropa no mundo poderia suportar a fúria e a intensidade de seu ataque. Atrás da infantaria francesa Sharpe podia ver a cavalaria impaciente esperando para se derramar pela abertura e trucidar os britânicos derrotados. O dia estava juntando suas forças, parando antes da carnificina, preparando-se para a enfática demonstração da superioridade francesa que destruiria o exército britânico, iria esmagá-lo com desprezo, e para isso, há uma hora, os canhões franceses abriram fogo de novo.

CAPÍTULO XXIII

Sir Henry Simmerson mal havia se mexido durante toda a manhã. Tinha assistido ao rechaço do primeiro ataque mas, afora a companhia ligeira, o South Essex não fora necessário; agora, sir Henry sabia, as coisas seriam muito diferentes. O lado leste do Portina estava cheio de tropas francesas, batalhões e mais batalhões, preparando-se para avançar nas inevitáveis formações em colunas, e sir Henry os havia inspecionado com seu telescópio. Quinze mil homens estavam para se lançar contra o centro da posição britânica e, mais além deles, outros 15 mil já começavam a se aproximar da colina Pajar e da rede de obstáculos que abrigavam os espanhóis. À direita de sir Henry os quatro batalhões da Legião Alemã do Rei, o Coldstream e o 3º de Guardas esperavam pelo ataque, mas sir Henry sabia que a batalha estava perdida. Nenhuma tropa, nem mesmo a alardeada Legião e os Guardas, poderia suportar o número avassalador que esperava a ordem de começar o ataque maciço.

Sir Henry grunhiu e se remexeu na sela. Estivera certo o tempo todo. Fora loucura deixar que Wellesley tivesse um exército, era loucura lutar nesse país pagão, esquecido por Deus, quando os ingleses deveriam estar lutando por trás das muralhas das cidades flamengas. Olhou de novo para os franceses. Qualquer idiota podia ver o que aconteceria; que as colunas gigantescas atravessariam a fina linha britânica como um touro furioso indo contra uma cerca de palitos. Talavera seria tomada, os espanhóis seriam caçados como ratos pelas ruas, mas as tropas na colina Medellin, como o seu batalhão, estavam em situação pior. Pelo menos as tropas perto de Talavera tinham chance de chegar à ponte e começar a longa retirada para a ignomínia, mas para o South Essex e para os outros batalhões o único destino era o isolamento e a rendição inevitável.

— Não vamos nos render.

O tenente Gibbons levou seu cavalo mais para perto do tio. Não lhe ocorrera que eles poderiam se render, mas sabia desde muito tempo que o modo mais fácil de obter os favores de sir Henry era concordar.

— Isso mesmo, senhor.

Simmerson fechou seu telescópio.

— Será um desastre, Christian, um desastre. O exército está em vias de ser destruído.

O sobrinho concordou e Simmerson refletiu, pela milésima vez, no desperdício de talento que era o fato de Gibbons ser apenas tenente. Ele jamais ouvira nada além de bom senso militar vindo do sobrinho, o garoto entendia todos os seus problemas, concordava com suas soluções, e se sir Henry achara temporariamente impossível dar ao sobrinho o merecido posto de capitão, pelo menos podia mantê-lo longe daquele desgraçado do Sharpe e usá-lo como conselheiro de confiança e confidente. Um novo batalhão apareceu na linha francesa, quase diante do South Essex, e Simmerson abriu o telescópio e olhou-os.

— Estranho.

— Senhor? — Simmerson entregou o telescópio ao sobrinho. O novo batalhão que marchava saindo de trás da colina Cascajal vestia casacas brancas com acabamentos vermelhos nas abas e nas golas. Simmerson nunca vira tropas assim.

— Major Forrest!

— Senhor?

Simmerson apontou para os novos soldados que formavam uma coluna.

— Sabe quem são eles?

— Não, senhor.

— Descubra.

O coronel olhou Forrest esporear o cavalo ao longo da linha.

— Vai falar com o Sharpe. Acha que ele sabe tudo. — Mas não por muito tempo, pensou Simmerson. Esta batalha significaria o fim dos aventureiros militares como Sharpe e Wellesley e a devolução do exército a homens prudentes, oficiais de bom senso, homens como sir Henry Simmerson. Virou-se e viu os obuses explodindo em meio à Legião Alemã do Rei e aos Guardas. Os batalhões estavam deitados, e a maioria dos tiros franceses explodia inofensiva ou ricocheteava acima da cabeça dos homens. Mas de vez em quando havia um sopro de fumaça no centro das fileiras, e Simmerson podia ver os sargentos puxando os mortos mutilados do meio da linha e fechando as aberturas. A linha de escaramuça estava à frente, deitada no capim comprido perto do riacho, um gesto inútil diante do iminente ataque francês. Forrest retornou. — Major?

— O capitão disse que eles são da Divisão Alemã, senhor. Acha que provavelmente são os Batalhões Holandeses.

Simmerson gargalhou.

— Alemães lutando contra alemães, hein? Vamos deixar que se matem uns aos outros!

Forrest não riu.

— O capitão Sharpe pede que a companhia ligeira avance, senhor. Ele acha que os holandeses vão atacar parte da linha.

Simmerson não disse nada. Viu os franceses e certamente os holandeses, se é que eram holandeses, quase à frente do South Essex. Um segundo batalhão se formou numa coluna separada atrás da primeira, mas Simmerson não tinha intenção de deixar seu batalhão se envolver na luta de morte do exército de Wellesley. A Legião Alemã do Rei poderia lutar com os holandeses da Divisão Alemã enquanto Simmerson salvaria pelo menos um batalhão do desastre.

— Senhor? — perguntou Forrest.

Simmerson descartou a interrupção. Havia uma ideia em sua cabeça e ela era empolgante, uma ideia que se estendia para o futuro e dependia do que ele fizesse neste momento, e viu a beleza daquilo crescer na mente. O exército estava condenado. Isso era certo, e dentro de cerca de uma hora a força de Wellesley estaria morta ou prisioneira, mas não havia necessidade de o South Essex tomar parte nesse desastre. Se ele os fizesse marchar agora, seria para longe da colina Medellin, para uma posição na retaguarda, e então não seriam cercados pelos franceses. Mais ainda, seriam o ponto de reunião para os fugitivos que conseguissem escapar da fúria dos franceses, e então ele poderia comandá-los, a única unidade a escapar incólume da destruição de um exército, de volta a Lisboa e à Inglaterra. Uma ação dessas teria de ser recompensada, e Simmerson se imaginou usando o luxuoso chapéu de bicos com cadarços dourados de general. Apertou empolgado o arção da sela. Era tão óbvio! Simmerson não era idiota a ponto de não perceber que a perda da bandeira em Valdelacasa era uma mancha negra contra ele, mesmo sentindo-se satisfeito de que, em sua carta, havia colocado a culpa, plausivelmente e com firmeza, em Sharpe, mas se conseguisse salvar ao menos um pedaço pequeno desse exército, Valdelacasa seria esquecida e a Cavalaria da Guarda em Whitehall seria obrigada a reconhecer sua habilidade e recompensar sua iniciativa. Sua confiança decolou. Por um tempo se sentira inquieto com os homens duros que travavam essa guerra, mas agora eles haviam levado o exército para uma posição terrível, e apenas ele, Simmerson, tinha a visão para enxergar o que era necessário. Empertigou-se na sela.

— Major! O batalhão dará meia-volta e formará uma coluna de marcha à esquerda! — Forrest não se mexeu. O coronel girou seu cavalo. — Ande, Forrest, não temos muito tempo!

Forrest ficou pasmo. Se cumprisse a ordem de Simmerson, o South Essex se dobraria para trás, como um portão se abrindo, e deixaria uma abertura na linha britânica, através da qual os franceses poderiam derramar suas tropas. E as colunas francesas tinham começado o avanço! Seus *voltigueurs* estavam indo em bandos para o riacho, os tambores haviam começado seu ritmo, os obuses caíam mais densos entre a Legião Alemã abaixo deles. Simmerson deu um tapa na anca do cavalo de Forrest.

— Depressa, homem! É nossa única esperança!

As ordens foram dadas e o South Essex começou o desajeitado movimento giratório que deixava no flanco da colina Medellin uma encosta aberta ao inimigo. A companhia de Sharpe era o pivô do movimento e as fileiras se remexeram desajeitadas, olhando para trás, perplexas, enquanto as colunas inimigas começavam a avançar. A linha de escaramuça já estava lutando, Sharpe conseguia ouvir os mosquetes e fuzis, mas a trezentos metros do outro lado do riacho as Águias vinham. Este ataque não era apenas mais vasto do que o primeiro, mas desta vez os franceses estavam mandando sua artilharia de campo junto com as colunas, e Sharpe conseguia ver os cavalos e canhões esperando para começarem a jornada para o riacho. E o South Essex estava recuando! Sharpe correu desajeitadamente ao longo da fileira que girava.

— Senhor!

Simmerson olhou-o de cima para baixo.

— Capitão Sharpe?

— Pelo amor de Deus, senhor! Há uma coluna vindo para nós... — Ele foi interrompido por um tenente dos dragões, do estado-maior de Hill, que fez o cavalo parar levantando um rastro de terra. Simmerson olhou o recém-chegado.

— Tenente?

— Os cumprimentos do general Hill, senhor, e ele pede que o senhor se mantenha em posição e mande os escaramuçadores.

Simmerson assentiu.

— Meus cumprimentos ao general Hill, mas ele vai descobrir que estou fazendo a coisa certa. Continuem!

Sharpe pensou em discutir, mas sabia que era inútil. Correu de volta para a companhia. Harper estava atrás dela, mantendo as posições, e olhou espantado para seu capitão.

— O que está acontecendo, senhor?

— Vamos avançar, é isso que está acontecendo. — Sharpe abriu caminho entre as fileiras. — Companhia ligeira! Ordem de escaramuça. Sigam-me!

Correu morro abaixo, com seus homens atrás. Simmerson desgraçado! Os *voltigueurs* do batalhão de casacas brancas já estavam atravessando o rio e flanqueando os alemães do rei, e Sharpe podia ver homens demais caídos mortos ou feridos onde a legião lutava contra um número duas vezes maior de soldados. Era uma corrida de estourar os pulmões, atrapalhada pelas mochilas, bolsas, sacolas e armas, mas os homens se obrigavam a ir em direção aos holandeses que tinham atravessado o riacho. Obuses explodiram no meio da companhia ligeira, e Harper, impelindo-os por trás, viu dois homens caírem, mas não havia tempo de cuidar deles. Viu Sharpe desembainhar a espada desajeitadamente e percebeu que o capitão planejava uma carga direta contra os *voltigueurs* para empurrá-los de volta para o outro lado do riacho. Harper respirou fundo.

— Baionetas! Baionetas!

Os homens com mosquetes tinham pouca chance de calar as baionetas a tempo, mas os fuzileiros não precisavam tentar. A baioneta do fuzil Baker era longa e equipada com um cabo, e os fuzileiros de Sharpe as seguravam como espadas; os franceses os viram chegando, viraram-se e começaram a colocar a munição nas armas. Uma primeira bala passou por Sharpe, cantando em seu ouvido, uma segunda acertou o chão e ricocheteou batendo em seu cantil, e então ele estava girando a espada contra o homem mais próximo, o resto da companhia estocava e gritava, e os *voltigueurs* de casacas brancas recuavam atabalhoadamente para o lado oposto do Portina.

— Abaixados! Abaixados! Abaixados! — gritou Sharpe para seus homens e empurrou dois para o chão. A linha de escaramuça fora restaurada mas esta era uma pequena vitória. Correu em meio aos seus homens. — Mirem baixo! Matem os desgraçados!

Os escaramuçadores holandeses se organizaram de novo e começaram a atirar do outro lado do riacho. Sharpe os ignorou e continuou correndo até encontrar um capitão da Legião Alemã do Rei, cuja companhia havia sofrido porque Simmerson se recusara a mandar sua companhia ligeira.

— Desculpe!

O capitão descartou o pedido de desculpas.

— Você é bem-vindo! Estamos lutando contra a Divisão Alemã, não é? — O capitão riu. — São bons soldados, mas nós somos melhores. Divirta-se!

Sharpe retornou à sua companhia. O inimigo estava a cinquenta metros de distância, do outro lado do riacho, e os fuzileiros de Sharpe afirmavam sua superioridade graças às sete ranhuras espiraladas no cano das armas. Os *voltigueurs* recuavam e os casacas-vermelhas de Sharpe, do South Essex, se esgueiraram mais perto do riacho para melhorar a mira; Sharpe olhou-os com orgulho, cada um ajudando o outro, mostrando alvos, disparando com frieza e lembrando-se das lições que ele havia martelado durante o avanço até Talavera. O alferes Denny estava de pé, gritando encorajamentos esganiçados, e Sharpe o empurrou para o chão.

— Não se torne um alvo, senhor Denny, eles gostam de matar jovens oficiais promissores!

Danny riu de orelha a orelha com o elogio.

— E o senhor? Por que não se abaixa?

— Vou me abaixar. Lembre-se de continuar em movimento!

Harper estava ajoelhado perto de Hagman, carregando os fuzis e escolhendo alvos maduros para o velho caçador. Sharpe lhes entregou seu fuzil e deixou-os alvejando os oficiais inimigos. Knowles, sensatamente, estava olhando a extremidade aberta da linha, direcionando o fogo de meia dúzia de homens para impedir que os casacas-brancas flanqueassem o South Essex, e Sharpe não era necessário ali. Riu. A companhia estava se saindo bem, vinha lutando como uma unidade veterana, e já havia uma dúzia de corpos do outro lado do riacho. Havia dois, vestidos de vermelho, de seu próprio lado, mas o South Essex, talvez devido à ferocidade da carga, mantinha a iniciativa e os holandeses não queriam se arriscar a chegar perto demais da linha de escaramuça britânica.

Mas para além dos *voltigueurs*, avançando constantemente, estava a primeira coluna, a coluna da direita de uma série que enchia a planície entre a colina Cascajal e a cidade. Faltavam apenas minutos para o ataque e, quando viesse, Sharpe sabia, a linha de escaramuça seria empurrada para trás. Todo o horizonte estava escondido pelas nuvens de poeira levantadas pelos milhares de soldados franceses de infantaria; seus tambores e gritos se rivalizavam com o som dos canhões e dos obuses explodindo, e ao fundo havia o barulho mais sinistro de correntes chacoalhando, que faziam parte dos arreios da artilharia. Sharpe nunca vira um ataque nessa escala, as colunas cobriam oitocentos metros na largura do ataque, e atrás delas, praticamente invisíveis na poeira e na fumaça, havia uma segunda linha, igualmente forte, que os franceses lançariam caso os britânicos contivessem os primeiros batalhões. Sharpe olhou para trás, Simmerson havia girado o batalhão e estava marchando para longe da grande abertura que tinha criado na linha. Sharpe podia ver um cavaleiro galopando imprudente na direção da bandeira única e achou que Hill ou mesmo Wellesley estivesse lidando furiosamente com Simmerson, mas por enquanto a abertura existia e os holandeses de casacas brancas marchavam diretamente para ela.

Juntou-se a Harper. Faltavam apenas segundos até que a coluna os obrigasse a recuar, e ele olhou para o lento avanço e para a Águia que brilhava hipnotizante no centro. Ao lado dela vinha um cavaleiro usando chapéu de bicos, com franjas, e Sharpe deu um tapinha no ombro de Hagman.

— Senhor? — O homem de Cheshire deu um riso desdentado. Sharpe gritou acima do som dos tambores e dos estalos de mosquetes: — Está vendo aquele sujeito de chapéu bonito?

Hagman olhou.

— A duzentos metros? — Ele pegou seu próprio fuzil e mirou com cuidado, ignorando o zumbido das balas inimigas ao redor, deixou a respiração sair entrecortada e apertou o gatilho. O fuzil deu um coice em seu ombro, a fumaça subiu, mas Sharpe saltou de lado e viu o coronel inimigo cair na massa da coluna. Deu um tapa nas costas de Hagman. — Muito bem! — Em seguida foi até os outros fuzileiros. — Mirem na artilharia! Os canhões! — Estava com medo da artilharia montada que os franceses traziam com as colunas; se os artilheiros tivessem permissão de chegar suficientemente perto para carregar os canhões com metralha, abririam grandes buracos na linha britânica e dariam às colunas francesas o poder de fogo que normalmente lhes era negado por sua formação comprimida. Observou seus fuzileiros mirando os cavalos e os artilheiros montados nos canhões franceses de quatro libras. Se alguma coisa poderia parar a artilharia, seria a precisão de longo alcance do fuzil Baker, mas havia muito pouco tempo antes que a coluna os forçasse a recuar. A escaramuça se resumiria em correr e atirar, correr e atirar, o tempo todo chegando mais perto do espaço gigantesco que Simmerson havia criado na defesa britânica.

Correu de volta até Harper, no centro da linha, e pegou de novo seu fuzil. Enquanto a coluna era instigada pelos tambores até chegar mais perto, os *voltigueurs* inimigos juntavam coragem e faziam corridas curtas na direção do riacho, numa tentativa de forçar para trás a linha de escaramuça britânica. Sharpe podia ver meia dúzia de seus homens mortos ou muito feridos, um deles de paletó verde. Apontou para o homem e levantou as sobrancelhas para Harper.

— É Pendleton, senhor. Morto.

Pobre Pendleton, com apenas 17 anos e tantos bolsos a ser roubados, pela frente. Os *voltigueurs* disparavam mais rápido, não se incomodando em mirar, apenas se concentrando em saturar o inimigo com fogo de mosquete, e Sharpe viu outro homem cair: Jedediah Horrell, cujas botas novas tinham lhe dado bolhas. Era hora de recuar; Sharpe soprou o apito duas vezes e viu seus homens darem um último tiro antes de correr alguns passos atrás, ajoelhar-se e carregar a arma de novo. Enfiou uma bala no fuzil e empurrou a vareta de volta na culatra fendida. Procurou um alvo e encontrou-o num homem que usava a divisa única de sargento francês e que contava *voltigueurs* para a corrida que os levaria ao outro lado do riacho. Sharpe encostou o fuzil no ombro, sentiu o estalo satisfatório quando o cão chato recuou na mola principal, e puxou o gatilho. O sargento girou, acertado no ombro, e se virou para ver quem havia disparado. Harper segurou o braço de Sharpe.

— Foi um tiro terrível. Agora vamos dar o fora daqui! Eles vão querer vingança por isso!

Sharpe riu e correu de volta com o sargento, na direção da nova linha de escaramuça, a setenta passos atrás do riacho. O ar estava cheio do "bum-bum, bum-bum, bumabum, bumabum, bum-bum, Vive L'Empereur, e as colunas chapinhavam no riacho, toda a planície coberta pela infantaria francesa marchando sob incontáveis Águias em direção à fina linha defensiva que ainda estava sendo golpeada pelos canhões sobre a colina Cascajal. Os canhões britânicos tinham um alvo que não podiam errar, e Sharpe viu, repetidamente, a bala sólida ser lançada contra as colunas, esmagando homens às dúzias, mas eles eram muitos e as fileiras se fechavam, os soldados pisavam nos mortos e as colunas iam em frente. Os escaramuçadores britânicos gritaram comemorando quando um invólucro esférico foi disparado, a arma secreta dos ingleses, desenvolvida pelo coronel Shrapnel, e detonou com sucesso sobre uma das colunas. E as balas de mosquete, apertadas dentro do invólucro esférico, caíram sobre os franceses e despedaçaram metade das fileiras, mas não havia canhões suficientes para conter o ataque, os franceses absorveram o castigo e continuaram vindo.

Então, durante dez minutos, não houve tempo para ver nada a não ser os *voltigueurs* à frente, não houve tempo para fazer nada além de correr e atirar, correr e atirar, tentar manter os escaramuçadores franceses recuados contra sua coluna. O inimigo parecia mais numeroso, os tambores soando mais alto, e a fumaça dos mosquetes e fuzis obstruía o ar com uma cortina opaca que cercava a companhia de Sharpe e os *voltigueurs* de casaca branca com seus estranhos gritos guturais. Sharpe estava levando a companhia ligeira de volta para o local onde o South Essex estivera, aumentando a distância entre sua companhia e os escaramuçadores alemães. Sua companhia estava reduzida a menos de sessenta homens e, no momento, era a única tropa entre a coluna e a planície vazia na retaguarda da linha britânica. Ele não tinha chance de conter a coluna mas, desde que pudesse diminuir a velocidade do avanço, havia esperança de que a abertura fosse preenchida e o sacrifício de seus homens justificado. Sharpe lutou com o fuzil até a arma ficar tão suja que ele mal conseguia enfiar a vareta no cano; havia muito que os fuzileiros tinham parado de usar o trapo engordurado que rodeava a bala e a prendia nas estrias; em vez disso, como Sharpe, estavam enfiando a carga e a bala nua nas armas o mais rápido que podiam, para desencorajar o inimigo. Alguns homens corriam para trás, urinavam no fuzil e voltavam para a batalha. Era um método grosseiro, mas o mais rápido, de limpar a pólvora grudada num cano sujo no campo de batalha.

Então, finalmente, o som abençoado das saraivadas, do fogo de pelotão, enquanto as tropas da Legião e dos Guardas despedaçavam as cabeças das colunas francesas e as estraçalhavam, empurravam as fileiras para trás, destruíam as tropas da frente, mandavam as saraivadas para as colunas mutiladas pelos canhões. Sharpe não conseguia ver nada. O batalhão holandês havia marchado para a abertura no flanco do 7º Batalhão da Legião Alemã do Rei e parado. Os alemães estavam lutando em duas frentes, adiante deles e para o lado, onde o South Essex deveria estar. E Sharpe poderia ajudar muito pouco. Os *voltigueurs* haviam desaparecido, voltando à coluna para aumentar seu número, e Sharpe e sua companhia, de rostos pretos e exaustos, foram deixados no centro da abertura olhando a parte de trás da coluna inimiga que tentava fazer com que o flanco dos alemães se enrolasse.

— Por que eles não continuam marchando? — O tenente Knowles estava ao lado dele, sangrando no couro cabeludo e subitamente com rosto de veterano.

— Porque as outras colunas estão sendo derrotadas. Eles não querem ficar sozinhos. — Sharpe aceitou um gole do cantil de Knowles, já que o seu estava despedaçado, e a água desceu maravilhosamente fresca pela garganta ressecada. Desejou ser capaz de ver o que acontecia, mas o som, como sempre, contava sua própria história. Os tambores das doze colunas francesas hesitaram e pararam, o gritos de comemoração dos britânicos subiram aos céus, as saraivadas pararam enquanto baionetas raspavam saindo das bainhas e estalavam sendo postas nos mosquetes. Os gritos de comemoração se tornaram berros de vingança, e do topo da colina Medellín os oficiais-generais olhavam a primeira linha do ataque francês se desintegrar e a linha de alemães e guardas caçá-los, perseguindo com ponta de baioneta as colunas despedaçadas, atravessando o riacho, passando pela artilharia montada que simplesmente fora abandonada pelo inimigo sem disparar um único tiro.

— Ah, Deus — gemeu Sharpe, incrédulo.

— O que foi? — Knowles olhou na direção do riacho, para trás das costas do batalhão holandês, que estava isolado no meio do campo, até onde os vitoriosos alemães tinham problemas. As primeiras colunas francesas tinham fugido, partidas e derrotadas, mas junto ao riacho havia uma segunda linha de colunas, tão grande quanto a primeira, e os franceses despedaçados encontraram abrigo atrás dos canhões de sua reserva que esperavam. As tropas alemãs e britânicas, com o sangue espicaçado, as baionetas molhadas, porém com os mosquetes descarregados, correram direto para o fogo das tropas francesas de reserva, e foi a vez de os britânicos serem despedaçados por saraivadas de mosquetes. Eles se viraram e fugiram, em desordem total, e atrás deles a segunda linha de colunas, reforçada pelos sobreviventes da primeira, começou a bater tambores e a marchar para uma planície onde a abertura de Simmerman fora ampliada até oitocentos metros e onde as únicas tropas britânicas corriam em desordem.

Sir Henry, seguro com o South Essex na parte de trás da colina Medellin, viu o segundo avanço francês e deu um suspiro de alívio. Por um momento ficara aterrorizado. Tinha visto as colunas francesas se esgueirar pela planície, a poeira subia atrás delas, os *voltigueurs* pressionavam à frente. Tinha visto o sol se refletir prateado em milhares de baionetas e queimar dourado em milhares de distintivos enquanto as trombetas e os tambores levavam as Águias de 12 colunas em direção à esgarçada linha britânica. E pararam. O fogo de mosquetes havia corrido de um lado para o outro nas linhas britânicas como uma chama em movimento, um trovão abafava todos os outros sons. De seu ponto de observação na colina, Simmerson viu as colunas estremecerem como trigo açoitado por um vento súbito enquanto as saraivadas as esmagavam. Então as colunas haviam desmoronado, partidas, e fugido, e ele mal podia acreditar que uma linha tão fina pudesse repelir aquele ataque. Viu, aparvalhado, os britânicos comemorando, as bandeiras inglesas avançarem, as baionetas se estenderem para o inimigo azul e voltarem vermelhas. Havia esperado a derrota, e em seu lugar via a vitória, havia esperado que os franceses abrissem caminho na linha britânica como se ela não existisse, e em vez disso os britânicos estavam impelindo os inimigos, em número duas vezes maior, a um caos sangrento, e com eles se iam seus sonhos e esperanças.

Só que os britânicos foram longe demais. As novas colunas francesas abriram fogo, os alemães e os guardas foram divididos e partidos, e um novo ataque francês, maior ainda do que o primeiro, avançava a partir do riacho. Os gritos de comemoração dos britânicos haviam sumido, os tambores estavam de volta, e as bandeiras inglesas recuavam em caos diante das Águias triunfantes. Ele estivera certo, afinal de contas. Virou-se para se gabar de sua perspicácia para Christian Gibbons, mas em vez do sobrinho se pegou olhando nos olhos de um tenente-coronel estranho; ou não seria tão estranho assim? Ele vira o sujeito, mas não conseguia saber aonde. Já ia perguntar o que ele queria, mas o estranho e elegante tenente-coronel falou antes:

— O senhor está sendo substituído, sir Henry. O batalhão é meu.

— O que...

O homem não esperou para discutir. Virou-se para um sorridente Forrest e gritou um jorro de ordens. O batalhão estava parando, dando meia-volta, retornando à batalha. Simmerson cavalgou atrás do homem e gritou um protesto, mas o tenente-coronel girou para ele com a espada desembainhada e os dentes à mostra, e sir Henry decidiu que este não era o lugar para uma discussão, e em vez disso puxou as rédeas de seu cavalo. Então o homem olhou para Gibbons.

— Quem é você, tenente?

— Gibbons.

— Ah, sim. Estou lembrando. Da companhia ligeira?

— Sim, senhor. — Gibbons lançou um olhar frenético para o tio, mas Simmerson estava olhando os franceses que avançavam. O novo coronel bateu no cavalo de Gibbons com a parte chata da espada.

— Então junte-se à companhia ligeira, senhor Gibbons! Depressa! Eles precisam de ajuda, até mesmo da sua!

Os franceses avançavam por uma planície salpicada de corpos, coberta de fumaça, mas hipnotizantemente livre de tropas. Sir Henry ficou montado em seu cavalo, vendo o South Essex marchar para a batalha, viu outro batalhão, o 48º, correndo para o caminho do inimigo, e do outro lado do buraco enorme outros batalhões britânicos marchavam desesperadamente para formar um fino anteparo diante das Águias em massa. Oficiais do estado-maior levantavam poeira galopando encosta abaixo, os longos canhões de seis libras recuavam nas conteiras golpeando o inimigo, a cavalaria britânica esperava ameaçadoramente para impedir que os cavaleiros inimigos tentassem explorar os batalhões britânicos despedaçados. A batalha ainda não estava perdida. Sir Henry olhou o topo da colina ao redor, e sentiu-se terrivelmente sozinho.

CAPÍTULO XXIV

Sharpe estava com a visão da batalha bloqueada pelo batalhão de soldados holandeses e pela fumaça que pairava como estranhos retalhos de névoa sob o escaldante calor espanhol. Com o recuo da primeira linha de colunas francesas, os holandeses tinham se transformado em alvo para os canhões britânicos e, de modo sensato, as tropas de casacas brancas haviam mudado a formação de coluna para linha. Agora eram como uma suja parede branca virada para o resto da Legião Alemã do Rei em fuga, correndo a sua frente. Sharpe podia ver os holandeses socando as balas e disparando os mosquetes contra os batalhões partidos, mas não faziam menção de avançar e acabar com os sobreviventes. Sharpe supôs que, tendo seu coronel morto por Hagman, o batalhão não sabia bem o que fazer e estava esperando o segundo ataque francês para acompanhá-lo.

— Senhor! Senhor! — O alferes Denny puxou o paletó de Sharpe e apontou. Através da fumaça dos canhões na colina Medellin, Sharpe viu um batalhão britânico marchar morro abaixo. — É o nosso batalhão, senhor! O nosso! — Denny estava empolgado, pulando, enquanto o estandarte único rompia a fumaça e descia até ser totalmente visto na encosta. Ainda estavam a quatrocentos metros, e atrás deles, mal vislumbrado através da fumaça, Sharpe viu outro batalhão marchando para a abertura para se colocar na frente desse segundo e maior ataque francês. Podia ouvir os tambores de novo, persistentes como sempre. Sentiu que o momento da batalha estava chegando e, como numa confirmação, os canhões franceses recomeçaram, de seus canos quentes lançavam projéteis e mais projéteis contra os batalhões britânicos, que corriam para formar uma nova linha e enfrentar o próximo ataque. A vitória estava perto demais para os franceses, eles só precisavam romper o esboço de defesa que estava se formando precariamente e o dia estaria ganho.

Os homens de Sharpe foram esquecidos. Formavam um pequeno grupo ao fundo de um vale raso na borda de uma luta enorme. Batalhões dos dois lados tinham sido partidos, havia centenas de mortos, o riacho estava fluindo com sangue, e agora, em meio à fumaça e ao barulho, milhares de franceses marchavam contra a linha inglesa dividida. A qualquer momento o ataque aconteceria de modo espantoso e as reservas britânicas desmoronariam ou se sustentariam, e Sharpe se levantou, espada na mão, sem saber direito o que fazer. Harper deu um tapinha em seu braço e apontou para um cavaleiro que descia lentamente na direção deles, vindo da colina Medellin.

— O tenente Gibbons, senhor!

Sharpe se virou de volta para a luta. Presumivelmente Gibbons vinha com ordens de Simmerson, mas Sharpe não tinha confiança no coronel e não estava particularmente interessado em qualquer mensagem que Gibbons trouxesse. O South Essex ainda estava a alguns instantes de abrir fogo contra o batalhão de casacas brancas à frente, e quando fizessem isso Sharpe sabia que os holandeses se voltariam contra os atacantes e ele não tinha confiança na capacidade de Simmerson para levar o batalhão à luta. Era melhor ignorar o South Essex.

Os holandeses estavam cobertos de fumaça. À medida que a luta crescia, a fumaça de pólvora se adensava numa nuvem cinza que escondia tudo, e os sons distantes das trombetas de cavalaria assumiam uma ameaça sinistra. Sharpe relaxou. Não havia decisões a tomar, a batalha estava sendo decidida por milhares de homens para além da fumaça dos mosquetes holandeses, e a Companhia Ligeira do South Essex cumprira seu dever. Virou-se para Harper e sorriu.

— Você vê o que eu vejo?

Harper deu uma risada, os dentes brancos brilhantes em contraste com o rosto enegrecido pela pólvora.

— É muito tentador, senhor. Eu também estava pensando nisso.

A duzentos metros dali, no centro da linha holandesa, havia uma Águia. Relampejava dourada à luz, as asas estendidas sombreavam o mastro onde estava montada. Harper olhou para as costas da infantaria holandesa que disparava contra um alvo invisível na fumaça mais além.

— Seria uma grande história, seria mesmo.

Sharpe arrancou uma folha de capim e mastigou-a, depois cuspiu.

— Não posso ordenar que você venha.

O sargento sorriu de novo, um grande sorriso feliz num rosto escarpado.

— Não tenho nada melhor para fazer. Vai ser preciso mais do que nós dois.

Sharpe confirmou com a cabeça e riu.

— Quem sabe o tenente Gibbons dê uma mãozinha?

Harper se virou e olhou para Gibbons, que agora esperava cinquenta metros atrás da companhia.

— O que ele quer?

— Deus sabe. Esqueça-o. — Sharpe caminhou até os seus homens e olhou-os. Eles estavam agachados no capim, os rostos imundos, os olhos vermelhos e fundos por causa da fumaça de pólvora e do esforço da batalha. Tinham se saído mais do que bem. Olhavam-no com expectativa.

— Vocês se saíram bem. Foram bons e estou orgulhoso. — Eles riram, embaraçados com o elogio, satisfeitos. — Não vou pedir mais nada a vocês. O batalhão está vindo para cá, e num minuto o senhor Denny vai levá-los de volta e formá-los à esquerda, como de praxe. — Eles estavam perplexos, os risos haviam sumido. — O sargento Harper e eu não vamos. Achamos ruim que nosso batalhão tenha só uma bandeira, por isso vamos pegar outra. Aquela. — Sharpe apontou para a Águia e viu os homens olharem para além dele. Um ou dois riram, a maioria ficou pasma. — Vamos agora. Quem quiser ir junto é um idiota, mas será bem-vindo. O resto, todos vocês, se quiserem, voltarão com o senhor Denny, e o sargento e eu nos juntaremos a vocês assim que possível.

Denny protestou.

— Eu quero ir, senhor!

Sharpe balançou a cabeça.

— Independentemente de quem vier, senhor Denny, o senhor nao virá. Quero que tenha um aniversário de 17 anos.

Os homens riram, Denny ficou vermelho, e Sharpe lhes deu as costas. Ouviu Harper desembainhar a baioneta e, em seguida, veio o som de outras lâminas se encaixando no lugar. Começou a andar na direção do inimigo, com a espada baixa, e ouviu os passos atrás. Harper estava ao seu lado e eles caminhavam para o batalhão que não suspeitava de nada.

— Todos vieram, senhor. Todos.

Sharpe olhou-o.

— Todos? — Em seguida se virou. — Senhor Denny? Volte para o batalhão! É uma ordem!

— Mas, senhor...

— Não, senhor Denny. Volte!

Olhou o garoto se virar e dar alguns passos. Gibbons ainda estava montado em seu cavalo e olhando-os, e Sharpe se perguntou de novo o que o tenente fazia, mas não tinha importância; a Águia era tudo. Virou-se de novo e foi em frente, rezando para que o inimigo não os notasse, rezando a qualquer coisa que existisse além do céu azul manchado de fumaça para que tivessem sucesso. Tinha posto o coração numa Águia.

O inimigo ainda estava de costas para eles, ainda disparava contra a fumaça, e o ruído da batalha ficava mais alto. Por fim, Sharpe ouviu as saraivadas regulares dos pelotões e soube que o segundo ataque francês encontrara a nova linha britânica e a monotonia pavorosa das saraivadas inglesas lutava de novo contra os tambores hipnóticos. As balas maciças de seis libras inglesas trovejavam no alto e abriam caminhos malignos nas colunas francesas invisíveis, mas o som dos tambores aumentava, os gritos de "Vive L'Empereur" não se abatiam, de repente eles estavam a cem metros da Águia, e Sharpe girou a espada na mão e apressou o passo. Sem dúvida os inimigos iriam vê-los!

Um menino com um tambor, batendo as baquetas na retaguarda da linha inimiga, virou-se para vomitar e viu o pequeno grupo vindo em silêncio pela fumaça. Gritou um alerta, mas ninguém escutou, gritou de novo e Sharpe viu um oficial se virar. Houve movimento nas fileiras, homens giravam para encará-los mas tinham as varetas enfiadas até a metade dos canos e ainda estavam carregando. Sharpe levantou a espada.

— Vamos! Vamos!

Começou a correr, sem perceber nada além da Águia e os rostos apavorados do inimigo que se apressava desesperadamente para carregar os mosquetes. Ao redor do porta-estandarte Sharpe podia ver granadeiros usando os altos chapéus de pele de urso, alguns armados com machados, os protetores da honra francesa. Um mosquete espocou e uma vareta passou dando cambalhotas sobre sua cabeça; Harper estava ao lado dele, a espada-baioneta na mão, os dois gritaram seu desafio enquanto os meninos dos tambores corriam para os lados e os dois fuzileiros enormes penetraram no centro da linha inimiga. Mosquetes explodiram com um estalo terrível, Sharpe viu homens com uniformes verdes sendo jogados para trás, e então não pôde ver nada além de um alto granadeiro que estocava com golpes curtos e profissionais com uma baioneta. Sharpe se torceu de lado, deixou a lâmina passar por ele, agarrou o cano do mosquete com a mão esquerda e puxou o granadeiro contra sua espada na horizontal. Alguém à esquerda o atacou, um golpe de cima para baixo, o mosquete usado como porrete. Sharpe se virou e a arma bateu com força em suas costas, lançando-o à frente contra o corpo do granadeiro cujas mãos seguravam a lâmina cravada no estômago. Um tiro o ensurdeceu, um dos seus fuzis, e de repente ele estava livre, puxando a espada do cadáver pesado, e berrando contra o homem que guardava a Águia. Harper, como Sharpe, havia aberto caminho pela primeira fileira, mas sua espada-baioneta era curta demais e o irlandês estava sendo obrigado a recuar, pressionado por dois homens com baionetas. Sharpe os empurrou de lado com sua espada, cortando uma enorme lasca do mosquete mais próximo. Harper saltou na abertura, cortando à direita e à esquerda, enquanto Sharpe lutava ao lado.

Mais mosquetes, mais gritos, os casacas-brancas estavam gadanhando-os, rodeando-os, recarregando as armas para arrebentar o bando minúsculo com fogo de mosquete que iria esmagá-los sem piedade. A Águia estava recuando, indo para longe deles, mas não havia lugar para onde o porta-bandeira pudesse ir, a não ser na direção dos fogos de mosquete de um batalhão britânico invisível, em algum ponto da fumaça que se derramava do choque da coluna contra a linha. Um homem com um machado veio para perto de Sharpe; era um sujeito enorme, grande como Harper, e sorriu enquanto sopesava a lâmina gigantesca e depois a girava para baixo num golpe que teria decapitado um boi. Sharpe saiu do caminho, sentiu o vento da lâmina, viu o machado se chocar no chão encharcado. Cravou a espada no pescoço do sujeito, soube que o havia matado, e viu Harper arrancar o machado da terra e jogar longe a baioneta. O irlandês estava gritando na língua de seus ancestrais, com o sangue selvagem correndo, girando o machado num círculo tão louco, que até Sharpe teve de sair do caminho enquanto Patrick Harper ia em frente; lábios repuxados para trás no rosto enegrecido, sem a barretina e com o cabelo comprido sujo de pólvora, a grande lâmina prateada cantando em suas mãos e a língua antiga rasgando um caminho através do inimigo.

O porta-bandeira saltou das fileiras para carregar a preciosa Águia para a segurança do batalhão, mas houve um estalo, o sujeito caiu, e Sharpe ouviu o costumeiro "peguei", de Hagman. Então houve um novo som, mais saraivadas, e o batalhão holandês sacudiu-se como um animal ferido enquanto o South Essex chegava em seu flanco e começava a disparar as saraivadas. Sharpe foi encarado por um oficial enlouquecido que girou uma espada para ele, errou e gritou em pânico quando Sharpe estocou com a ponta. Um homem de branco saiu correndo das fileiras para pegar a Águia caída, mas Sharpe também estava atravessando a linha e chutou o sujeito nas costelas, abaixou-se e pegou o mastro no chão. Houve um grito informe do inimigo, homens saltaram para ele com baionetas e ele sentiu um golpe na coxa, mas Harper estava ali com o machado, assim como Denny e sua espada ridiculamente fina.

Denny! Sharpe empurrou o garoto para baixo, girou a espada para protegê-lo mas uma baioneta estava no peito do alferes, e enquanto Sharpe baixava a espada sobre a cabeça do homem sentiu Denny estremecer e tombar. Sharpe gritou, girou a Águia de cobre dourado contra os inimigos, viu o ouro abrir uma cicatriz no ar e forçá-los para trás, gritou de novo e pulou por cima dos corpos com sua espada sangrenta querendo mais. Os holandeses recuaram, pasmos, a Águia estava indo para eles e eles recuaram diante dos dois enormes fuzileiros que rosnavam, giravam as armas, sangravam de uma dúzia de cortes e mesmo assim seguiam em frente. Eram impossíveis de se matar! E agora vinham saraivadas de balas da direita, da frente, e os holandeses, que haviam lutado tão bem a favor de seus senhores franceses, já estavam fartos. Correram, assim como os outros batalhões franceses corriam, e na fumaça do vale do Portina os batalhões mutilados, como o 48º e os homens da Legião e dos Guardas, que haviam se organizado de novo e tinham avançado para lutar outra vez, marcharam sobre o terreno escorregadio de sangue, cravando as baionetas e forçando as enormes colunas francesas para trás. O inimigo foi embora, recuando numa cena que era como as fantasias mais sinistras do inferno. Sharpe nunca vira tantos corpos, tanto sangue derramado num campo; nem mesmo em Assaye, que ele pensara não ter rival em horror, houvera tanto sangue assim.

Da colina Medellin, através da fumaça, sir Henry olhava todo o exército francês recuar, de novo arrebentado pelos mosquetes britânicos, despedaçado e sangrando, tendo perdido um quarto de seus homens; derrotado, partido pela linha, pelos mosquetes que podiam ser disparados vinte vezes por minuto num bom dia, e por homens que não sentiam medo de tambores. E em sua cabeça sir Henry elaborou uma carta que explicava como seu recuo com o South Essex para longe da linha fora o movimento fundamental que trouxera a vitória. Ele não dizia sempre que os britânicos venceriam?

CAPÍTULO XXV

Ainda não estava terminado, mas faltava pouco. Enquanto as tropas britânicas no centro do campo deixavam-se cair em fileiras exaustas na beira do desbotado riacho Portina, ouviram jorros de disparos e os toques agudos das trombetas de cavalaria vindo do terreno ao norte da colina Medellin. Mas não aconteceu muita coisa; o 23º Regimento de Dragões Ligeiros fez um ataque suicida, os canhões ingleses de seis libras esmagaram 12 batalhões franceses e depois os franceses desistiram. O silêncio baixou sobre o campo. Os franceses estavam acabados, derrotados, e os britânicos tinham a vitória e o campo.

E, com ele, os mortos e feridos. Havia mais de 13 mil baixas, mas ninguém sabia disso, ainda. Não sabiam que os franceses não atacariam de novo, que o rei José Bonaparte e os dois marechais franceses cavalgariam para o leste durante a noite, de modo que os vitoriosos ficaram no campo, exaustos e enegrecidos. Os feridos gritavam pedindo água, pedindo as mães, uma bala, qualquer coisa que não fosse a dor e a impotência naquele calor. E para eles o horror não estava terminado. O sol havia ardido implacável durante dias, o capim na colina Medellin e no vale estava totalmente seco, e de algum lugar começou uma chama que ondulou e se espalhou pelo capim, queimando feridos e mortos. O cheiro de carne queimada se espalhou e pairou como cobertores de fumaça. Os vitoriosos tentaram transportar os feridos, mas era demais, rapidamente as chamas se espalharam e os encarregados do resgate xingavam e se deixavam cair à margem do imundo Portina, aplacando a sede em sua água sangrenta.

Abutres circulavam nos morros ao norte. O sol se punha vermelho, deixando sombras inclinadas no campo que pegava fogo, nos homens que lutavam para escapar das chamas e nas tropas enegrecidas que se levantavam para saquear os mortos e transportar os feridos. Sharpe e Harper seguiram seu caminho, dois homens em meio à cortina de fumaça e capim queimado, ambos sangrando, mas com o rosto carregado de uma alegria particular. Sharpe segurava a Águia. Não era grande coisa de se olhar; um mastro azul-claro com dois metros e meio de comprimento e no topo o pássaro dourado com asas abertas e na pata esquerda, levantada, um raio que iria lançar contra os inimigos da França. Não havia nenhuma bandeira junto; como tantos outros batalhões franceses, os donos anteriores haviam deixado sua bandeira no depósito e carregado para a guerra apenas o presente de Napoleão. Tinha menos de dois palmos de envergadura, e uma altura igual, mas era uma Águia, e era deles.

A companhia ligeira tinha-os visto ir. Apenas Sharpe, Harper e Denny haviam atravessado as fileiras do batalhão inimigo, e quando o ataque francês desmoronou, o resto da companhia ligeira fora empurrada de lado pela corrida dos sobreviventes em pânico que fugiam das saraivadas. O tenente Knowles, com uma bala no ombro, olhou os homens que continuavam a disparar contra os franceses em retirada e depois levou-os de volta ao encontro do batalhão. Sabia que Sharpe e Harper estavam em algum lugar no meio da fumaça e que iriam aparecer, com ou sem a Águia.

O tenente-coronel William Lawford estava em seu cavalo, olhando os corpos no campo. Havia levado o South Essex encosta abaixo e visto o regimento disparar com seus mosquetes, devagar mas calmamente, contra os inimigos de casacas brancas. Tinha visto a luta pela Águia, mas a fumaça que se espalhava das saraivadas do batalhão acabou escondendo a cena, e os sobreviventes da companhia ligeira tinham acrescentado pouca coisa. Um tenente trouxe 43 homens ensanguentados e sujos, rindo como macacos, falando da Águia, mas onde ela estava? Queria ver Sharpe, queria ver o rosto do amigo quando descobrisse que seu companheiro de cadeia em Seringapatam era agora seu coronel, mas o campo estava coberto por chamas e fumaça, por isso desistiu de procurar e deu ao batalhão a tarefa sinistra de despir os mortos e empilhar os corpos nus como lenha para a fogueira. Era um número grande demais para ser enterrado.

Sir Henry Simmerson estava acabado. Wellesley havia jurado isso, com todas as letras, e mandara Lawford assumir o comando do batalhão. Lawford esperava mantê-lo, era hora de comandar um batalhão, e havia muito a ser feito. O major Forrest veio cavalgando até ele e prestou continência.

— Major?

— A não ser pela companhia ligeira, senhor, perdemos muito poucos.

— Quantos? — Lawford observou enquanto Forrest pegava um pedaço de papel no bolso.

— Uma dúzia de mortos, senhor, talvez duas dúzias de feridos.

Lawford assentiu.

— Nós tivemos poucas perdas, major. E a companhia ligeira?

— O tenente Knowles trouxe 43, senhor, e a maioria está ferida. O sargento Read ficou com a bagagem, junto com dois outros, portanto são 46. Havia cinco homens doentes demais para lutar, e estão na cidade. — Forrest parou. — Com isso são 51, senhor, de um total de 89.

Lawford não disse nada. Inclinou-se adiante na sela e espiou a fumaça móvel. Forrest pigarreou nervoso.

— O senhor não acha... — Ele deixou a pergunta no ar.

— Não, major, não acho. — Lawford se empertigou e virou seu charme para o major. — Conheço Richard Sharpe desde que eu era tenente e ele sargento. Ele deveria ter morrido uma dúzia de vezes, major, pelo menos uma dúzia, mas de algum modo ele se arrasta para fora. — Lawford riu. — Não se preocupe com Sharpe, major. É muito melhor deixar que ele se preocupe com você. Quem mais está faltando?

— Há o sargento Harper, senhor...

— Ah! — interrompeu Lawford. — O irlandês lendário.

— E o tenente Gibbons, senhor.

— O tenente Gibbons? — Lawford se lembrou do encontro no quartel-general de Wellesley em Plasencia e da expressão petulante no rosto do tenente louro. — Imagino como ele irá se virar sem o tio. — O tenente-coronel sorriu brevemente; Gibbons era sua menor preocupação. Ainda havia muito a fazer, muitos homens a ser resgatados antes que o povo da cidade se espalhasse pela carnificina para saquear os corpos. — Obrigado, major. Só teremos de esperar pelo capitão Sharpe. Enquanto isso, poderia organizar um grupo para pegar água para os homens? E tomara que esses franceses mortos tenham comida boa nas mochilas, caso contrário passaremos uma noite magra.

Os franceses carregavam comida. E ouro. E Sharpe, como sempre, dividiu com Harper o que havia encontrado. O sargento estava carregando a Águia e espiava o pássaro, pensativo.

— Vale dinheiro, senhor?

— Não sei. — Por hábito, Sharpe estava recarregando seu fuzil e resmungou enquanto forçava a vareta no cano sujo.

— Mas eles vão nos recompensar, sem dúvida, não é?

Sharpe riu para o sargento.

— Imagino que sim. O fundo patriótico poderia dar uns cem guinéus, quem sabe? — Pôs a vareta de volta no lugar. — Talvez eles só digam: "obrigado". — Fez uma reverência irônica para o irlandês. — Obrigado, sargento Harper.

Harper retribuiu a reverência, desajeitado.

— Foi um prazer, capitão Sharpe. — Ele fez uma pausa. — É melhor que os desgraçados paguem alguma coisa. Mal posso esperar para ver a cara do Simmerson quando o senhor entregar isso a ele.

Sharpe riu. Estava ansioso por esse momento. Pegou a Águia com Harper.

— Venha, é melhor os encontrarmos.

Harper tocou o ombro de Sharpe e congelou, olhando a fumaça acima do riacho. Sharpe não podia ver nada.

— O que é?

— Não viu, senhor? — A voz de Harper era baixa, empolgada. — Ali! Droga! Sumiu.

— O que é, pelo amor de Deus?

Harper se virou para ele.

— Poderia esperar, senhor? Dois minutos?

Sharpe riu.

— É um pássaro?

— É. A pega de cauda azul. Passou por cima do riacho e não pode estar longe. — O rosto de Harper se iluminou, a batalha fora subitamente esquecida, a captura da Águia era uma coisa pequena comparada à ave rara que ele ansiava tanto por ver.

Sharpe gargalhou.

— Vá. Eu espero aqui.

O sargento foi em silêncio ao riacho, deixando Sharpe na fumaça que pairava entre os corpos. Um cavalo passou trotando, distraído, o flanco parecia um lençol de sangue, e longe, atrás das chamas, Sharpe podia ouvir cornetas chamando os vivos para formar fileiras. Olhou para a Águia, para o raio preso na garra, a guirlanda em volta do pescoço do pássaro, e sentiu um novo jorro de empolgação com a captura. Agora não poderiam mandá-lo para as Índias Ocidentais! Simmerson poderia fazer o que quisesse, mas o homem que trouxe de volta a primeira Águia francesa capturada estava a salvo de sir Henry. Sharpe sorriu, levantou o pássaro para que suas asas captassem a luz e ouviu um som de cascos atrás.

Seu fuzil estava no chão, e ele teve de deixá-lo enquanto rolava desesperadamente para evitar o ataque de Gibbons. O tenente, com o sabre curvo desembainhado, estava com os olhos faiscantes e inclinado na sela; a lâmina sibilou sobre a cabeça de Sharpe, que caiu, continuou rolando e se ajoelhou, vendo Gibbons puxar as rédeas do cavalo, virando-o com uma das mãos, e instigá-lo adiante. O tenente não dava tempo a Sharpe, nem mesmo para desembainhar a espada, em vez disso apontou o sabre como uma lança e esporeou à frente, de modo que a lâmina se cravasse na barriga de Sharpe. Sharpe se abaixou, o cavalo passou trovejando ao lado e virou-se nas patas traseiras. Gibbons estava acima dele golpeando para baixo com o sabre. Nenhum dos dois falou. O cavalo relinchou, empinou e golpeou com as patas, e Sharpe girou para longe enquanto o sabre era baixado.

Sharpe girou a Águia, mirando a cabeça do cavalo, mas Gibbons era um cavaleiro bom demais e sorriu enquanto se esquivava com facilidade do golpe selvagem. O tenente sopesou o sabre na mão.

— Me dê a Águia, Sharpe.

Sharpe olhou em volta. O fuzil carregado estava a cinco metros de distância e ele correu para lá, mesmo sabendo que era longe demais, ouvindo os cascos, e então o sabre se cravou em sua mochila e lançou-o ao chão. Ele caiu sobre a Águia, torceu-se para a direita, o cavalo estava fazendo uma pirueta acima, os cascos pareciam marretas sobre seu rosto, e a lâmina era uma curva de luz atrás das ferraduras brilhantes. Sharpe rolou de novo, sentiu um golpe entorpecedor quando um dos cascos acertou seu ombro, mas continuou rolando para longe do sabre de Gibbons. Não adiantava. Sentia o cheiro do capim nas narinas, o ar estava cheio dos cascos que voavam, o cavalo permanecia acima dele, pisando ao lado dele. Esperou que a lâmina o espetasse e o prendesse no chão seco. Estava com raiva de si mesmo, por ter sido apanhado, por ter se esquecido de Gibbons, e se perguntou por quanto tempo o tenente o teria tocaiado através da fumaça.

Mal podia mexer o braço direito, todo ele parecia paralisado pelo golpe do casco, mas estocou com a Águia, como se ela fosse uma lança, tentando forçar os cascos a se afastarem de seu corpo. Pássaro desgraçado! Será que Harper não escutava a luta? Então o sabre estava acima de sua barriga e o rosto sorridente de Gibbons acima dele, e o tenente fez uma pausa.

— Ela estava gostosa, Sharpe. E vou levar a Águia também.

Gibbons pareceu rir dele, a boca se esticando cada vez mais, e mesmo assim ele não golpeou. Seus olhos se arregalaram e Sharpe começou a se mover, afastando-se do sabre, levantando-se. Viu o sangue saindo da garganta de Gibbons e caindo, devagar e espesso, no sabre. Sharpe ainda estava se movendo, a Águia girava, e a asa do troféu francês acertou a boca de Gibbons, quebrando-lhe os dentes, forçando a cabeça para trás, mas o corpo tombou na direção de Sharpe. Nas costas, atravessando as costelas, havia uma baioneta presa a um mosquete francês. O sargento Harper estava do outro lado do cavalo, rindo para Sharpe.

O corpo de Gibbons tombou ao lado do cavalo e Sharpe olhou-o, olhou a baioneta e o estranho mosquete francês que fora cravado direto nos pulmões e ficara preso, balançando acima do cadáver. Olhou para Harper.

— Obrigado.

— O prazer foi meu. — O sargento deu um riso largo, como se estivesse satisfeito em ver Sharpe lutando pela vida. — Valeu a pena estar neste exército só para fazer isso.

Sharpe se apoiou no mastro da Águia, recuperando o fôlego, pasmo com a proximidade da morte. Balançou a cabeça para Harper.

— O desgraçado quase me pegou! — Ele parecia atônito, como se fosse impensável que Gibbons se mostrasse melhor lutador.

— Primeiro ele teria de acabar comigo, senhor. — Isso foi dito em tom bastante leve, mas Sharpe sabia que o sargento havia falado a verdade, e sorriu em reconhecimento, depois foi pegar o fuzil. Virou-se de novo.

— Patrick?

— Senhor?

— Obrigado.

Harper desconsiderou isso.

— Só garanta que eles nos deem mais de cem guinéus. Não é todo dia que alguém captura uma porcaria de uma Águia.

Gibbons não estava carregando muita coisa; um punhado de guinéus, um relógio quebrado na queda e o sabre caro que eles seriam obrigados a deixar para trás. Sharpe se juntou a Harper e, ajoelhando-se junto ao corpo caído, enfiou a mão no colarinho de Gibbons e encontrou o que esperava; um cordão de ouro. A maioria dos soldados levava alguma coisa de valor no pescoço, e Sharpe sabia que, se morresse, algum inimigo encontraria o saco de moedas pendurado no dele. Harper levantou a cabeça.

— Deixei passar isso.

Era um medalhão com tampo. Dentro, a foto de uma jovem. Era loura, como Gibbons, mas tinha os lábios grossos, ao passo que os dele eram finos. Os olhos, apesar do pequeno tamanho da miniatura, pareciam espiar para fora da caixinha de metal com alegria e vida. Harper se inclinou para perto.

— O que está escrito, senhor?

Sharpe leu as palavras gravadas dentro da tampa aberta.

— Que Deus o guarde. Amor, Jane.

Harper assobiou baixinho.

— É bonita, senhor.

Sharpe enfiou o medalhão na bolsa de cartuchos, depois olhou de novo o morto com o rosto fino ensanguentado. Será que ela sabia que tipo de homem era seu irmão?

— Venha, sargento.

Caminharam pelo capim, apagando as chamas com os pés, até verem a bandeira amarela e solitária do South Essex. O tenente Knowles avistou-os primeiro, gritou, e de repente a companhia ligeira estava em volta deles, dando tapas em suas costas, falando palavras que eles não conseguiam ouvir e empurrando-os para o grupo de cavaleiros perto da bandeira. Sharpe olhou para além do sorridente Forrest e viu Lawford.

— Senhor?

Lawford riu da surpresa de Sharpe.

— Soube que você tem a honra de comandar minha companhia ligeira, é?

— Sua?

Lawford ergueu as sobrancelhas. Tinha uma aparência cuidada, com os cadarços prateados.

— Desaprova, capitão Sharpe?

Sharpe riu e balançou a cabeça.

— E sir Henry?

Lawford encolheu os ombros elegantes.

— Só digamos que sir Henry sentiu de súbito um desejo ardente de retornar aos bons burgueses de Paglesham.

Sharpe sentiu vontade de gargalhar. Havia cumprido a promessa feita a Lennox, mas sabia que o verdadeiro motivo pelo qual abrira caminho até a Águia francesa era para salvar a própria carreira, e será que tudo aquilo fora desnecessário? A morte de Denny, a matança de tantos outros, só para não ir para as Índias Ocidentais? O troféu estava ao lado de seu corpo, escondido na confusão de homens, mas ele o liberou fazendo a estatueta dourada relampejar subitamente à luz. Entregou-a a Lawford.

— A bandeira perdida do batalhão, senhor. Foi o melhor que o sargento Harper e eu pudemos fazer.

Lawford olhou para os dois, para o cansaço mascarado nas manchas de pólvora, para as marcas nos rostos riscados com sangue de ferimentos na cabeça, e para os borrões pretos onde baionetas haviam espirrado sangue nos casacos verdes. Pegou a Águia, incrédulo, sabendo que era a única coisa que restauraria o orgulho do batalhão, e ergueu-a bem alto. O South Essex, durante tanto tempo escarnecido pelo exército, viu-a e gritou em comemoração, os homens deram tapas nas costas uns dos outros, levantaram os mosquetes em triunfo e comemoraram até que os outros batalhões pararam para ver que barulho era aquele.

Acima deles, na colina Medellín, o general Hill escutou a empolgação e apontou um telescópio para o batalhão que quase havia perdido a batalha. Captou a Águia nas lentes e seu queixo caiu.

— Com todos os diabos! Pela minha alma! Aconteceu a coisa mais estranha. O South Essex capturou uma Águia!

Houve um riso seco ao lado dele e Hill se virou, vendo sir Arthur Wellesley.

— Senhor?

— Com todos os diabos, digo eu, Hill. Esta é apenas a terceira vez que o ouço praguejar. — Ele tomou o telescópio de Hill e olhou encosta abaixo. — Incrível! Você está certo! Vamos ver aquela ave estranha.

EPÍLOGO

O vinho era vermelho-escuro nas taças de cristal, a mesa muito polida brilhava, refletindo uma infinidade de velas em castiçais de prata, as pinturas — cujo verniz antigo reluzia o círculo de luz — mostravam ancestrais sérios e eminentes da família espanhola em cuja mansão de Talavera sir Arthur Wellesley era anfitrião de um jantar. Desde a batalha a situação dos suprimentos havia piorado, as promessas espanholas não foram cumpridas e as tropas estavam recebendo magras meias-rações. Wellesley, como se esperava de um general, tinha se saído melhor do que a maioria dos outros, e Sharpe havia tomado uma sopa de galinha ligeiramente aguada, comido lebre recheada e um bocado do carneiro predileto de Wellesley, enquanto ouvia os outros convidados resmungarem sobre a dieta e beberem intermináveis garrafas de vinho. "Papai" Hill estava ali, rubicundo e feliz, sorrindo largamente para Sharpe, balançando a cabeça e dizendo "Nossa, Sharpe, uma Águia". Robert Crauford sentou-se diante de Sharpe, do outro lado da mesa — Black Bob, que Sharpe não via desde a retirada para Corunna. Crauford perdera a batalha de Talavera por um dia, mesmo tendo marchado, com sua excelente Divisão Ligeira, 67 quilômetros durante 26 horas para alcançar Wellesley. Em meio às tropas que ele trouxera da Inglaterra estava o Primeiro Batalhão do 95º Regimento de Fuzileiros, e Sharpe já fora generosamente recebido no refeitório deles em comemoração a sua façanha. Eles haviam feito mais do que isso. Tinham-no presenteado com um novo uniforme e ele estava sentado à mesa de Wellesley resplandecendo em elegante tecido verde, couro preto e acabamentos prateados. Havia guardado o velho uniforme. No dia seguinte, quando o exército marchasse de novo, preferiria usar o macacão de cavalaria manchado de sangue e as confortáveis botas francesas em vez deste uniforme imaculado e seus sapatos frágeis.

Black Bob Crauford estava em boa forma. Era o mais ferrenho adepto da disciplina no exército, um tirano de fúrias excessivas, amado e odiado por suas tropas. Poucos generais pediam ou recebiam mais de seus homens, e se suas exigências eram sustentadas por castigos selvagens, pelo menos os homens sabiam que a justiça de Crauford era equitativa e imparcial.

Sharpe se lembrava de ter visto Crauford flagrar um oficial de companhia sendo carregado nas costas para atravessar um rio gelado nas montanhas do norte. "Largue-o, senhor! Largue-o!" — gritou o general do alto de seu cavalo para o soldado atônito e, para deleite das tropas sofredoras, o oficial foi largado sem cerimônia na água que chegava à cintura.

Crauford encarou Sharpe com um olhar cínico e bateu na mesa, chacoalhando a prataria.

— Você teve sorte, Sharpe, teve sorte!

— Sim, senhor.

— Não venha com "sim, senhor" para mim. — Sharpe viu Wellesley observando-o com ar divertido. Crauford empurrou uma garrafa de vinho tinto para Sharpe. — Você perdeu quase metade da sua companhia! Se não tivesse retornado com uma Águia mereceria ser rebaixado a soldado raso de novo. Não estou certo?

Sharpe inclinou a cabeça.

— Está, senhor.

Crauford se recostou de volta, satisfeito, e levantou sua taça para o fuzileiro.

— Mas foi muito benfeito, mesmo assim.

Houve gargalhadas na mesa ao redor. Lawford, ornado em prata e cadarço, e confirmado, pelo menos temporariamente, como oficial comandante do South Essex, recostou-se e colocou mais duas garrafas abertas na mesa

— Como está o excelente sargento Harper?

Sharpe sorriu.

— Recuperando-se, senhor.

— Ele foi muito ferido? — Hill se inclinou em direção à luz das velas, com o rosto redondo de fazendeiro cheio de preocupação. Sharpe balançou a cabeça. — Não, senhor. O refeitório dos sargentos do Primeiro Batalhão teve a gentileza de comemorar com ele. Acho que ele propôs a teoria de que um homem de Donegal podia beber o mesmo que três ingleses.

Hogan bateu na mesa. O engenheiro irlandês estava alegremente bêbado e ergueu sua taça para Wellesley.

— Nós, irlandeses, nunca somos derrotados. Não é, senhor?

Wellesley ergueu as sobrancelhas. Havia bebido menos do que Sharpe.

— Não me considero um irlandês, capitão Hogan, mas talvez eu compartilhe esta característica com eles.

— Não venha com esta, senhor — resmungou Crauford. — Ouvi o senhor dizer que o simples fato de um homem nascer num estábulo não faz dele um cavalo!

Houve mais gargalhadas. Sharpe se recostou e ouviu a conversa ao redor da mesa, deixando a refeição descansar pesada no estômago. Os empregados estavam trazendo conhaque e charutos, o que significava que logo a festa acabaria, mas ele havia gostado. Jamais sentia-se confortável em jantares formais; não nascera para isso, tinha comparecido a poucos, mas aqueles homens haviam feito com que se sentisse em casa, e fingiam não notar quando ele esperava que eles pegassem os talheres para saber qual era o par correto a ser usado em cada prato. Havia contado de novo a história de como ele e Patrick Harper tinham aberto o caminho pela linha inimiga, da morte de Denny, e de como eles haviam sido varridos junto com os fugitivos antes de abrirem o caminho com espada e machado.

Tomou seu vinho, retorceu os dedos dos pés dentro dos sapatos novos e refletiu de novo sobre sua fortuna. Lembrou-se do desânimo antes da batalha, de sentir que as promessas não poderiam ser cumpridas, no entanto tudo dera certo. Talvez ele realmente tivesse sorte, como diziam seus homens, mas desejava saber como preservar esta sorte. Lembrou-se do corpo de Gibbons caindo, com a baioneta cravada nas costas, e a visão de Harper retornando de sua observação do pássaro a tempo de impedir que o sabre baixasse sobre Sharpe. No dia seguinte todos os vestígios do crime haviam sido queimados. Os mortos, dentre eles Gibbons, tinham sido empilhados nus, os vivos enfiaram gravetos entre os cadáveres e puseram fogo. Eram em número grande demais para um enterro, e durante dois dias as fogueiras foram alimentadas com mais madeira. O fedor pairou sobre a cidade até que as cinzas foram espalhadas sobre o vale do Portina e os únicos sinais que restaram da batalha foram o equipamento descartado que ninguém se incomodara em recuperar e o capim queimado onde as chamas haviam assado os feridos.

— Sharpe?

Ele levou um susto. Alguém tinha falado seu nome e ele não ouvira o que fora dito.

— Senhor? Desculpe.

Wellesley estava sorrindo para ele.

— O capitão Hogan estava dizendo que você andou melhorando as relações anglo-portuguesas?

Sharpe olhou para Hogan, que levantou as sobrancelhas, maroto. Durante toda a semana o irlandês estivera decididamente animado com relação a Josefina, e Sharpe, sob os olhares de três generais, não teve opção além de sorrir e dar de ombros, modesto.

— A sorte favorece os bravos, hein, Sharpe? — Hill deu um sorriso.

— É, senhor.

Ele se recostou e deixou a conversa fluir. Sentia falta dela. Fazia apenas pouco mais de duas semanas desde a noite em que a acompanhara do pátio da estalagem até a escuridão junto ao riacho, e desde então passara apenas cinco noites com ela. E agora não a veria mais. Soube assim que chegou a Talavera, na manhã seguinte à batalha, e ela o havia beijado e sorrido enquanto, ao fundo, Agostino arrumava as bolsas de couro e dobrava os vestidos que ele não tivera tempo de vê-la usar. Ela caminhou com ele pela cidade, agarrada ao seu cotovelo, olhando seu rosto como se fosse uma criança.

— Nunca teria durado, Richard.

— Eu sei. — Ele pensava o contrário.

— Sabe?

Ela queria que ele se despedisse de modo cortês, e era o mínimo que Sharpe poderia fazer. Contou a ela sobre Gibbons; sobre o olhar final antes que a baioneta executasse a vingança. Ela apertou seu braço com força.

— Sinto muito, Richard.

— Por Gibbons?

— Não. Por você ter de fazer isso. Foi minha culpa, eu fui uma idiota.

— Não. — Era estranho, pensou ele, como os amantes assumem toda a culpa quando dizem adeus. — Não foi sua culpa. Eu prometi protegê-la. Não protegi.

Chegaram a uma pequena praça ensolarada e olharam um convento que formava um dos lados do quadrado. Mil e quinhentos britânicos feridos estavam no prédio, e os cirurgiões do exército trabalhavam no primeiro andar. Gritos vinham claramente pelas janelas e, com eles, um fluxo medonho de membros se empilhavam junto a uma árvore; um monte sempre crescente de braços e pernas guardados por dois soldados cheios de tédio cujo trabalho era espantar os cães famintos para longe da carne mutilada. Sharpe estremeceu diante daquela visão e fez a oração dos soldados; que fosse livrado dos cirurgiões com suas lâminas serrilhadas e seus aventais cheios de sangue.

Josefina havia puxado seu cotovelo e eles deram as costas para o convento.

— Tenho um presente para você.

Ele olhou-a.

— Não tenho nada para você.

Ela pareceu sem graça.

— Você deve vinte guinéus ao senhor Hogan?

— Você não vai me dar dinheiro! — Ele deixou a raiva aparecer.

Josefina balançou a cabeça.

— Já paguei a ele. Não fique com raiva! — Sharpe tentou se soltar mas ela ficou agarrada. — Você não pode fazer nada a respeito, Richard. Eu paguei. Você fingia que tinha dinheiro suficiente, mas eu sabia que você estava pegando emprestado. — Ela lhe deu um minúsculo embrulho de papel e não o olhou porque sabia que ele estava chateado.

Dentro do papel havia um anel, feito de prata, com uma águia gravada. Não era uma águia francesa, segurando um raio, mas mesmo assim era uma águia. Ela o encarou, satisfeita com sua expressão.

— Comprei em Oropesa. Para você.

Sharpe não soube o que dizer. Gaguejou agradecendo. E agora, sentado com os generais, deixou os dedos sentirem o anel de prata. Os dois haviam caminhado de volta até a casa e, esperando do lado de fora, havia um oficial de cavalaria com dois cavalos de reserva.

— É ele?

— É.

— E ele é rico?

Ela sorriu.

— Muito. É um bom homem, Richard. Você gostaria dele.

Sharpe riu.

— Duvido. — Queria dizer o quanto não gostaria de Claud Hardy, com seu nome idiota, seu uniforme rico e os cavalos de raça. O dragão ficou observando os dois enquanto ela olhava para Sharpe.

— Não posso ficar com o exército, Richard.

— Então vai voltar a Lisboa?

Ela assentiu.

— Não vamos a Madri, não é? — Ele balançou a cabeça. — Bom, tem de ser Lisboa. — Ela sorriu. — Ele tem uma casa em Belém; uma casa grande. Sinto muito.

— Não precisa.

— Não posso seguir um exército, Richard. — Ela estava implorando compreensão.

— Eu sei. Mas os exércitos seguem você, não é? — Foi uma tentativa desajeitada de galanteria, e a comoveu, mas agora era hora de partir e ele queria que ela ficasse. Não sabia o que dizer. — Josefina? Sinto muito.

Josefina tocou seu braço e houve um brilho de lágrimas nos olhos dela. Piscou para afastá-las e se obrigou a parecer feliz.

— Um dia, Richard, você vai se apaixonar pela garota certa? Promete?

Ele não olhou-a ir até o dragão, em vez disso virou-se para se juntar de novo à companhia em meio ao fedor dos mortos no campo de batalha.

— Os capitães não deveriam se casar. — Crauford bateu na mesa e Sharpe levou um susto. — Não é verdade?

Sharpe não respondeu. Suspeitava que Crauford estava certo e decidiu, de novo, empurrar para longe a lembrança de Josefina. Ela estava a caminho de Lisboa, da casa grande, para viver com um homem que se juntaria à guarnição de Lisboa, e levar uma vida de danças e diplomacia. Dane-se tudo isso. Tomou seu vinho, estendeu a mão para a garrafa e se obrigou a ouvir a conversa que agora era sombria como seus pensamentos. Estavam falando dos mil e quinhentos feridos no convento, que teriam de ser abandonados aos cuidados dos espanhóis. Hill estava olhando preocupado para Wellesley.

— Cuesta vai cuidar deles?

— Eu gostaria de poder dizer que sim. — Wellesley tomou um gole de vinho. — Os espanhóis deixaram de cumprir todas as promessas. Não foi fácil deixar nossos feridos aos cuidados deles, mas não temos escolha, senhores, não temos escolha.

Hill balançou a cabeça.

— A retirada não será bem recebida na Inglaterra.

— Dane-se a Inglaterra! — disse Wellesley com aspereza, os olhos subitamente vivos com raiva. — Sei o que a Inglaterra dirá; que de novo fomos expulsos da Espanha, e fomos mesmo, senhores, fomos mesmo! — Ele se recostou na cadeira e Sharpe pôde ver o cansaço em seu rosto. Os outros oficiais estavam parados, ouvindo com atenção e, como Sharpe, podiam ver no rosto de Wellesley a dificuldade da decisão que ele havia tomado. — Mas desta vez... — o general passou o dedo em volta da taça de vinho, fazendo-a ressoar — desta vez não fomos expulsos pelos franceses, e sim por nossos aliados. — Ele deixou o sarcasmo sair na palavra. — Um exército faminto, senhores, é pior do que exército nenhum. Se nossos aliados não podem nos alimentar, devemos ir aonde possamos nos alimentar. Voltaremos, prometo, mas voltaremos nos nossos termos e não nos dos espanhóis. — Houve murmúrios de concordância ao redor da mesa. Wellesley tomou um gole de vinho. — Os espanhóis fracassaram conosco em toda parte. Prometeram comida e não deram nenhuma. Prometeram nos proteger do exército de Soult no norte e agora descubro que não fizeram isso. Soult, senhores, está atrás de nós, e a não ser que andemos agora seremos um exército cercado e faminto simplesmente porque acreditamos no general Cuesta e em suas promessas. Agora ele prometeu cuidar dos nossos feridos. — Wellesley balançou a cabeça. — Sei o que vai acontecer. Ele insistirá em avançar para enfrentar os franceses, será despedaçado, e a cidade será abandonada ao inimigo. — Ele deu de ombros. — Estou convencido, senhores, de que eles tratarão nossos feridos melhor do que nossos aliados.

Houve silêncio ao redor da mesa. As velas tremularam e lançaram reflexos na madeira polida. De algum lugar, distante, veio o som de música, mas se esvaiu junto com a brisa para além das cortinas pesadas. E o que estaria acontecendo com Josefina agora? Sharpe encheu seu copo com vinho e passou a garrafa para Hill. Se Wellesley estivesse certo, e estava, em questão de dias os franceses seriam senhores de Talavera e o exército britânico estaria a caminho de Portugal e, provavelmente, de Lisboa. Sharpe sabia que ainda a desejava e se perguntou o que aconteceria se as correntes em redemoinho da guerra os juntasse de novo.

Uma batida à porta interrompeu seus pensamentos e ele ficou olhando um capitão do estado-maior entrar e dar a Wellesley um papel lacrado. Os oficiais conversaram, inventando assuntos para que Wellesley pudesse abrir o papel e falar ao capitão com alguma privacidade. Hill estava contando a Sharpe sobre o teatro Drury Lane. Sabia que ele fora incendiado em fevereiro? Sharpe assentiu e sorriu, fez os ruídos certos, mas olhou ao redor da mesa, os três generais, os aristocratas, e pensou no abrigo de enjeitados e nas prisões que conhecera quando criança. Lembrou-se dos alojamentos fétidos onde dois homens dividiam um catre, as surras brutais, a luta sem princípios apenas para ficar vivo. E agora isto? As velas dançavam na brisa, o vinho tinto era intenso e profundo, e ele se perguntou aonde levaria a estrada que deveriam pegar no amanhecer frio do dia seguinte. Se Bonaparte tivesse de ser derrotado, a marcha do dia seguinte poderia durar anos antes de terminar às portas de Paris.

O capitão saiu e Wellesley bateu na mesa. A conversa parou e eles olharam seu general de nariz adunco que levantou o papel.

— Os austríacos fizeram as pazes com Bonaparte. — Ele esperou que as exclamações morressem. — Efetivamente, senhores, estamos sozinhos. Podemos esperar mais tropas francesas, talvez até o próprio Napoleão, e mais inimigos ainda em casa. — Sharpe pensou em Simmerson, já a caminho de casa, planejando conspirar no Parlamento e nas salas enfumaçadas de Londres contra Wellesley e o exército britânico na Península. — Mas, senhores, este ano derrotamos três marechais, portanto vamos deixar que o resto venha!

Os oficiais bateram na mesa e levantaram seus copos. Na cidade um relógio bateu as oito horas e, abruptamente, sir Arthur Wellesley ficou de pé e estendeu sua taça.

— Vejo que os charutos estão aqui e que a noitada está terminando. Partiremos cedo. Portanto, senhores, brindemos ao rei.

Sharpe empurrou a cadeira para trás, pegou sua taça e se juntou ao murmúrio:

— Ao rei, Deus o abençoe.

Estava sentado de novo, ansioso pelo conhaque e por um dos charutos do general, quando notou que Wellesley continuava de pé. Levantou-se, xingando sua falta de bons modos sociais e esperando que os outros não vissem seu rubor. Wellesley esperou-o.

— Lembro-me de uma outra batalha, senhores, que quase se igualou em carnificina à nossa vitória recente. Depois de Assaye precisei agradecer a um jovem sargento. Hoje saudamos o mesmo homem, um capitão. —

Ele ergueu sua taça para Sharpe, que estava se retorcendo de embaraço. Sharpe viu os oficiais sorrindo e levantando as taças para ele, e olhou a águia de prata, no dedo. Desejou que Josefina pudesse vê-lo naquele momento, que ela pudesse ouvir o brinde de Wellesley. Ele próprio ouviu apenas pela metade.

— Senhores, brindemos à Águia de Sharpe!

NOTA HISTÓRICA

Sir Arthur Wellesley (que graças aos acontecimentos de 27 e 28 de julho de 1809 logo se tornaria visconde Wellington de Talavera) perdeu 5.365 homens em batalha, mortos e feridos. Cerca de 15% dessas baixas foram mortes imediatas. As baixas francesas chegaram a 7.268, e também houve cerca de 600 espanhóis para ser acrescentados à "conta do açougueiro". Os franceses perderam também 17 canhões mas, infelizmente, nenhuma Águia. A primeira Águia a ser capturada pelos britânicos na Guerra Peninsular foi obtida pelo alferes Keogh e pelo sargento Masterman do 87°, um regimento irlandês, na batalha de Barossa em 5 de março de 1811. Keogh morreu em consequência de seus ferimentos, mas Masterman sobreviveu e foi recompensado com uma comissão, assim juntando-se ao pequeno número de oficiais do Exército Peninsular, talvez 5% do total, que vieram dos postos mais baixos. Espero que os fantasmas de Keogh e Masterman, assim como os modernos sucessores do 97°, o regimento dos Royal Iris Rangers, perdoem-me por me apropriar antecipadamente de seu feito.

Valdelacasa não existe, assim como jamais existiu um Regimento de South Essex, mas afora estas invenções, a campanha de Talavera aconteceu mais ou menos como é descrita no romance. No relato da batalha apenas as aventuras do South Essex e a captura da Águia são fictícias. Havia um batalhão holandês lutando com os franceses e eu tomei a liberdade de movê-los de sua posição diante das fortificações espanholas e os ofereci, em sacrifício, a Sharpe e Harper. O relato sobre o exército espanhol, infelizmente, não é ficção; os homens realmente fugiram na véspera da batalha, apavorados com seus próprios tiros, e dentro de alguns dias o general Cuesta iria levá-los à derrota completa. Talavera foi abandonada aos franceses que, como prevê Wellesley no romance, trataram os feridos britânicos com gentileza e consideração. A ineficácia do exército espanhol foi mais do que compensada pela bravura dos guerrilheiros que levaram Napoleão a comparar a Espanha a "uma ferida aberta" em seus exércitos.

Muitos detalhes do livro são tirados de cartas e diários da época. Cenas como a pilha crescente de braços e pernas diante do convento de Talavera desafiam a imaginação e só podem vir dos relatos de testemunhas. Além destes, contei muito com a erudição das obras de Michael Glover, *The Peninsular War*; de Jac Weller, *Wellington in the Peninsula*; e de Lady Elizabeth Longford, *Wellington; The Years of the Sword*. Tenho uma dívida especial para com esses três autores.

Richard Sharpe e Patrick Harper, infelizmente, são invenções. Espero que o atual Regimento dos Royal Green Jackets, que um dia marchou com o nome de 95º Regimento de Fuzileiros, não sinta vergonha deles ou de suas aventuras picarescas na longa estrada que, eventualmente, irá levá-los a Waterloo.

Este livro foi composto na tipologia
New Baskerville BT, em corpo 10,5/16, e impresso
em papel off-whitte no Sistema Cameron da
Divisão Gráfica da Distribuidora Record.